農華似錦 2

文創風 876

琥珀糖 著

風 文創 876

目錄

第十四章　分家

榮家正房堂屋裡，黑壓壓坐了一大屋子人，大家都坐在自己的位子上，看著榮耀祖。

此時大家已經吃過早飯，榮耀祖和王氏也都喝過藥了，所有人都在等他一個解釋。

榮耀祖作為一家之主，決定開誠布公告訴家裡人，他昨晚上究竟是為什麼自殺。

「大哥，現在人都到齊了，有什麼話你就直說，好好的怎麼就想不開了呢？」

二嬸是最急的，她想知道究竟怎麼了。

榮耀祖虛弱地坐在椅子上，輕輕咳嗽一下，便覺得嗓子眼火辣辣的疼。

王氏心疼他，看他這樣，立馬遞水過去。

榮耀祖喝了幾口溫水潤喉，才徐徐開口說：「昨晚上的事情，讓大家受驚了，我要向你們道歉，這件事是我的錯，對不起。」

他站起身，拱手作揖，隨後在王氏的攙扶下又慢慢坐下，重重地嘆了一口氣。

「我會這麼做，是因為昨天縣令召集所有的鎮長、鄉長、村長都去縣裡，說了一件事。他說朝廷下令，今年所有鄉鎮城池，都必須繳上糧稅，不僅如此，還要把以往所欠的糧稅全部補上。咱們筠州城內，糧稅都不知道欠了多少年，如今朝廷這麼做，這是要我們的命啊！」

榮耀祖捂住胸口大喘氣了一會兒，繼續說：「縣令說今年秋收時分，他必須要看到家家戶戶的糧稅，哪一個村沒繳上、沒交夠，村長就提頭來見，甚至還威脅說：『不僅村長提頭來見，連其家人，也同罪連坐。』」

「嘶！」

房裡的人都倒吸了一口冷氣，不敢置信地看向榮耀祖。

他們本來有些不信，但是榮耀祖都為此自殺了，讓他們不得不信。

榮華聽到這裡時，眉心一動，抬眸望向榮耀祖。

「爹爹，所以說你昨晚上自殺，是為了不連累我們？」

榮耀祖低下頭，整個人縮在一起。

「我沒本事，給不了你們富裕生活，怎麼能連累你們和我一起受罪？朝廷的這個舉動，根本就是沒給我們留活路，我只能一死，最起碼保全了你們。」

原來如此！

榮華心裡有一些感動，對爹爹的氣也消散得無影無蹤，雖然他這個做法傻了一點，但是在這種情況下，這是他所能想到可以為自家人做的事情。

這是爹爹對家人最無私的愛。

他昨晚上看了娘和弟弟、妹妹那麼久，心裡肯定很不捨，但最後生怕自己連累了家人，所以才做出自殺的舉動。

榮華心底一軟，輕聲說：「爹，幸好你沒事。」

這是這麼久以來，榮華喊他爹爹，喊得最真情實意的一次了。

她在榮耀祖身上感受到父愛，即使爹爹平時不善言談，但是他的父愛是真實存在，只是平常沒有發現罷了。

榮耀祖含淚看向榮華，又看向王氏。他摸著榮嘉和榮欣的腦袋，絕望又無助地搖頭。

「可是華兒，爹還是要死，爹不能活著，不然你們就危險了，我怎麼能讓你們陷入危險中，你們跟著我吃了那麼大的苦，我真是對不起你們。」

「耀祖，你別這麼說，我們是一家人，無論發生什麼事情，我們都陪你一起。」

王氏柔聲安慰，她看向屋外還沒融化完的雪，聲音充滿了希望。「距離秋收還有半年的時間，我們這半年努力種地，說不定可以交上糧稅！」

「這根本不可能的。」榮耀祖的語氣裡充滿悲痛。

「咱們大煜的稅收制度分為戶稅和田稅，戶稅按戶繳納，每戶每年需繳納兩百銅板；田稅按畝繳稅，每畝土地需要繳納八斤稻穀。桃源村有人家兩百三十七戶，每戶二百銅板，今年秋收時分，戶稅就需要繳納四萬七千四百銅板，也就是差不多四十八兩銀子。

「這兩百三十七戶人家，死的死，傷的傷，現在總人口是一千八百九十六口人。每人分得一畝七分地，咱們村子裡，共有三千二百二十三畝地，每畝地八斤稻穀，那就需要繳納二萬五千多斤稻穀。可是咱們桃源村乾旱哪！最近幾年收成都是顆粒無收，上哪裡弄來這麼多稻穀？」

堂屋裡一時間沒有人說話，這些數字像是一塊大石頭壓在所有人的身上，他們的表情都前所未有的凝重。

榮華其實並沒有很在意這件事情。繳稅這件事，其實挺好解決的。

當局者迷，旁觀者清，站在榮耀祖的角度上，他覺得自己是活不成了。

可是榮華心裡如明鏡似的，朝廷這道旨意，不是頒布給筠州城這窮鄉僻壤之地！

筠州城這鳥不拉屎的地方，朝廷就是把所有人都給殺了，也沒辦法讓家家戶戶都交上稅。

朝廷這麼做，大概是雷聲大、雨點小，為的是警醒大煜王朝內那些富裕城池吧。

大煜王朝有筠州城這樣窮困潦倒的城池，自然也有極為富裕的地方。

榮華尋思著，朝廷這次的意思，就是為了讓這些富裕之地吐點東西出來，所以她根本一點都不擔心。

但是她沒有把這些話說出來。

看著堂屋內神色各異的榮家人，她在想的是另一件事。

這或許是個機會，可以一鼓作氣，分家！

想到或許能順利分家，榮華有點高興，不過面上沒顯露出來，心裡在琢磨榮耀祖剛剛說的話。

榮華記得六國混戰結束後，其他村子死得只剩十幾戶人家，這些人就都歸到了桃源村，但她還是沒想到桃源村竟然有這麼多人。

一個村子，竟然有將近兩千人！

不過轉念一想，單他們榮家大大小小就有二十多口人，桃源村兩百多戶人家有差不多兩千人也不稀奇了。

現在這個時代，人口就是勞動力，每家每戶孩子都很多，哪一家走出去不是七、八個孩子？

桃源村現在這個人口數量，還是這幾年死了一批人後，才只剩這麼點。

人多是一回事，地竟然也那麼多。

三千兩百畝土地，整整三十多頃啊！這麼多土地種點啥不好，非要在一棵歪脖子樹上吊死。

這都是資源啊！人口、土地都是資源，就看如何將資源最大化了。

榮華在心裡想著事情。

沈寂了好一會兒的堂屋，突然發出了聲響。

二嬸的嗓音一下子拔高。「大哥，我現在才意會過來，那就是咱們今年必死無疑嗎？這麼多錢、這麼多稻穀，咱們去哪裡生啊？」

榮耀祖一口又一口的嘆氣，聲音無奈。「這僅僅是一年的稅收罷了，朝廷讓咱們補上以前欠的稅收，可是桃源村都十幾年沒繳過稅了。之前六國混戰時期，都不知道活不活得下去，自然不提繳稅這一樁，可是沒想到，現在竟然要補啊！十幾年的稅收加在一起，我想都不敢想，那是多少錢、多少稻穀啊！」

「這可怎麼辦啊？這可怎麼辦？」二嬸絮絮叨叨。「不行，我可不想死。」

榮耀祖深吸一口氣，像是做了某種決定，一臉視死如歸的表情。

「縣令只說繳不上稅，每個村的村長都要死，包括其家人，我現在說不做這個村長也不行了，唯一的辦法，就是我死。我死了，自然會有新的村長，你們就安全了。」

「不行！耀祖，我不允許你犧牲自己！我們只要想想辦法，總會有出路的。」王氏出聲制止。

然而她很快發現，除了她不同意以外，堂屋裡竟然沒有一個人說話。

他們好像都默認了，覺得榮耀祖的犧牲，是對榮家最正確的決定。

王氏心寒得無以復加，她半抱著榮耀祖，像個戰士一樣護在他身前。「我絕不同意！無論是生是死，我都和你一起，我們一起面對！」

「大嫂，妳這話，合著是想讓榮家斷根了？妳難道想讓我們所有人，陪著大哥一起死嗎？」三嬸一臉譏諷。「誰願意陪大哥一起死就去，我是不想死，好死不如賴活著，我還沒活夠呢！」

二嬸家的兩個小子，站在自家娘親身後，大聲嚷嚷道：「我也不想死，我還沒娶媳婦呢！」

王氏兩眼含淚，心痛不已。

「無論你們怎麼說，我都不會同意讓耀祖為我們死的！耀祖往常待你們不薄，你們現在就這麼盼著他死嗎？」

「大嫂，我們不是盼著大哥死，要是有其他辦法，誰願意這樣的事情發生啊！但是妳看現在這情況，妳不至於看著我們所有人都死吧？我這兩個兒子可是榮家的根啊！他們要是出了什麼事情，榮家可就絕後了！大嫂，我求求妳了，妳就可憐可憐我們吧！我們大家都不想死啊！」二嬸說著，還嗚嗚哭了起來。

王氏一時間不知道怎麼辦才好，只一直重複著一句話。「還有半年呢……說不定會有轉機，我們再等等看。」

「要等妳自己等！別拉上我們！」

三嬸橫眉豎目，兩手抱著膀子，冷聲道：「看娘的意見吧！」

所有人的目光，都看向榮老太太。

王氏快步走到榮老太太面前，直接雙膝跪地，苦苦哀求。「娘，耀祖是妳的親兒子啊！這些年他一直都那麼孝順妳，妳不可以放棄他！我們總會有辦法的！」

榮老太太沒說話，沈思了一會兒，渾濁的眼睛看向榮耀祖。

「大兒，你真的沒有其他辦法嗎？」

榮耀祖抹了把淚，回答道：「其實這件事，前段時間我就聽到了風聲，只是當時我沒太在意。穆家那個去參軍的兒子，他不是成了大將軍嗎？我想著桃源村是他的祖籍，將軍總會庇佑我們，朝廷看在大將軍的面子，就算我們繳不上糧稅，應該也不會太為難。昨天縣令給我們下了最後通牒，我回來的時候卻聽說大將軍死了，這唯一的庇護不在了，我真的是心如死灰，一點辦法也沒有。」

原來這才是癥結所在！

穆良錚的死訊，是壓倒榮耀祖的最後一根稻草！

榮華忽然想起，穆良錚曾經讓她給爹爹帶過一句話，要他安心。此時想來，穆良錚這句話的意思，應該指的是現在這段時間，可是爹爹明顯誤會了，還是沒有沈住氣。

而且榮華知道一個天大的秘密：穆良錚沒死。

她抬頭看了一眼站在外面的穿雲，兩人心有靈犀般對視了一眼。

榮華決定三緘其口。她一句話也沒說，只是默默觀察。

因為大煜以文治天下，崇尚孝道，所以大煜百姓除非特例，基本上都是不分家，必須要供養父母至死。如果孩子不孝，父母甚至可以報官抓自己的孩子。

所以榮華之前就很頭疼，怎麼才能保留爹爹孝道的名聲，並且順利分家呢？

那時候她沒有主意，現在機會倒是自己送上門來了。

眼下這個時間發生這些事情，就是分家的最好時機！

不僅榮家其他幾房不會阻止，而且分家後，爹爹還會有孝順的美名，何樂而不為？榮華樂見其成。

三嬸看著榮老太太，問：「娘，妳說怎麼辦吧！」

沈吟良久，榮老太太緩緩說：「都聽大兒的，他怎麼說就怎麼做吧！」

堂屋裡的大部分人，都鬆了一口氣。

榮老太太這一句話，就給榮耀祖判了死刑，只要榮耀祖一死，他們就不用死了。這對他們來講是一件值得開心的的事情，他們才不管榮耀祖的妻兒是否傷心呢！

王氏絕望地跪伏在地上，看向堂屋裡的每一個人，最後她忽然笑了起來，笑聲悲涼。「你們這群人，又何曾能被稱為家人？你們又怎配，讓耀祖為你們而死？」

「大嫂，妳這話可就不對了，大哥這麼做，可不單單是為了我們，他也是為了妳和妳的孩子們啊！」

「大哥你放心吧！等你去了，我們會替你好好照顧你的遺孀！」

二嬸和三嬸這對妯娌，妳一句我一句，一唱一和，恨不得榮耀祖現在立馬去死，她們好安心。

王氏冷眼瞪著她們，恨聲道：「我不需要耀祖為我死！」

「大嫂和大哥伉儷情深，所以妳不需要，那華兒、嘉兒、欣兒呢？妳可以眼睜睜看著這三個孩子死嗎？」

王氏一句話噎在喉嚨裡，什麼也說不出來。

是啊，她的孩子們，必須要活著。

王氏抬頭看向榮耀祖，溫柔地笑了起來。「耀祖，別怕，我陪你一起。」

榮耀祖感動得熱淚盈眶，他扶起王氏，哽咽道：「傻瓜，妳要好好活著，我才算死得其所。」

榮華感嘆自己爹娘感情可真好啊，不過現在也該她登場了。

「我和娘的想法一樣，我願意和爹爹一起面對。」

榮華適時出聲。她抱著不知發生什麼事情、一臉驚慌失措的榮嘉和榮欣，聲音平靜。

「其實還有一種辦法，可以解決這個兩難的局面。」

「什麼方法？」

堂屋裡的人都看向榮華。

榮華平靜地開口說：「分家！」

「分家？」

「沒錯，就是分家。」榮華看向所有人，聲音很沈著。「大家的擔心，我都明白並且理解，也確實沒有這個道理讓你們大家一起承擔風險。但是我沒辦法眼睜睜看著爹爹去死，我和娘還有嘉兒、欣兒，我們都願意和爹爹一起承擔後果。所以現在只有分家能夠兩全其美，哪怕到時候爹爹還是沒辦法解決繳稅問題，也不會牽連到你們。」

王氏在一旁頻頻點頭，殷切地看著榮華，眼睛溫熱。

「妳說不會牽連到我們就不會牽連？萬一到時候我們還是會受影響呢？」

三嬸表情陰狠，還想再說什麼，卻被榮老太太打斷了。

「給我閉嘴！妳是不是鐵了心想讓我大兒死？」

三嬸哼了一聲。「我這是為了大家好，現在不解決好，萬一以後我們還是會被牽連怎麼辦？」

七嘴八舌的爭吵聲不斷，榮華沒參與他們的爭吵，她拉著弟弟、妹妹走到爹娘身邊。

榮耀祖看著榮華，心裡很難過。「華兒，你們這是何苦呢？」

「爹爹，就像娘親所說的，現在距離秋收還有一段時間呢！我們不要輕言放棄，或許還會有其他的轉機。」

榮華深吸一口氣，看著堂屋裡的人們。「就是不知道爹爹，同不同意分家？」

榮耀祖無奈的嘆氣。「事已至此，我自然同意。」

「爹爹，我希望你今天能看明白一件事情，那就是這些你願意拿命去保護的人，其實並沒有那麼在意你。你要永遠記住今天，記住他們是怎麼放棄你的。」

榮耀祖沒說話，只沈重地點了點頭。

他懂華兒的意思，其實看今天這情景，他早已心寒如數九寒淵，如今一心求死，不過是怕自己的妻兒受牽連罷了。

榮家人爭了半天，最終還是都同意分家了。

榮華覺得事不宜遲，立馬喊人去請村裡有名望的老人，又去喊來隔壁村子的幾個村長來見證。

大家說明緣由，到了鄉上去找鄉長，在鄉長和幾位村長、老人的見證下，正式分了家。

榮耀祖的困擾，其實也是這些鄉長、村長們的困擾，他們本來不知道該怎麼辦才好，此時見榮耀祖為了不牽連家裡而分家，便有樣學樣，也紛紛和家裡分家了。

本來分家在大煜是大忌，現在反而成為美談。

財產沒有什麼好分割的，榮耀祖拿到自己這邊該拿的地，只是分了家，他們就不好繼續住在榮家的屋子裡。

幸好桃源村裡還有一些廢棄的空房子，緊急收拾出來也能住人。

榮華選了間看上去還挺好的空房子，聽榮耀祖說，這個空房子的主人以前還挺富裕的，十幾年前舉家搬到鎮上去了。

榮耀祖去問了主人家，能不能租賃他們的空房子，主人家都忘了桃源村還有房子的事情，只讓他安心住著就是。

住的地方便有了著落。

上午分家，下午榮華就去收拾村頭那間空房子。

這個房子其實挺好的，是青磚瓦房，不過好多年沒有住人了，顯得有些破舊。

但就算破舊，也比榮華之前住的茅草屋好。

榮華去整理的時候，榮淺、榮絨都來幫忙，很快就收拾好了。

下午收拾好，晚上便能搬東西住進來。

只不過回榮家拿地窖裡的米麵時，二嬸和三嬸推三阻四、百般阻攔，直到榮華直接喊了穿雲過來，她們才悻悻地讓開。

所有的東西榮華都只拿走了一半，倒不是她還顧念舊情什麼的，而是為了榮淺她們幾個姊妹，榮華總忍不住憐惜她們，就當作留下來給她們吃好了。

反正成功分家後，榮華很開心，也不在意這些小東西了。

上次採購時，榮華買了很多米麵，現在哪怕只拿了一半，也夠自家五口人吃幾個月了。

不過那三隻老母雞，榮華一隻也沒留下，全部拿走了。

這是她買來給王氏補身子的，可不能留在榮家。

分家的第一個晚上，榮華興奮地躺在床上睡不著。

如今終於擺脫那一窩極品，她超級開心的！

現在住的這間房子，有三間寬敞的大瓦房，三間山房，還有一座小院子，他們一家五口住，別提多開心了。

因為現在房間足夠，所以穿雲也方便住進來了。有穿雲在身邊，榮華感到安心很多。

第十五章　黑市

第二日晨起，榮華先去灶房煮上肉粥，並熬上爹和娘的藥，餵吃的給三匹馬、三隻雞，又從雞窩裡摸出兩枚新鮮雞蛋，準備待會兒煮了。

「真是朝氣蓬勃的一天啊！一覺醒來，不用面對那些牛鬼蛇神，不用天天雞飛狗跳，簡直太幸福了！這才是生活，幸福的小生活！」

榮華情緒很高，甚至還哼著小曲。

分家成功，她簡直無法控制自己的喜悅。

畢竟這是她穿越過來後就想幹的一件事，現在終於夢想成真！

榮華開心得要命，但是榮耀祖卻很憂愁，他一度覺得自己會害死家人，吃飯的時候都還是皺著眉。

榮華本來覺得爹爹或許會自己想明白，但看樣子，近段時間他大概是不會想明白了。

她打算和爹爹說清楚、道明白，免得他再一個想不開，到時候又生事端。

吃過早飯，榮華叫住榮耀祖。「爹爹，我有話想和你說。」

榮耀祖眼神有些無力，輕輕點頭，聲音還是有些嘶啞。「華兒怎麼了？妳想和爹爹說什麼？」

「爹，我知道你還在為繳稅的事情煩悶，但是我……」

「村長、村長，你在嗎？」

呼喊聲從外面傳進來，而且聽聲音好像不止一個人在喊。

榮耀祖臉色一變，對榮華說道：「我先出去看看。」

他急匆匆地走了出去，榮華緊隨其後。

這些村民們可能已經知道今年稅收的事情，榮華怕他們一激動，搞個暴動就不好了。所謂棒打出頭鳥，就算要暴動，也不能做第一個暴動的村子啊，不然肯定會被朝廷殺雞儆猴。

外面果然圍了一群人，他們看到榮耀祖出來，為首的人說：「村長，我們都聽說了，昨天你忙著，我們沒好意思來打擾你，但是今天我們還是忍不住過來了。村長你千萬別再做傻事，如果到時候官府要來抓你，我們會和他們拚命的！」

「對，有我們在，就絕對不會讓村長你有事！」

「村長，我們會保護你的！」

「誰想傷害你，除非從我們的屍體上踏過去！」

「對、對！」

榮耀祖感動得不知道說什麼好，他忽然覺得，自殺的舉動實在是太懦弱了。看著這些村民，榮耀祖想起娘子和華兒說過的話，眼裡又升起了希望。

他覺得自己應該再搏一次！

「村長，你對我們那麼好，我們肯定不會讓你有事的！」

「我們一定會保護村長的！」

「村長，都是因為我們繳不上糧稅，才會害你變成這樣。村長，這些都是我們的錯！」

這些村民們餓得面黃肌瘦，此時卻一個個充滿力量，握著拳頭說著要保護榮耀祖的話。

榮耀祖熱淚盈眶，內心感慨不已。

普通村民尚且願意和他一起奮鬥，有血緣關係的親人卻巴不得他立馬去死，好撇清關係。

他心中先是一半冰寒，一半溫暖，隨後熱血上湧，心中一片火熱。

榮耀祖像是被感染了，也握著拳頭，鄭重地說：「榮某不才，但我會傾己之力，讓你們都能吃飽飯的！」

榮華是跟著榮耀祖後面出來的，她本來還擔心這些村民會暴動，沒想到卻看到如此暖心的一幕。

這些村民們的凝聚力竟然如此強烈，大大出乎她的意料。

這樣的村民，榮華願意帶著他們一起富裕起來。

榮耀祖鄭重保證不會再做傻事，村民們才散去。

他們走後，榮耀祖臉上的神情，從之前的沮喪變為破釜沈舟的勇氣。他就不相信，這麼多勤勞的農民，還真能把自己給餓死不成？

「一定會有辦法的，讓我好好想想……」

榮耀祖絮絮叨叨，在院子裡走來走去，努力思索著辦法。

「或許可以挖一條渠來，把東渡河的河水引到桃源村，這樣澆水、灌溉的時候就更方便了。雖然開河挖渠很費人力，但是我們大家一起努力，一定可以做到的！」

榮耀祖正絞盡腦汁地想著辦法。

這時候趙大壯一溜煙跑過來，大聲喊道：「村長，有人來看望你。」

榮華走出去一看，竟然看到了之前幫過她說話的那個戰馬司官員。

「榮村長，聽聞你身體不適，廖某放心不下，所以登門拜訪，也不知道是否有所打擾。」

「廖大人，你能來我歡迎還來不及，怎麼會打擾！對了，這是我小女榮華。華兒，這是戰馬司的廖長歌，廖大人。妳喊他廖大人便是。」

榮華輕喚道：「廖大人好。」

「什麼大人不大人，如此倒生分了。榮村長你就喊我廖郎吧，榮華妹妹若是不嫌棄，可喚我一聲哥哥。」

廖長歌笑意溫和，他身量很高，但是體形偏瘦，在這苦寒之地，皮膚卻十分白皙。他身上有一種出身書香世家、受過高等教育薰陶的氣息，在人群裡打眼一看，他顯得與眾不同。

廖長歌這樣說，榮華自然從善如流喚了廖哥哥，然後請他進門。

廖長歌和榮耀祖一陣寒暄。

榮華替他們端了茶、倒了水，正欲出門的時候，聽到廖長歌說：「村長對於今年的稅收怎麼看？」

提起這個話題，榮耀祖一臉凝重。「雖然現在還無計可施，但我會盡力去做，就算到時候真的沒有辦法，我也絕不會拖累我的妻兒子女。」

「村長似乎太悲觀了些。」廖長歌輕笑，他清朗的目光落在榮華身上，笑意加深。「我瞧著榮華妹妹，似乎一點也不擔心的樣子，可是榮華妹妹心裡已有良策？」

榮耀祖擺手。「她一個小女兒家，哪裡懂這個。」

「我卻覺得榮華妹妹很是篤定，我很想聽聽妹妹的看法。」

榮華本來都走到門口了，此時聽廖長歌這樣說，又折了回來，平靜地看向廖長歌。「其實我一直都覺得，就算到時候桃源村繳不上糧稅，爹爹也不會有事。」

廖長歌表現出很感興趣的樣子，微微點頭，鼓勵榮華說下去。

榮華又看向榮耀祖，頗有些恨鐵不成鋼，徐徐說道：「對於我的這個看法，我有三個觀點來佐證。第一點，那就是我想問爹爹一句，咱們大煜有多少村長？大煜城池幾十座，城、鎮、鄉、村無數，村長沒有十萬也有幾萬人，繳不上糧稅的鄉村最起碼佔據三分之一，爹爹真的覺得朝廷會一次處死上萬人？

「而且這上萬人還不是普通人，他們是村長，村長看起來都不算官，權力很小，但他們卻是大煜的基礎，是和百姓們最直接接觸的人。就像爹爹一樣，每一個村的村民，都會和村長有感情，他們不會眼睜睜看著自己的村長死而無動於衷。另一方面，是村民們會覺得唇亡齒寒，這次死的是村長，那麼下一次是不是就輪到他們了？我可以很肯定一點，如果朝廷要拿村長下手，一定會有村民暴動。民如水，國如舟，水能載舟亦能覆舟，朝廷除非是腦子壞了，才會對小村長下手。」

榮耀祖這麼一尋思，確實是這麼個意思，不過聽到榮華的形容，他立馬板起臉。「胡鬧，怎麼能這麼說朝廷？」

榮華朝他吐了吐舌頭，伸出一根手指。「這是我的第一個觀點。第二個觀點，是我在猜測朝廷下這道旨意的意圖。爹，你想一想，就咱們桃源村這鳥不下蛋的地方，朝廷就算砍了你，能榨出多少東西？他就算砍了桃源村所有人，我們還是繳不出糧稅。一個人做一件事，一定是為了得到某種利益。朝廷想從我們這裡得到什麼利益呢？想要我們的腦袋？不可能！所以這道旨意，壓根兒就不是頒給咱們的。朝廷的最終目的，是為了讓那些富裕地帶繳上積欠的糧稅。所以我們該幹麼就繼續幹麼，筠州城又不是只有我們一個村子繳不出糧稅，天塌了還有高個子頂著，我們根本不需要庸人自擾。」

榮華伸出手指在眼前晃了晃，目光狡黠美好。

「這是我的第二個觀點。至於第三個麼，其實是我思考過爹爹你那天說過的話。雖然我不懂朝政也沒有為官，但我知道一點，上位者是不可能直接懲罰最下位者的。我不相信大煜皇室頒布的旨意會直接說如果不繳糧稅就把村長給殺了。他可能心裡都沒想到村長、鎮長這一層。他的旨意是頒布給那些城主以及城池的一把手，大頭還在那些城主、知府上，皇室壓根兒想不到爹爹你這種小村長。

「那麼問題就來了，既然如此，那麼為什麼旨意傳達到你們身上的時候，變成繳不上糧稅就殺了村長、殺了村長的家人？因為皇室給官員們壓力，官員又把壓力往自己下級分散，等到分散到你們頭上的時候，就變成了威脅和恐嚇。但這些威脅和恐嚇不是來自於皇室，甚至不見得來自筠州城的城主，僅僅是來自於告訴你們這個消息的縣令罷了。

「爹爹你自己告訴我，一個縣令有沒有權力殺了你們這麼多村長？所以當你全部想明白，所有的壓力其實只來自於一個縣令的時候，你就會覺得，其實這句威脅，也就沒有多大的分量了。這就是我全部的觀點，通過以上三個觀點推理分析，所以我很肯定，爹爹不會有半點事情！」

榮華說完後，笑意盎然的看著榮耀祖和廖長歌，滿臉自信。

廖長歌原本覺得屋子裡灰撲撲的，此時看著榮華，她的一雙眼睛靈動又狡黠，身上洋溢著自信的光芒。在這樣昏暗的環境裡，他覺得榮華身上好像發著光，整個屋子都亮堂起來了。

廖長歌雙手鼓掌，由衷讚嘆。「榮華妹妹果然聰明，機智過人，將所有思路都想到了，並且分析得十分正確。」

廖長歌看向榮耀祖。「榮村長，廖某今天來，正是想開解你呢！只是現在看來，榮村長有榮華妹妹這個貼心小棉襖，不需要我說什麼了。」

榮華被這樣誇獎，忍不住失笑。

「廖哥哥別抬舉我了，我隨便說的罷了。」

榮耀祖此時恍然大悟，原來竟是如此！

榮華怕他還是不能理解，所以解釋的時候恨不得掰開來、揉碎了，講得事無巨細，只為了榮耀祖能想明白。

幸好爹爹現在總算明白了，不枉費她廢了那麼多唇舌，喉嚨都乾了。

榮華給自己倒了一杯水，仰脖一口氣喝完，這才覺得舒坦多了。

榮耀祖之前當局者迷，現在聽榮華這麼一說，便明白這其中的關鍵，當下如醒醐灌頂，想起自己前天還差點自殺死掉，不由得羞憤異常。

他又是羞愧又是後怕，若是當時他真的死了，那不是冤死了嗎？

當時他心心念念就是怕自己連累家人，走進了死胡同，鑽了牛角尖，才會如此。

現在一切都搞明白了，榮耀祖只覺得壓在自己心上的一塊大石頭瞬間落地，臉上的神情輕鬆很多。

「原來如此，竟然是這樣，太好了！」

原來一切都是虛驚一場，這對榮耀祖來說，像是劫後餘生。
不過很快，榮耀祖又想到另一件事。
「華兒，既然妳早就猜到這件事，為什麼之前不告訴我？」
「呃……」榮華被噎了一下。
能說自己不早告訴他，就是為了能夠成功分家嗎？
這自然是不能說的。
「爹，這事情發生後，我也很慌亂，也是今天才想明白的！」榮華笑了起來。「爹，你不會後悔分家吧？」
後悔也沒用，家已經分了，就算爹爹現在想回去，只怕榮家那些人，會像是躲瘟神一樣躲著他！
就算榮耀祖解釋，那一家子也不會聽的。
榮耀祖苦笑一下。「我並不後悔，從今以後，我只需要保護好你們幾個就好了。」
「對！」榮華的語氣雀躍起來。「爹，你這樣想就對了，我們才是你真正的家人。」
榮耀祖又和廖長歌聊了一會兒。
眼看時間差不多了，廖長歌起身告別。
榮華和榮耀祖一起送他出門。
「榮村長，榮華妹妹，兩位請留步吧！」廖長歌笑著看向榮華。「榮華妹妹，如果有什麼需要幫忙的地方，可以來找我，我家就在筠州城東門梧桐巷子的廖宅，妳可以隨時來。」
榮華點了點頭，急忙道謝。「謝謝廖哥哥。」
廖長歌走了，榮耀祖也卸下心頭大患，家裡現在一派輕鬆的景象。
且說廖長歌離開的時候，遇到了穿雲。
兩個人像是早就相熟一般，湊到一起。
穿雲問他。「喂，我想問你一個問題，你覺得咱們這未來的將軍夫人怎麼樣？」
廖長歌看著穿雲，驚訝道：「妳已經承認她是將軍夫人了？」
「不是我承認的。我承認算什麼，這是將軍承認的。」穿雲翻了個白眼。「快說啊！」
廖長歌回憶起剛剛榮華神采飛揚的模樣，給出很高的評價。「她很聰明，也很有頭腦，特別有條理，她說話的時候，感覺整個人都在發光。她不是一個普通的女孩，最起碼在我看來，她的成就不會止步於桃源村。」
「倒是很少見你會這麼誇人。」穿雲唇角微不可察地笑了一下。「最難得的事情不是她的聰明，而是她心底足夠善良。她很會賺錢，明明已經賺到錢，卻還是願意留在桃源村，是真的想幫大家一起富起來。」
穿雲看廖長歌一副若有所思的表情，輕抬下巴。「行了，你回吧！我們有事再聯繫。」
此時的榮華，正在家裡思量生意的事情。
現在都二月了，之前因為鐵騎的事情，和林峰約好的送貨時間被無限推遲。現在鐵騎已經走了，她也該考慮重新開始送貨的事情。

看到穿雲回來後，榮華問：「穿雲，邊境線還有鐵騎嗎？」

「鐵騎已經全部撤走了，現在的邊境線依舊是無人看守的狀態，那些當官的都在為稅收的事情發愁呢！」

「如此最好。」榮華眼睛一亮，神情興奮。「今晚早點睡，明日天不亮的時候，我們一起去袁朝千武鎮一趟。」

穿雲看著榮華亮晶晶的眼睛，莞爾道：「好。」

第二天一大早，天色將明未明的時候，榮華穿戴整齊地出門了。

穿雲去牽了馬，兩個人悄無聲息地離開院子。

到了院子外，穿雲抱著榮華上馬，然後兩腿一夾馬肚子，馬兒便跑了出去。

榮華坐在馬背上，不由得想到上次和穆良錚共騎一馬的情景，她輕輕扯了一下穿雲的衣袖，溫和的聲音從大氅裡傳來。「穿雲，以後能不能教我騎馬？」

「妳要是想學，我自然願意教妳。」

穿雲的聲音消散在風裡，聽到穿雲的答覆，榮華心滿意足地靠在她懷裡。

馬兒跑得飛快，不過半個多時辰就到了千武鎮。

榮華等穿雲把馬拴好之後，帶她去了八娘的麵攤。

好一陣子沒見到八娘，八娘還是和以前一樣，身上充滿朝氣。
「八娘姊姊！」榮華的聲音甜蜜蜜。
八娘看到榮華後，瞬間眉開眼笑。「小丫頭是妳啊！好一陣子沒看到妳了，妳最近好嗎？」
「八娘姊姊我很好，請妳幫我們做兩碗麵。」
點了兩碗麵，榮華和穿雲入座。
榮華問八娘。「八娘姊姊，林峰大哥今天還會來妳麵攤吃東西嗎？」
八娘臉上揚起幸福的笑。「不出意外的話，他是會來的。」
「哦？」榮華聞到了八卦的味道。
八卦之火在她心中熊熊燃燒，還沒來得及追問，八娘就忙了起來，她只得作罷。
吃下一碗熱騰騰的麵，榮華覺得身子都暖和起來了。
沒等太久，林峰很快便來到八娘的攤位。
林峰走進來，依舊是同樣的語氣。「八娘，還是老樣子，來碗麵。」
榮華朝他招手。「林峰大哥！」
「榮華！」林峰看到榮華一臉驚喜。
他走了過來，壓低聲音問道：「榮華，你們村子裡的事情都結束了嗎？」
「嗯嗯，都結束了，不然我也沒辦法過來。」

榮華和林峰聊了一下送貨的問題，現在是農曆二月初八，之前鐵騎在村子裡待了十多天，浪費了榮華好多出貨時間。

她想立馬開始送貨，但是林峰比較謹慎，擔心鐵騎去而復返，所以將下次送貨時間定在二月十五。

榮華同意林峰的提議，畢竟鐵騎剛走沒多久，還是保險一點比較好。

她現在還有一個星期的時間準備。

榮華和林峰聊了一個上午，吃過午飯後，兩人才分開。

在千武集會上逛了半天，買了不少東西，等到天色漸晚，榮華才和穿雲披著暮色回到家中。

她將買的東西放置好，家裡正好開飯。

因為今天榮華一整天都沒在家，所以是由榮耀祖負責做飯。

本來王氏想自己做，但她身體不適，榮耀祖讓她好好歇著。

榮華覺得爹爹也還算疼老婆，並非大男子主義者，最起碼不是那種十指不沾陽春水的人，覺得洗衣做飯就是女人的事。

有時候洗衣做飯，榮耀祖也會幫忙做。

吃過晚飯，榮華去洗碗，聽到榮耀祖對王氏說：「明天我準備帶著大家開始春耕，到時候忙起來了，不能經常陪妳。」

王氏的聲音一如往昔溫柔。「好，你自己也要注意身體，別太累了。」

這一次，榮華並不打算讓村裡人再次做無用功，她打算說服村裡人和爹爹，今年放棄種植稻穀。

但是她明天要先去鎮上看看情況，再決定怎麼開口。

榮華所在的桃源村隸屬平安鎮安平縣，明天先去平安鎮看看，如果時間充裕，再去安平縣。

晚上抱了抱弟弟、妹妹，又餵娘親喝完藥，榮華早早入睡。

第二天一大早，吃過早飯，榮華帶著穿雲出門。

出門的時候，榮華看到穆八牛駕著驢車，正往村外走。

穆大娘滿面春光地坐在驢車上，一看到榮華，立馬喊道：「華兒，妳這是去哪裡啊？」

「穆大娘，我想去鎮上看看。」

「這不巧了嗎？我們正好要去鎮上趕集，妳走路去的話要走好久呢！快上來，驢車跑得快一點。」

穆大娘熱情地拉著榮華的手腕，榮華也不推辭，和穿雲一起上車。

驢車上，還有穆大娘的大兒媳婦楊氏。

榮華一向喊她楊嫂子，此時見了面依舊甜甜地喊了一句，讓楊氏喜笑顏開。

由於驢車顛簸，榮華沒有什麼說話的興致，不過穆大娘興致卻很高，一直拉著榮華的手問了很多問題。

到了平安鎮的市集後，榮華對穆大娘說：「穆大娘，我有點事情，就不和妳們一起逛了。」

「好啊！華兒，妳別走丟了。等到下午的時候，妳再來找我們，我們一起回家。」

穆大娘熱情至極，在榮華要離開的時候，還去買了好幾塊大米糕，硬塞進了榮華的懷裡。

榮華抱著懷裡熱騰騰的大米糕哭笑不得。

榮華想要知道平安鎮的消息，茶館是最快得到消息來源的地方。

她挑了一間人潮最多的茶館，進去點了一壺茶，一邊喝一邊聽周圍的人說話。

有人說最近的米價又貴了。

有人說賈家老太爺馬上要過一百歲壽辰。

有人說鎮上最有錢的賈家其實就是個騙子，將米糧坐地起價，現在都吃不起米了。

又說何家雖然也有錢，但最起碼何家還算有良心，不像賈家那樣賺黑心錢。

榮華聽了半個時辰，深深感覺到大家的八卦之心，她現在連賈老太爺姪孫女的姨媽家養的狗叫什麼名字都知道了。

八卦之魂，無論何時何地，都會熊熊燃燒。

榮華整理了一下今天收集到的資訊：平安鎮裡最有錢的兩個商戶是賈家和何家。

賈家和何家都是米商，所以被人頻繁提起，賈家做得最大，何家次之。

賈家有穩定的米源，在現在這年代，有米源就等於有源源不斷的錢，但是米價高了三分之一。

何家的米源似乎不太穩定，一個月裡有半個月都會賣空。

平安鎮的住戶也沒有辦法，平安鎮最大的米商就是他們兩家，其他那種小商販，米源更不穩定，所以大家一邊罵賈家不要臉賺黑心錢，一邊還必須買，同時也希望何家的米源能穩定一點，畢竟何家的米價和市價一樣。

能住在鎮上的人家，家裡都是有積蓄的，最起碼鎮上還沒有人餓死。因為鎮上的住戶，他們的主要經濟來源，不是靠農作物。

但鄉里、村裡的村民，所有經濟來源都全靠農作物。

榮華覺得，想要讓村子富起來，就要實施從農業到半工業的轉變。

當然，這不是她今天來這裡的主要目的，今天來這兒，她只是想確定一件事。

得到自己想要的資訊後，榮華和穿雲一起離開，兩人來到賈家大院的後門處。

賈家是商戶人家，家裡人口眾多，吃喝花銷也大，僕役每天都要出門採購一趟。

榮華在茶館的時候，聽他們說，僕役一般都上午去採購。

榮華算著時間，沒多久就看到一輛馬車從遠處跑了過來。她看了穿雲一眼，穿雲默默點了點頭。

在馬車快要到達的時候，穿雲突然衝了出去，趕車的車夫嚇得大叫起來。「吁！」

馬兒受驚，撂了蹄子，馬車上的一個雜役跳了下來，幫著車夫控制馬。

好不容易把馬安撫好，車夫和雜役便對著穿雲大罵：「妳走路不長眼嗎？知不知道這是賈家的馬車，妳還敢撞上來？把我們的東西撞壞了，妳賠得起嗎？」

穿雲牽制著兩個僕役，榮華繞到後面查看馬車上的東西。

有殺好的新鮮雞鴨，還有魚類和時令蔬菜，這些也便罷了，賈家有錢，自然吃得起。

然而，在一個包得嚴嚴實實的麻袋裡，竟然有紅薯、馬鈴薯還有白麵——這是袁朝特產，並不在大煜流通！

今天鬧了半天，就是為了驗證這一點：在大煜嚴令禁止和他國以物換物、暗中交易的前提下，袁朝的特產是否在大煜黑市上廣為流通，只要有錢就絕對買得到的地步。

事實證明，確實如此。

賈家不過是平安鎮上的一個商戶罷了，就可以隨意購買，那麼其他人呢？

豈不是不被發現，也可以隨意購買？

黑市是永遠存在的。

榮華相信這些流傳進來的東西，在黑市有一套完整的貨源渠道、銷售渠道，能保證不被舉報發現。

驗證了這一點，榮華放心了，才敢放心大膽地執行自己的改革。

那兩個僕役還在辱罵穿雲，榮華輕輕皺了皺眉，忽然大聲喊道：「咦？這是什麼東西啊，我怎麼從來沒見過？」

榮華喊得很大聲，立馬吸引不少人的注意。

兩個僕役怕事情鬧大，急忙跑過來一把推開榮華。「沒見識的鄉巴佬，還不給我滾！賈家的東西是妳能看的嗎？」

穿雲看著他們的目光銳利如寒刀，兩個僕役嘀嘀咕咕地駕著馬車趕緊走了。

時間還有很多，榮華拉著穿雲又去何家的後門。

兩人蹲在何家後院對面的大槐樹下，一邊吃東西，一邊看。

過沒多久，榮華看到剛剛賈家的那兩個僕役，換了輛驢車趕著過來，熱絡地給何家送東西！

榮華瞬間睜大眼睛。

記得在茶館的時候，那些人說過，何家和賈家的米鋪開在對門，是競爭關係，彼此都很看不上對方，賈家瞧不上何家假慈悲，何家瞧不上賈家賺黑心錢，兩家有時候還會大打出手。

正是因為如此，何家哪怕有時候賣的米，品質不是很好，大家也都原諒何家，覺得何家的人品有保障。

此時看來，何家和賈家的關係其實很好，那他們表現出來的敵意是怎麼回事？

榮華想起之前上學的時候，暑假去打工，在步行街上發傳單。

步行街上有三家金店，全部開在對門，三家金店競爭得很厲害。最後榮華才知道，這三家金店都是同一個老闆。

無論你去哪家買，最後錢都是到一個老闆的口袋裡。

這何家與賈家也是如此，他們兩家算是壟斷了平安鎮的米鋪生意，雖然表面上看，一直在打壓競爭，實際上早就狼狽為奸。

何家做白臉，賈家做黑臉，何家故意營造缺貨現象，賈家乘機哄抬米價。因為平安鎮已經被他們壟斷了，所以哪怕賈家的米價貴，大家也不得不買。

賈家哄抬米價的時候，何家賣的還是市價，其實何家是以次充好，低價米賣高價，但是有賈家賺黑心錢在前，何家的米價已經算良心了，所以哪怕米的品質不太好，大家依舊會買。

這樣的次米，由何家以優質米的市價賣出去，優質米讓賈家以高於市價三分之一的價格賣出去。

無論怎麼看，賺的都是他們兩家，被坑的永遠都是消費者。

人家說無商不奸，此言不虛！

穿雲不知道榮華究竟要做什麼，但她對榮華一向是言聽計從，此時默默地跟在榮華身後。

榮華隨意找了間攤子吃過午飯，下午時又帶著穿雲在市集上逛了一圈。

平安鎮的市集比不上千武集會的規模大，平安鎮也沒有千武鎮繁華，購買力更是不可相提並論。

榮華在心底暗暗比較。畢竟做生意的人，自然要對周圍的消費水平有一個清楚的認知。

在市集上，她倒是發現了一些精巧的小玩意兒，是編織品和編織品結合在一起，做出一些還算是精緻的小擺件。

有馬，有鹿，還有小白兔，這些精緻玩意兒並不實用，只是裝飾品，更適合在袁朝賣。因為袁朝國富民強，人民已經開始追求美和藝術了。

而大煜大部分的人還掙扎在溫飽線上，所以這些小玩意兒在大煜的消費客群，只能是一些比較富裕的人家，受眾較少。

若是賣到袁朝去，那就不一樣了，以袁朝目前尚顯缺乏的審美藝術，這些東西一定暢銷。

榮華每一樣動物造型的擺件各選了三個，最後買了二十幾個擺件。

老闆第一次遇到一次買這麼多的人，激動得不知道說什麼好。

榮華拿著老闆裝好的擺件，出聲詢問：「你一直都待在這裡賣這些擺件嗎？」

老闆是個憨厚老實的中年男人，他搓著手，語氣還是有些激動。「對！咱們鎮上每天都有集會，所以我每天都在。」
「什麼人買你這些東西買得比較多啊？」
「都是那些家境尚好、年輕的姑娘們。」
榮華又問：「這些都是你自己做的，還是去別人那裡進的貨？」
老闆是真的老實，榮華問什麼他就說什麼。
「這些小玩意兒沒什麼難的，都是我和我家婆娘自己做的，有時候也有那種流動的商人，來我這裡進點貨去城裡賣，不過這類人也不多。」
榮華心中明瞭，對老闆笑了下，溫和地說：「老闆，以後我可能還會來找你買東西，你不如告訴我，你住哪兒吧？我擔心你哪天家裡有事沒來，我到時候找不到你。」
「好啊！」
老闆把自己家住哪兒告訴了榮華，還怕榮華找不到，帶她去認路。
榮華記下位置後，和這個老闆告別。
其實按照現在的說法，應該喊他為商販而非老闆，但她總是不由自主按照以前的喊法。習慣是不容易改變的，她覺得這樣也無傷大雅，便不管了。
下午，到了和穆大娘約定的時間，榮華和穿雲又坐著驢車回村。

第十六章　說服

到了家裡後，榮華把今天買的擺件分成三份：一份給榮嘉，一份給榮欣，一份留著回頭給林峰看看。

她還沒有正經送弟弟、妹妹禮物過呢！

榮華來到爹娘的臥房，只見王氏半躺在床上，榮嘉正領著榮欣背書。

榮華把裝著擺件的布袋藏在身後，笑嘻嘻地問道：「嘉兒、欣兒，猜猜姊姊給你們帶了什麼禮物？」

「姊姊，有什麼東西？」

榮欣傻萌地撲過來，直接撲到榮華身上，又軟又小的兩隻手，往榮華身後摸。

榮華笑起來，故意把布袋拿遠一點，榮欣怎麼樣也拿不到，非常著急。

榮華逗了妹妹一會兒，看向榮嘉，誘惑道：「嘉兒，想不想知道姊姊給你買了什麼？」

榮嘉這個小正太，急忙點頭，一雙亮晶晶的眼睛眨也不眨地看著榮華的雙手，明明可想要了，卻克制地站在那裡不動。

榮華不再逗他們，把那些各種動物的小擺件都放在床上，對榮嘉和榮欣說：「弟弟、妹妹，這是姊姊送給你們的禮物，每一樣你們都一人一個唷！喜不喜歡？」

榮華可是一個絕對公平的人，弟弟和妹妹都要買一樣的，這樣誰也不搶誰的。

榮欣抓住了一個小兔子，榮嘉抓住了一個小老虎。

他們看著手裡栩栩如生的擺件，眼睛都亮了起來，異口同聲道：「喜歡，謝謝姊姊！」

榮欣更想要小兔子，榮嘉更想要小老虎，兩個小傢伙盯著對方手裡的其他小玩具看了一會兒，一起望向榮華。

「姊姊，我可以拿小老虎換哥哥的小兔子嗎？」

「姊姊，我可以拿小松鼠換妹妹的小狗狗嗎？」

被這樣萌萌的小蘿莉、小正太盯著看，兩雙濕漉漉的大眼睛眨啊眨，榮華的心都要融化了。她伸手摸了摸弟弟、妹妹的頭髮，溫柔地點頭。

「當然可以啊！姊姊把玩具送給你們，這些就是你們的東西了，你們怎樣處理都可以！」

「謝謝姊姊！」

榮嘉和榮欣歡樂地開始彼此交換玩具，最後他們手裡的小擺件，都是一對的。

兩個人玩得不亦樂乎。

榮華在一旁看著，覺得心底柔軟。

王氏也笑意盎然看著自己的三個孩子，一臉寫著欣慰和滿足。

榮華陪王氏說了一會兒話，便去煎藥。

等藥熬好，王氏喝完後，榮耀祖回來了。

榮華讓爹爹也把藥喝了，自己則去做飯。

一家人吃過晚飯後，榮耀祖便準備洗漱睡了。

今天帶著大家春耕，他也是累了一整天。

榮華適時喚住他。「爹爹，我有話和你說。」

榮華拉著榮耀祖在堂屋坐下，就著一盞煤油燈，目光灼灼地看著他，眼神十分認真。

因為爹爹是傳統的老學究，她一定要特別注意講話的技巧，才能夠讓爹爹更容易接受她所說的計劃。

想要改變爹爹的傳統思維並不容易，榮華就看自己有沒有這個本事了。

榮耀祖現在對自己這個女兒，可是一點也不敢小瞧，女兒的腦子比自己靈活多了。

如今瞧女兒這架勢，榮耀祖心知她一定是有什麼大事要說，當下便道：「華兒，妳想說什麼便說，我仔細聽著。」

「爹爹，你今天開始春耕，有何感覺？」

榮耀祖聽榮華提起這個，便開始嘆氣。

「地太硬了，大家要使不少力氣，才能把土翻鬆。」

「爹爹有沒有想過，今年如何繳上糧稅？」

榮華問出來這句話，榮耀祖眼神立馬變了兩分，語氣也急切起來。「繳糧稅？華兒妳之前不是說過，我們哪怕繳不上也沒關係嗎？」

「我是說過哪怕我們村繳不上糧稅也沒關係，可是爹爹，糧稅本來就是大家該繳的。」

榮耀祖的臉色立馬變得沈重了。

榮華覺得說此話題太深沈了，不是一個好的切入點，便立馬換了話題。

「爹爹沒有想過，今年怎麼保證收成嗎？我們不說繳稅的事情，爹爹有沒有想過，今年怎麼讓所有人都吃上米飯？去年冬天至今，咱們村餓死了五、六個人，往後，咱們村難道還要餓死人嗎？我現在問爹爹，就是想知道爹爹是怎麼打算的？還是打算和去年一樣，辛苦一年結果顆粒無收？日復一日、年復一年如此，爹爹從未想過其他方法嗎？

「村子裡的村民是相信爹爹，所以你說的話他們言聽計從。他們明知道種植水稻根本沒有出路，為什麼還要一年又一年地種？這是因為爹爹你告訴他們，今年或許收成會好！可是收成有沒有好呢？

「爹爹你已經試了那麼多年，你應該知道收成如何，所以我想問問爹爹，今年你有什麼打算，是打算和去年一樣，和前年一樣，和大前年一樣，還是打算讓大家忙碌一年，卻連一頓飯都吃不上？是打算讓大家飢一頓、飽一頓硬捱著，還是打算讓村裡有人餓死？」

榮耀祖沈重地低下頭，沒有說話，只是臉色凝重。

榮華繼續說：「我知道其他村子裡，也有人餓死，甚至餓死的人更多。爹爹每天都在努力，每年都很努力，努力想要讓村裡人過上好日子，但這不是光靠努力就成的！如果只努力卻沒找對方向，那就是在做無用功！

「爹爹，我們不能要求那麼低，我們不能只保證大家餓不死，我們要讓大家吃飽飯，讓大家有錢吃肉、有錢買新衣服，讓大家有錢娶媳婦，讓大家真真正正過上好日子！如果只是讓大家每天只留著一口氣苟延殘喘，爹爹你對自己的要求未免太低了一些。」

榮耀祖臉上露出羞愧的表情。他從來沒想到，有朝一日竟然會被自己的女兒如此教訓。

「是我……我對不起大家的信任。」

談話不是一個勁兒逼著對方，要學會打一棒子，再給一個甜棗。

榮華眼看自己達到目的，語氣也柔和起來。「爹爹熟讀詩書、考取功名，心中自然有自己的驕傲和清高，我相信爹爹一定是想要大有所為。大環境的情況如此，爹爹也無可奈何，桃源村能維持如今的局面，已經是爹爹的功勞。

「爹爹我沒有說你不好的意思，只是想告訴你，今年我們不能再和以前一樣了。爹爹，我們要改變，哪怕用一些不太正當的方法，我們也要改變！我們要保證，能讓所有人都吃飽飯！」

榮華雙手握拳，說得熱血沸騰，一臉期待地看著榮耀祖。

榮耀祖鄭重點頭。「華兒，妳說得對！我們要……不對，華兒，什麼叫做用不正當的方法？我們不能違法亂……」

榮華立馬大聲說：「爹爹！是守法重要，還是讓所有人都能好好活著重要？」

「自然是活命重要，但是也不能違法……」

「爹爹自己都說了，活著最重要！如今大家都要餓死了，還擔心什麼違法不違法的嗎？」

榮華用鼓舞的語氣，對榮耀祖如洗腦般重複道：「爹爹，你是所有人信任的村長啊！如果你不做出改變，那麼今年有人餓死的話，那就是因為你！爹爹你忍心看到這一幕嗎？」

榮耀祖猶豫了，輕輕皺著眉，有些鬆動，但他內心那根固執的弦還在蠢蠢欲動。

「不忍心，但是……」

榮華祭出殺手鐧。「爹爹，你知道嗎？娘親和我說過，她有多麼仰慕你，她覺得你才華橫溢又有能力，她相信你一定會是一個好村長，帶領大家發家致富。可是爹爹你看看你現在做的事情，你忍心讓我娘失望嗎？」

「我不忍心！」榮耀祖猛地抬起頭，一臉豁出去的表情。「華兒，妳就說吧！到底是什麼不正當的事情？」

榮華眼底浮現笑意，看向他。「我說了，爹爹就會做嗎？」

榮華心底已經鬆了一口氣，爹爹心裡的弦已經被觸動，說服他只是早晚問題。

對於爹爹這種迂腐又特別有原則的老學究，她真的是有點心累。剛剛說那一連串的話，自己嗓子都要冒煙了，但是效果不錯。

榮耀祖下意識學著榮華的樣子握緊雙拳，表情凝重。「如果妳說的事情合情合理，不草菅人命，還能讓大家吃飽飯，就算違法、我、我……我哪怕不要這一世清名了，我也試試！」

榮華心裡小小翻了個白眼，沽名釣譽，活都活不下去了，還想著清名呢！

她是無法理解，像爹爹這樣把名聲看得比天還要高的人是怎麼想的。當然她也知道，爹爹其實不是單純看重名聲，只是他如同老學究一般，無法改變自己的原則。

榮華就是怕他不同意自己的計劃，所以才鋪墊了半天，把爹爹的熱血激出來。

「華兒，妳說吧！」

榮華看著榮耀祖，心底思量一會兒，斟酌語句，放緩聲音。「爹爹，今天白天我去平安鎮，見到平安鎮上最大的兩家米鋪商，賈家和何家。在路上我們不小心發生了摩擦，然後我看到他們採買的車裡，放著袁朝的特產紅薯和麵。不僅賈家有紅薯，何家也有。我在平安鎮打聽了一下，基本上有點錢的，都有門路買得到袁朝的紅薯。當然能買到紅薯也不是什麼稀罕事，因為就連咱們家都吃了紅薯和麵。

「這不是重點，我只是想向你證明，大煜雖然不允許袁朝的特產在大煜流通，但大煜的黑市上，還是有很多這樣換購的事情。而且我曾經仔細研究過紅薯和小麥……」

榮華想起以前學過的知識，紅薯是一種高產而適應性強的糧食作物，與人民生活關係密切。塊根除了作為主糧外，也是食品加工、澱粉和酒精製造工業的重要原料，根、莖、葉又是優良的飼料。

小麥是小麥屬植物的統稱，是禾本科植物。小麥是人類的主食之一，磨成麵粉後可製作麵包、饅頭、餅乾、麵條等食物，發酵後還可製成啤酒、酒精、白酒，或生物質燃料。

小麥是三大穀物之一，幾乎全部作為食材來食用，約有六分之一作為飼料使用。

榮華挑一些能說的，認真仔細地向榮耀祖講述小麥和紅薯的特性，最後總結道：「小麥和紅薯，適應能力強，生存能力強，抗旱耐澇，是咱們筠州城地區適合種植農作物的不二之選。咱們筠州城乾旱，根本不適合種稻穀，所以爹爹，我說可能會違法亂紀的事，就是今年我們種紅薯吧！」

小麥應該在過年前就撒下種子，小麥種子會在冬雪的覆蓋下茁壯成長，但是現在年都過完了，說什麼都晚了。

除去小麥，現在能種的東西還有很多。

紅薯在清明前後種植，玉米在二月分中旬就能育苗，而馬鈴薯也是能在春季種植的。

春天是萬物復甦的日子，也是播種希望的日子。

榮華期待地盯著榮耀祖，她眸若清泉，明亮澄澈。

榮耀祖瞧著自己女兒期待的目光，一時間竟不知道說什麼好。

這件事危險嗎？

如果被發現，那就是砍頭的危險。

他沒想到女兒好像不怕死一樣，竟然會提出這樣一個主意。

女兒都這麼有膽量，他還能退縮嗎？

榮耀祖陷入沈思。他思慮了很久，為難、糾結、徬徨……

榮華看著爹爹緊皺著眉頭，一副天要塌了一樣的表情，她沒有催促，也沒有出聲打擾，只是靜靜等著。

榮華知道這件事對爹爹來說，無異於天崩地裂，想要讓爹爹點頭同意、並且帶頭支持，簡直難如上青天。

榮華還是想要試一試，因為她相信榮耀祖，在榮耀祖心裡，到底還是村民更重要一些。

思慮良久，榮耀祖有些渾濁的眼珠子才轉動了一下。他嘴唇顫動，聲音像是從嗓子眼裡擠出來的。「這是殺頭的罪，村民們會願意嗎？」

榮華臉色平靜，輕輕仰頭。「殺人不過頭點地，十八年後又是一條好漢。我相信大家不怕被殺頭，只怕這樣半死不活的苟延殘喘。」

「可是……如果被其他村子裡的人知道了，那怎麼辦？所以我們要想個萬全之策，絕對不能讓其他人知道。」

這一點榮華已經想好對策了，雖然桃源村的地和其他村子的地是分散開的，並不在同一個地方，但是幾千畝鬱鬱蔥蔥的農作物還是很搶眼，只要眼不瞎，都會發現。

但是發現又如何？榮華一開始就打定主意，不打算隱藏。

她不隱藏這件事，自然有人替她隱藏。

現在比爹爹更著急的，可能就是安平縣的縣令了。

這個縣令的官職是買來的，才剛做了幾年縣令、當了幾年官，屁股還沒坐熱，就面臨這件事，他可能都快氣瘋了。

享受過當官的威風，這個縣令最怕失去自己頭上的這頂烏紗帽，現在這道旨意直接威脅到他，他當然急啊！

榮華不知道他收到什麼旨令，只聽人說這個縣令如同熱鍋上的螞蟻，都快要急死了。

他是最希望所有村子都能夠如數繳上糧稅的人。

既然大家都有共同的困難和難題，那麼彼此就算是朋友。

如果這個縣令知道桃源村或許有辦法可以繳上稅收，那麼他一定願意冒險。

所以何必自己作賊心虛，偷偷種植呢？

只要她告訴安平縣縣令，或許有法子可解他燃眉之急，他一定會願意嘗試，並且還會替桃源村隱瞞。

縣令為了稅收的事，已經不擇手段到拿所有村長的生命和其家人的生命作威脅，榮華覺得他會答應的機率很大。

榮華說了自己的看法，說完後，榮耀祖一臉憂慮地看著榮華。

「妳這些稀奇古怪的歪點子究竟是哪裡來的？」

「哪裡是歪點子了？」

榮華噘嘴，她哪裡出過什麼壞主意？

她只不過是囑咐爹爹，要先下手為強。

每個人都有弱點，那個安平縣縣令的弱點就是自己的官位。

所以榮華只是提點榮耀祖，記得從安平縣縣令的弱點下手。

談判如同博奕，最先沈得住氣的那一個便贏了。

榮耀祖猶豫了好久，總算是答應了。

榮華將說服安平縣縣令的事情交給了爹爹。

她雙手在胸前握拳，興奮地喊道：「爹爹，等你的好消息喔！」

榮華並不知道榮耀祖是在怎樣糾結、猶豫的心情下，去找安平縣縣令的。

她有自己的事情要做。

搞定縣令這個任務交給爹爹之後，她要準備接下來的工作，大量收購紅薯、玉米、馬鈴薯這些農作物的種子。

她必須要去袁朝買。

但是如此大量購買，一定會引起別人的懷疑，而且要買這麼多，一般人家也拿不出來，所以要有路子、有渠道才行。

她在袁朝的渠道，唯有一個林峰。

榮華決定去詢問林峰採購種子的事情，如果他肯幫忙，所有事情就迎刃而解了。

依舊是天色還沒亮的時候，榮華讓穿雲騎馬帶著自己，前往袁朝千武鎮。

榮華在八娘的麵攤上，等到林峰。

林峰對於榮華的再次到來，感到十分詫異。

榮華等他吃過早飯後，才湊近林峰，低聲說：「林峰大哥，我有要事相商。」

林峰很是慎重，引著榮華在千武鎮繞來繞去，最後到了一個不臨街的小院裡。

進了房間，林峰正色道：「榮華，妳有什麼事？請說吧！」

「林峰大哥，是這樣的，我這次來找你，是有事想請你幫忙，我想大量收購一批可以種植的農作物。」

榮華心底有一些緊張，她不知道林峰願不願意幫忙。

林峰並沒有一開始就說答不答應，他思索了一下，問道：「妳想自己種植？」

榮華點了點頭。

林峰眉頭皺了一下，覺得難以理解。

「榮華，我覺得妳做生意的頭腦挺好的，已經不需要靠種植農作物來賺錢了。而且妳身為大煜人，種植袁朝的農作物，是有很大的風險。我們如今將大煜的東西賣到袁朝，這已經算走私，已經冒了風險，妳完全沒必要再去冒一次更大的風險。更何況妳做生意的收益，已經能夠很好地保障自己的生活了，我不能理解，妳為什麼不專心做自己的生意，反而還要去種植？」

林峰覺得榮華的思想是不是被局限了，他有心提點榮華，但如果榮華堅持，他可能會考慮一下這個夥伴是否值得長期合作。

「林峰大哥，我想問你一句話，你的家鄉有沒有人餓死？」

林峰看著榮華，目光深邃，在某一個瞬間，眸中似乎閃過一絲傷痛，也不知道是想到了什麼。

他語氣平淡。「妳問這個做什麼？」

榮華有點沈浸在自己的情緒中，沒有發現林峰的異常。她雙手握拳，有些難受。「林峰大哥，我問你這個，是因為我們村子裡有人餓死了。這種感覺真的好無力，我不知道你有沒有體驗過，我真的很想幫他們。不說讓他們過上多好的日子，最起碼活得像個人樣，不至於吃都吃不飽。我們那裡的風土環境和袁朝其實挺像的，所以我想要帶村裡人種玉米、紅薯這些抗旱性強的農作物。我真的不希望我們村裡還有人餓死了！」

林峰真的沒想到，榮華竟然是因為這個才想要搞種植。他一開始以為榮華看到了袁朝特產在大煜的商機，所以自己想要再掌握一個商機而已。

雖然欣賞榮華的商業頭腦，但他並不是很喜歡太唯利是圖的人。

林峰沒想到，榮華竟然只是單純想要讓村裡人不會餓死。

他這一次真真正正地佩服榮華。

林峰認真地打量著榮華，這個女孩年紀不過十三、四歲，身量還沒長開，眉眼依舊稚嫩，雖然眉眼清麗、姿容溫婉，但他走南闖北這麼多年，見慣太多美人，從沒覺得榮華有多麼驚豔。

但是此時再看，卻覺得榮華穿著厚重的灰色棉服，也依舊掩蓋不住她的氣韻。可能是發現榮華心中對家鄉的熱愛以及善良，林峰忽然覺得，榮華真的滿好看的。而且是越看越順眼！

榮華還不知道自己的形象在林峰心中有了翻天覆地的變化，她目光灼灼地看著林峰，生怕他不同意。

在袁朝，她沒有一點資源，如果這件事林峰不願意幫忙，她暫時也想不到好的辦法，怎樣能不顯山不露水地在袁朝買上千斤、上萬斤的種子。

這麼大工程還不會被發現，除非所有人都是瞎子。

榮華難得緊張了起來。

看到榮華緊張地咬著嘴唇，林峰笑了下。「我還記得有一次，妳一個人大晚上趕著驢車來送貨，那時候妳懷裡揣著刀，一個姑娘家大半夜趕夜路，我都沒見到妳有緊張的神情，當時我還在想，這小姑娘看著瘦瘦小小的，膽子可真大，心裡還有點好奇，什麼時候會讓妳害怕。沒想到妳現在露出害怕、緊張的神情，是為了妳的村民。」

榮華輕輕皺了皺小鼻子，有些感嘆。

「還有什麼比人命更沈重的壓力呢？如果幾千人的命運握在你手裡，你也會很緊張。我真的很想幫他們改變命運，我知道我可以做到，所以我才會緊張。知道方法卻做不到，比無知無覺可要痛苦多了。」

「那麼為了讓妳不那麼痛苦，能夠好好地和我做生意，保證我們的合作能正常運作，那麼我必須要幫妳了。」

林峰的聲音帶著笑意，眼神帶著那麼一些疼愛妹妹的感覺，笑著說：「這件事我幫妳搞定，妳放心吧！妳要這些東西，給我點時間，我讓商隊準備好。」

榮華驚喜地看著林峰，此時聽著林峰的聲音，那真的是如崑山玉碎鳳凰叫般，好聽極了！

她開心得幾乎要跳起來，開懷地喊道：「林峰大哥，你真的願意幫忙？」

「對，妳都叫我大哥了，妹子第一次求我辦事，我哪有不同意的。」

「林峰大哥，謝謝你啊！」

榮華相當開心，她真的沒想到林峰會同意得如此乾脆，這真的大大超出她的預期。

榮華想起林峰剛剛說的話，莞爾道：「林峰大哥，你可真是個大好人！」

榮華剛看他好像很感慨的樣子，所以林峰願意幫忙，絕對不是因為他說的那個意思。

林峰嘆了一口氣。「大好人？這可是第一次有人這麼說我，知道我的人，都說我是奸商、無利不起早，哈哈。」

笑了兩聲，笑聲有些蒼涼，他話音一轉，看向榮華。「榮華妹子，妳想不想聽個故事？」

林峰的神情，是那種悲傷到極致的感覺。

榮華一下子安靜下來，安慰地看著林峰，點了點頭。「大哥你說吧！妹子洗耳恭聽呢！」

林峰笑著看向窗外的日光，雖然他在笑，聲音卻有些發顫。「曾經在大周，有一個小村莊，那個小村子和所有的小村莊一樣溫馨、快樂。那個村子的土地肥沃，年年碩果累累，秋收時都是大豐收，所以大家都很快樂，沒有生存的壓力，每天自給自足、自得其樂。

「小村莊裡有一個小男孩，他每天都很快樂，吃飽飯就去找其他小夥伴玩。他最喜歡和其中一個小女孩一起玩，因為那個小女孩長得特別好看，笑聲特別好聽，她笑起來，笑聲像銀鈴一樣，比叫聲最好聽的黃鸝鳥還要好聽。小男孩心想，以後一定要娶這個小女孩。

「後來有一天，村子裡突然闖進來一批人，他們騎著高頭大馬、穿著鎧甲、握著寒刀，進村就開始燒殺擄掠，小男孩害怕極了。村長爺爺讓大家交出所有的糧食，只求能留下一條命。但是那些人不願意，一刀砍掉村長爺爺的頭。小男孩就看著村長爺爺的頭往外噴著血，滾到自己腳邊。他真的嚇傻了，因為之前沒多久，村長爺爺還給他吃了肉呢！

「所有人都在跑，所有人都在求救，求求他們能放了自己。後來他們又哀求，希望能放了孩子。但是沒有人聽，單方面的廝殺一直持續，小男孩和小女孩被家人塞在一個洞裡，等到所有聲音都消失，小男孩和小女孩出來的時候，村子裡已經沒有一個活人了。他們兩個哭了好久，哭到嗓子都啞了，哭到喉嚨都出血了，也沒辦法讓自己的家人活下來。

「後來有好心人過來，他們是其他村子的倖存者，他們幫忙把村子裡死去的人掩埋了，然後帶著村子僅剩的兩個倖存者小男孩和小女孩離開。那個小男孩和小女孩就開始在亂世中流浪的日子，大家並沒有什麼好主意，一開始就要飯，但是亂世之中哪裡能要來吃的。他們經歷了無數毆打、謾罵、白眼，一次次在生死之間徘徊交錯，後來那些大人們都死了，只剩那些半大孩子。在一次一次的戰亂中，這些孩子們也走散了，只剩那個小男孩一直和小女孩待在一起。

「後來的後來，小男孩長大了，他學會做生意，終於安定下來，也能夠給那個小女孩一個真正的家。可是他以前的家人，卻再也不會回來了。」

林峰說完了，久久不能平靜，肩膀一直上下聳動著，似乎在靠深呼吸讓自己平靜下來。

榮華雙手握拳，看著林峰的背影，有些難以自持地傷感。

那個小男孩是林峰，一直陪在小男孩身邊的小女孩，應該就是八娘姊姊吧！

她沒想到每天看上去都笑呵呵的八娘，竟然有這麼慘痛的童年。

林峰和八娘他們兩個也太苦了。

活著的人要比死者承受得更多，他們這些年一定過得特別苦，應該是竭盡全力，才能活下去吧！

亂世之中，這樣的事情一定不少。

榮華有些後怕地喘了口氣，聲音溫暖。「幸好都過去了，現在一切都好起來了。」

「是啊，都過去了。」林峰看著那明晃晃卻沒有一絲暖意的日頭，笑聲蒼涼。「都過去了……」

榮華靜默，沒有說話。

對林峰和八娘來說，這件事永遠都不會過去。

榮華忽然覺得有點冷，冬日的太陽看著明晃晃的，可是卻連光線都浸著寒意。

「所以我願意幫忙，有很大一部分原因，是因為想到了我和八娘曾經的家。故土和家鄉對每個人來說都很重要吧！所以妳才會這麼努力想要拯救自己的家鄉，所以我願意幫妳。但是我的家鄉，卻永遠也回不來了，只能存在夢裡。」

「只要心中永遠記得，家鄉和家人就會永遠活在我們心中，永恆不變，一直存在。」榮華說這句話的時候，想的卻是那個真正生活二十多年的地方。

那裡在她心中，永遠都是故土和家鄉，是她永遠的家。

看著林峰悲痛的模樣，榮華不知道怎麼安慰他。

不知怎的，榮華忽然想到在市集上見到的那個老奶奶，說：「等冬天過去就好了，春天馬上就來了。」

林峰轉過頭看了榮華一眼，眼角好像有明亮的水漬，他笑了笑。

「八娘的聲音很好聽，對吧？我沒說錯，她還不信，總覺得我在騙她。」

「對，很好聽！」

榮華狠狠地點頭，想起八娘的笑聲，她誠懇地說：「八娘姊姊的笑聲，就像崑山玉碎鳳凰叫，芙蓉泣露香蘭笑。」

林峰低下頭琢磨了一會兒，看向榮華的目光有些驚喜。「這兩句詩真是好妙啊！我以前也聽過其他吟遊詩人的詩句，都不如妳這兩句動人。」

榮華有些害羞，這是借用著名詩人的詩句，能不妙嗎？

不過，她可不敢居功，解釋道：「這不是我作的詩，我也是聽別人說的，那個作詩的人叫李賀。」

「原來如此，我待會兒就唸給八娘聽聽。對了，榮華妹子，八娘很喜歡妳，她也囑咐我，讓我多照顧照顧妳。可能是因為她看到妳這麼小的年紀就開始一個人賺錢養家，所以想到了自己。我希望妳有空的時候能來找八娘玩，她一個人在這裡除了我之外，沒什麼朋友。」

「好，林峰大哥，你放心，我有空就會來找八娘姊姊，我也很喜歡她。」榮華笑著應下。

原來林峰對自己諸多照顧，有很大一部分是因為八娘，這樣的話就很好理解了。

透過和林峰的聊天，榮華已經知道，他這麼爽快答應幫忙，就是因為自己的家鄉在戰亂中被毀去，所以榮華現在想要救自己的村民，深深觸動了他。

今天搞定種子的問題，還知道了林峰和八娘的過去，榮華覺得和他們兩個人更親近了一些。

正事忙完，榮華和林峰一起去找八娘。

榮華陪著八娘待了一天，天色將暗的時候，才和穿雲一起回家。

第十七章　好消息

在馬背上，榮華縮在穿雲懷裡，聲音悶悶地問出一直很想知道又不好問林峰的問題。

「穿雲，大煜的軍隊，也曾經攻打過大周嗎？」

「大煜那時候只有被人追著打的分兒，哪裡還能去打別人？那時候袁朝和楚國最強大，也就是他們的戰鬥力最可怕。」

穿雲的語氣沒有什麼感情，今天林峰的話讓她再次回憶起那段時日，她情緒不太高興。

榮華心中了然，適時閉嘴了。

她只想知道大煜並沒有攻打過大周就好。因為她很喜歡林峰和八娘，可不希望到最後因為兩個國家的事情，和他們生分了。

榮華回到家後，天已經黑了。

沒想到今日榮絨帶著自己妹妹前來，已經幫忙把飯菜做好了，還替王氏熬好藥，正餵著王氏喝呢！

榮華朝她露出善意的笑。「絨姊姊，謝謝妳來幫忙。」

榮絨平靜地開口。「本來今天想來找妳玩，來了之後才知道妳和大伯都不在家，我想著大伯娘身體不好，不宜操勞，就過來幫忙做飯。」

榮華再次道謝，並且邀請她一起留下吃飯，榮絨卻拒絕了。

「家裡人並不知道我來妳這裡，我騙他們才得以溜出來，現在必須回去了。」

榮華也不勉強，送她出去走到門口時，才問起其他人的近況。「絨姊姊，妳在家裡怎麼樣？淺姊姊怎麼樣？她還是天天挨打嗎？」

「我還是那樣，以前怎麼過，現在就怎麼過，榮淺也和以前一樣。不過家裡人現在很怕和你們扯上關係，天天罵我們，讓我們絕對不要來找妳，說不然會倒楣的。」

榮華挽住榮絨的手。「可是妳還是來了。」

榮絨笑起來，臉上有一個小小的酒窩。「現在都已經這樣了，還能怎麼倒楣？不過華兒，妳真的一點都不擔心啊？我看妳並沒有很困擾的樣子。」

「絨姊姊，妳放心吧！我可不會被生活的難題給打倒的，我可說過要帶妳一起賺錢，我絕對不會食言。」

榮絨握著榮華的手，點了點頭。

榮絨和她妹妹一起走了。

榮華看著她們走遠，正想進屋，就聽到榮欣稚嫩的聲音。

「姊姊呢？剛剛明明聽到姊姊的聲音，姊姊？」

榮欣奶聲奶氣的聲音太好聽了，榮華眉眼都染上笑意，高聲應和道：「欣兒，姊姊在這裡！」

兩隻圓滾滾的小團子立馬跑了出來，他們穿得圓滾滾的，跑起來格外憨狀可掬，像兩隻圓滾滾的大貓熊衝了過來。

榮嘉和榮欣兩個奶娃娃，齊齊抱住榮華的大腿。

榮欣還小聲嘟囔道：「哥哥我就說吧！我都說姊姊回來了，你還不信。」

「哈哈哈。」

榮華笑起來，蹲下身子抱住榮欣，在她小臉蛋上親了一口，然後又親了親榮嘉，這才一手牽著一個，拉著他們回房間。

「娘親，我回來了。」榮華和王氏打了招呼。

王氏躺在床上，溫和地問道：「華兒，妳回來了，餓不餓？今天榮絨那個孩子來幫忙做飯，我都不知道要怎麼謝她。妳要是餓了，就先吃飯吧！」

「爹爹還沒回來嗎？」榮華看了眼房內，榮耀祖仍不在家。「我還是等爹爹回來再吃吧！」

「他去縣裡了，不知道什麼時候回來，沒必要等他，你們餓了就吃，別把自己餓壞了。」

娘親都這麼說了，榮華便洗了手，提前給爹爹留菜，然後開始吃飯。

吃過晚飯，榮耀祖依舊沒回來。

榮華等了一會兒，但是冬天太冷了，她有點睏，熬不住就想睡了。

她躺進被窩的時候，感覺被窩暖暖的，裡面放了暖手爐，原來王氏早就幫她把被窩暖好了。

榮華心裡暖暖的，心滿意足地睡著了。

一夜無夢，榮華睡得很好。

隔日一早醒來，榮華穿好衣服就跑了出去，在院子裡看到正在練劍的穿雲。

榮華揉著眼睛問道：「穿雲，我爹爹呢？」

穿雲用劍指了指灶房的方向，繼續專心練劍。

榮華跑進灶房，看到正在煮飯、熬藥的榮耀祖，興奮地問道：「爹爹怎麼樣，你昨天去見那個縣令，結果如何？」

榮耀祖依舊穿著洗得發白的灰色棉衫，縮在灶膛前伸手烤著火，看到榮華過來詢問，就嘆了口氣。

榮華心裡一沈，頓時以為這事沒成。她微微皺著眉，想著難不成還需要自己親自出馬？

「怎麼可能？那個縣令肯定急死了，現在哪怕就是有人說，讓他帶著衙役去搶劫，他說不定都會同意啊！沒道理不同意。」

「誰說他不同意了？」榮耀祖板著臉，有些憋屈地說了一句。「那個縣令答應了。」

「答應了？吔！太好了！」

榮華興奮地跳了一下。

縣令答應了，林峰也願意幫忙弄好種子，現在還有什麼可擔心的？只等著開幹就是了！

榮華已經開始無限暢想桃源村未來的美好日子了！

榮耀祖又嘆氣，臉上滿是惆悵的神情。

榮華覺得奇怪，這麼好的喜事，爹爹怎麼還不開心呢？

「爹，你怎麼了？難道那個縣令威脅你了？他欺負你了？」

「沒有，我昨天去找他的時候，鼓足了勇氣，才旁敲側擊說出了妳那個計劃。我本來以為那個李縣令會大發雷霆，臭罵我一頓，結果他和妳說的一樣，瞬間眼前一亮，說自己怎麼沒想到呢！他也有點害怕被皇室發現，不過最後想到自己的大好前程，還是同意了。他不僅同意了我的意見，還鼓勵我，讓我放開手腳去做，並且讓我不要告訴其他縣的人，他怕如果別的縣也用了這個方法，到時候他就不能佔頭功了。李縣令說當筠州城所有地方都繳不上糧稅，只有他安平縣可以，皇室一定會記住他，他會有大功的。他讓我好好做、放心去幹，保密的事情由他來處理。」

榮華聽完後，覺得不意外，像李縣令這樣利慾薰心的人，會做出這樣的事情相當合理，他的反應和榮華猜測的一點也沒誤差。

榮華有些不太明白，榮耀祖為什麼是現在這個反應。

「爹爹，這不就是我們想要的結果嗎？你怎麼還不開心？」

「我只是在想，李縣令作為安平縣的父母官，怎麼能一心只想著自己的榮華富貴？」

榮華蹲下來，往灶膛裡添了一把柴，聲音平淡。「他那個官都是買的，怎麼可能會想著為百姓謀福？恨不得把百姓榨乾才是真的。」

「安平縣的父母官，沒有把縣裡百姓的生死放在眼裡。而大煜皇室也是如此，他們將大將軍視作罪犯。大將軍明明是豪傑、是英雄，是他擊退敵軍，是他守護了大煜的大好河山，還我大煜朗朗太平，可是將軍的下場如何？他們害怕將軍，忌憚將軍，覺得將軍功高震主！

「這樣的大煜，這樣的皇室，讓我看不到一丁點希望啊！大煜以後要怎麼辦？大煜的百姓要怎麼辦？連保護大煜的將軍都被皇室如此對待，這樣的國家遲早要滅亡啊！」

榮耀祖說著，竟然老淚縱橫，哭得聲淚俱下。

他是真的難過，也是真的傷心。

他真的很喜歡穆良錚，他也真的很愛國。

雖然他只是一介酸儒，但他胸中對自己的國家有一腔熱血，曾經一心考取功名，定然也有雄心壯志，想守護一方百姓，只可惜無處施展。

天下間多少好兒郎的赤子熱血，終究被如此不作為的皇室熄滅，被現實壓彎了頭，變成在灶膛前無力痛哭的榮耀祖。

榮華搓了搓指尖，也不知道該怎麼安慰他。

穆良錚詐死這件事是他的計劃，榮華雖然從穿雲口中知道內情，但為了穆良錚的計劃順利進行，也為了穆良錚的安全，榮華覺得不能告訴別人。

哪怕這個人是爹爹，她也不能說。

牽一髮而動全身，越少人知道就越安全！

她擔心因為自己告訴別人，壞了穆良錚的計劃，進而造成難以收拾的後果，所以還是一直保密吧！

榮華蹲在榮耀祖身邊，思索了半天，也不知道如何開口安慰。

她不了解爹爹，不知道該說什麼。

細碎的腳步聲響起，榮華回頭去看，看到王氏披著棉襖走了過來。

王氏溫和地笑了，伸手摸了摸榮華的頭髮，聲音溫柔。「華兒，這裡我來就好了，妳出去洗漱吧！」

榮華應了聲好，起身出去。走到門口時一回頭，就看到王氏溫柔地蹲在榮耀祖身邊，一句話也沒說，只是抱住他，輕柔地拍打著他的後背，像是對待小孩般任由他哭，溫柔地哄著。

那樣的情景好溫馨，榮華忍不住多看了幾秒才走出來。

她站在院子裡，看著頭頂昏沈的天空，靜靜思索著接下來的事情。

既然安平縣縣令表面上已經算是她這邊的人，那麼接下來就要開始好好春耕。

桃源村的土地有三千二百多畝，就算袁朝的物價不高，榮華大概算了下她要買的種子，只怕用盡身上三百多兩銀子也是不夠的，更何況她的錢還要留一部分做本金。

榮華滿心都在思考關於桃源村春耕的情況。

直到王氏從灶房走出來，她才回過神來，立馬扶住王氏，口中嗔怪道：「娘，妳出來也不穿厚點，外面多冷啊！」

「不礙事。」王氏攏了攏自己的棉襖，溫柔又欣慰地看著榮華，眼中滿是開心。「華兒真棒，都可以幫著妳爹爹做事了，華兒長大了。」

榮華有些害羞地笑了起來。

無論多大的人，被父母誇獎總是有些不好意思。

扶王氏回屋後，榮華回到灶房，和榮耀祖談起正事。

他們談了一早上，決定了四件事：

一、榮華需要立馬羅列好購物清單，並且通知林峰，等待林峰購買。

二、榮耀祖要召開一次村民大會，鼓勵村民大膽種植。

三、村長繼續帶領村民開耕，種子到位後，立馬按時令種植。

四、開河挖渠，將東渡河的河水引到桃源村，使村民灌溉方便。這個需要安平縣縣令的支持，幸好現在縣令已經屬於「自己人」，所以無須擔心。

將四件事都確定好之後，榮華誠懇地看著爹，誠摯地說道：「爹爹，我知道你的意思，但是我想說一點，大煜雖然有許多如同李縣令這樣的貪官污吏，但同樣也有許多兩袖清風、一心為民的好官。就比如爹爹你，哪怕只是一個小小村長，不也是勤勤懇懇，想要帶領大家脫貧致富嗎？所以爹爹，不管大煜皇室如何腐敗，我們只要保持自己的初心就好。」

榮耀祖感慨地長吁一口氣，自嘲地笑道：「活了一大把年紀，反而在女兒面前丟人，真是……」

他搖了搖頭，停頓了一會兒，忽然轉移話題。「華兒，我們剛剛雖然謀劃得很好，但是有一個很大的問題，就是買種子的錢從哪裡來啊？」

榮華兩隻手攏在一起，平靜地道：「這個錢我已經想好了，我做生意攢了點錢，有三百多兩銀子，不過這個錢仍遠遠不夠，我還要留著一部分做本金，所以買種的錢，準備先欠著那個林峰大哥。我也不是第一次欠他人情了，以後慢慢還就是。」

「三、三百多兩銀子？妳竟然掙了這麼多！」榮耀祖一輩子都沒見過那麼多錢，咂了咂舌，有些猶豫。「可是華兒，那是妳自己的錢，我怎麼能讓妳拿自己的錢出來呢？」

「爹爹，我已經想得很明白，我一開始就是想先讓咱們家富裕起來，再讓村裡人富裕起來。現在是春天，時不待我，如果現在不趕緊讓大家把地種了，等到冬天就難了。而且這個錢，千金散盡還復來，我又不是不掙了，我還在一直掙錢呢！如果我只是單純想掙錢，有這三百多兩銀子，我都能去縣裡買間好房子，咱們一家五口好好地過日子了。但是村裡每個人都很好，我也了解爹爹，你不會拋下他們不管的，娘也不會，而我現在也願意幫他們一把，你就別想那麼多了。」

榮華還有一句沒說的是，她不做不賺錢的買賣。

她確實想幫助村民，所以自己出錢幫他們種地，但商人總能在任何事件中發現商機，這筆買賣不一定就是自己虧了。

榮耀祖仔細思索一番，還是覺得不穩妥。

「可若是我們種植後，發現桃源村的土地還是不適合種植呢？那我們不是白白浪費了錢，還浪費了糧食嗎？」

「那按爹爹的意思呢？」

「我覺得與其這麼麻煩讓他們去種那些不一定種得出來的農作物，不如妳直接把糧食給他們，豈不是更穩妥？」

榮華看著榮耀祖，覺得有些頭疼。

她這個爹爹，確實不算聰明，怪不得在桃源村急得要死，也沒能帶領村民脫貧致富。

她原本以為是因為爹爹太過迂腐、不敢冒險，如今看來，爹爹本來就是個不聰明的人。

就只有心善這一個優點了。

榮耀祖的眼神格外誠懇，似乎覺得自己提了一個很好的主意，既可以保證村民不會餓死，也可以不用冒險，還不用擔心浪費錢，三全其美。

榮華看著自己老爹那希冀的眼神，委實覺得如果自己不說清楚明白就拒絕了爹爹，可能會傷害到他那顆有些脆弱的小心靈。

榮華認命地拍了拍手，無視榮耀祖期待的目光，伸手在灶膛處一邊烤火，一邊說：「爹爹，我很想問你一個問題，如果我現在把買種子的錢分給村民，讓他們暫時吃飽飯，那麼請問以後怎麼辦？他們把我送給他們的糧食吃完了怎麼辦？難道我要一直給他們糧食嗎？難道他們要靠我養一輩子嗎？

「我現在身上有錢，為什麼卻一直沒有給他們糧食？因為我不想開了一個壞頭，我希望他們始終都能保持著勤勞這個優秀的美德。不勞而獲的感覺確實很爽，人人都想不勞而獲，但是我並沒有能力讓他們一輩子都不勞而獲啊！

「而且升米恩、斗米仇的道理，爹爹你應該明白。授人以魚不如授人以漁的道理，爹爹你也應該明白。我知道你不想冒險，覺得太過危險，但是我要做的是讓他們通過自己的努力，進而過上好日子。我能幫他們、引導他們，但是他們必須通過自己的勞動、自己的努力去實現這一個目標，我不可能白給他們，爹爹你明白了嗎？

「我為什麼冒著風險讓他們搞種植？因為這樣子他們不僅今年冬天餓不死，明年冬天也餓不死。只要一直種地，就會有吃的，就一直餓不死。爹爹我們不能只看眼前，而不顧以後啊！」

榮耀祖意會過來，臉上露出一絲羞愧的表情，他猶疑道：「我就是害怕，害怕萬一事發，我們會……」

「就是為了以防萬一，我才讓爹爹去找了安平縣縣令。我們和那個李縣令有共同的目標，哪怕出發點不一樣，但既然我們有共同的敵人，也有共同的目標，大家就算是朋友了。有李縣令在，沒有露餡兒事發，他得到了他想要的，我們也得到了我們需要的食物，這是雙贏的局面。哪怕日後事發，也是李縣令先倒楣，所以他一定會想盡辦法捂好這件事的。這就是我讓你去找李縣令的原因，算是風險對沖吧！我們共同承擔風險，要比我們一個人承擔風險好得多。」

榮耀祖不太理解榮華所說的風險對沖，不過他覺得女兒說得很有道理，再一次成功被說服了。

他搓了搓手，縮著脖子弱弱地開口。「華兒，爹知道了，妳放手做，爹都聽妳的。要是以後真出了事，我就說全是我的主意，和妳沒關係。」

「唉！」榮華嘆氣。

自己這個爹爹，幹啥不行，膽小第一名，但她還能怎樣？慢慢來吧！

榮華和榮耀祖結束談話後，就回到房間洗漱好，連早飯都沒吃，和穿雲一起去千武鎮。她本來可以直接讓穿雲一個人去，但是榮華後來想一想，賒帳這樣的事情，還是她自己去說吧！

和林峰的談話很順利，榮華對袁朝的農作物不是很了解，林峰特意陪著她去逛了一下古代版的「農貿市場」。

她在「農貿市場」逛了一天，發現了一些驚喜。
袁朝也有綠豆、黃豆、花生，但它們在袁朝算是比較稀有的食材。此外，她在這裡找到很多現代常有的農作物。
榮華一邊找一邊抱怨，袁朝和大煜離這麼近，憑什麼大煜就沒有？
經過一整天認真比較研究後，榮華給林峰列了一張購買清單。
紅薯、玉米、花生、黃豆、棉花等，這些是榮華準備大量種植的；而綠豆、甘蔗、芝麻，榮華準備少量種植，自己留著用。
榮華列了兩張單子，一張是種子的購買清單，另一部分就是食物。
她大肆購買麵粉、糙米等食物，因為現在大家要春耕，需要有很好的體能，而補充體能最好的東西，就是碳水化合物了。
既然已經決定帶著村民一起幹，她就不會讓他們餓著肚子，雖然掌管全村兩千多口人的飯聽著很離譜，但也不是做不到。
將所有購買的東西清點之後，榮華需要給林峰七百六十兩銀子。
她真的要謝天謝地，袁朝農作物的物價如此低，而且因為大量購買加上跟林峰有合作關係，打了不少折，不然可能要一千多兩銀子。
這確實是很大一筆開銷。
雖然已經是很優惠的價格了，但是她依舊付不出來。

榮華還在想著要怎麼開口賒帳的問題，林峰卻彷彿早就知道她的為難，直接說：「妳先欠著吧！到時候有了再給我。」

榮華看著林峰，一時間說不出話來，心裡真的覺得林峰這個大哥太貼心了，她很慶幸做生意第一個遇到的人就是林峰，他真的幫了太多忙。

榮華對林峰的幫助很感激，近乎感動地說：「林峰大哥，謝謝你！我寫一張欠條給你，然後再放二百兩銀票當作押金，你看怎麼樣？」

「欠條可以，但押金就算了。我相信以妳的能力，一定還上我的錢，妳的錢就留著應急用吧。」

「林峰大哥，你就這麼相信我啊？」

林峰大哥人也太好了！

林峰捏著兩張清單，輕輕搖頭。「我信得過妳的人品，但我相信妳，主要不是因為妳的人品，而是我相信妳的格局不會局限於這幾百兩銀子。妳的頭腦很清晰，不可能因為幾百兩銀子而放棄我這個合作夥伴，不然妳就虧了。我對妳這一點很有信心，所以相信妳。」

榮華再次深深地道了謝。

林峰搖搖頭並不是很在意，捏著清單說：「妳買的食物，需要和種子一起全部送給妳嗎？」

榮華擔心全部一起送過來目標太大，而且食物不一樣，對儲存空間要求挺高的，她這邊沒地方放不說，到時候還不好儲存。

「林峰大哥，食物的話，你一個月送四次，然後五個月送完。」

「好，那第一次送食物的時間，就二月十五吧！那天妳要來送貨，剛好我給妳送食物。」

榮華想了下，點了點頭。「二月十五，好的，可以。」

林峰又道：「不過種子的話，批量太大，我要時間準備。不過妳放心，最遲七天，我就能給妳送過去。」

「好！」

榮華開心地點頭，和林峰商量好之後，心滿意足地提出告辭。

回桃源村的路上，榮華真的覺得春天來了，萬物復甦，一切都是那麼有希望又生機蓬勃的樣子，真好。

回到家後，榮華洗漱過後很快就睡了，她已經在千武鎮吃過飯，現在需要養精蓄銳，明天好去收購進貨。

入睡前，榮華想到了一件事，讓穿雲去通知榮絨，明天帶她一起去。

榮華白天不在家，所以她不知道，榮絨其實今日一整天都在她家，一直在照顧王氏。

如果榮華知道的話，可能又會感嘆一句：這個絨姊姊實在是太會討好了。

一大早，榮華起床的時候，榮耀祖已經在做飯了。

榮耀祖雖然都在帶著村民耕地，每天也累得要死，但是他看榮華天天奔波，還是心疼女兒，所以自己一大早起來做飯，分擔女兒的辛苦。

榮華起床洗漱完畢，先去看了娘和弟弟、妹妹，餵過王氏喝藥，才說：「娘，我今天還要出門一趟，可能下午才回來，待會兒我和爹爹說一下，讓他中午早點回來。」

「好。」王氏伸手摸了摸榮華的臉，眼中有些心疼。「華兒，妳不用太擔心我，看妳每天那麼辛苦，娘心裡真的很不好受。」

「娘，沒關係的，我一點也不覺得累，反而覺得很充實。」

榮華抱住王氏撒嬌好一會兒，又親了榮嘉和榮欣。

吃過早飯，交代過榮耀祖後，穿雲也借了驢車回來。

因為馬車太大，除了送貨的時候，榮華一般不用，依舊借了穆八牛的驢車。

榮絨小心翼翼地跑了過來，榮華讓她上了驢車，然後拿個毛氈子兜頭一罩，將她捂得嚴嚴實實。

穿雲駕著驢車，榮華在車上向榮絨講解一些事情。因為她接下來要忙起來，現在如果能把榮絨培養起來，到時候榮絨能幫她很大的忙，她就可以去忙別的事情。

此行，依舊是先去附近市集收購，這一次買的編織品和上一次買的數量一樣，小件貨二千五百個、中件貨二千個、大件貨一千個。

買貨的時候，榮絨一直跟在榮華身邊。她看到榮華進貨時轉眼就用掉幾十兩銀子，眼珠子驚得都瞪大了，那是她沒想像過的鉅款。

榮絨突然發現，或許華兒的生意，做得比她想像中大很多！

榮華認真地給榮絨說明一些關於進貨的事情，以及她經常去進貨的幾個位置和熟人。她講得認真，榮絨也記得認真。

用驢車拉了好幾趟，才把所有的貨物都載回來。等所有貨物拉回來後，天已經快黑了，榮華準備好好休息，明天再整理貨物。

榮華本想留榮絨在家裡吃飯，但榮絨拒絕了，一樣披著暮色跑回榮家。

第十八章　送貨

一早，榮絨就來到榮華家，先幫著煮藥又幫著煮飯。

榮華起床後看到她時，親暱地上去拉住她的手。「絨姊姊，妳來得這麼早？」

榮絨一邊燒鍋，一邊點頭。「嗯，我怕妳忙不過來，所以提前來幫忙。」

榮華拉著榮絨一隻手，她已經決定帶著榮絨去送貨。以後說不定會把送貨這件事交給她，榮華決定先帶著她去那裡認識林峰。

不過有些話，還是要提前說清楚。

榮華輕聲說：「絨姊姊，過幾天我們就要去送貨了，屆時我們可以一起去。既然妳願意跟著我一起做，那我們就是一條船上的人，我們一榮俱榮一損俱損，所以有些事情，我也該告訴妳。妳也看到了，我做生意賺錢很快，但是來錢這麼快的生意，風險一定很大，我不知道妳有沒有暗中猜測過，我究竟做的是什麼生意？」

榮華看著榮絨，清泉似的眸子看上去靈動極了。

榮絨看著她的眼睛，下意識地點了點頭。「我想過。」

「所以妳是想好一切可能，還是想和我一起做生意嗎？妳有沒有想過，或許我做的生意很危險？如果非常危險，妳還是願意嗎？」

「是的！」榮絨表情鄭重，雙手握拳，嚴肅地板著臉。「我雖然想不到妳做的究竟是什麼生意，但我想好了，無論妳做什麼生意，我都願意跟著妳一起做！

「華兒，我想賺錢，我一定要賺很多錢，讓我和妹妹過上好日子。妳或許很納悶，我為什麼這麼想賺錢，因為我曾經偷偷聽見我爹娘他們商量，為了讓我兩個兄弟能娶上媳婦，竟然想要找一個有姑娘、有兒子的人家，把我和對方的閨女換一下。如此一來，他們就可以把我和妹妹換過去給人家做媳婦，把對方的閨女換過來給他們做兒媳婦。

「我爹娘一點也沒有為我和妹妹著想，提起我們的婚事，第一個想到的是能收多少禮金，能收個什麼好價錢，而這個錢自然是要留著給他們兩個寶貝兒子娶媳婦用的。只可惜，現在是亂世，大家普遍都沒錢娶媳婦，更何況我也不是什麼美人，他們想賣也賣不出好價錢。我不止一次聽到我娘感慨，為什麼我生得沒有榮淺好看，如果我有榮淺那麼好看，就可以賣個好價錢了。

「我長得不行，現在人們又沒錢，所以她為了給兩個兒子娶媳婦，就想到了換閨女的方法。明明關係到我和妹妹一輩子幸福的婚事，他們卻只考慮能為自己、為兩個兒子爭取到多大權益，而不是我們的幸福和未來。

「華兒，我和我妹妹是沒有未來的。我們的未來，就像購買的貨物一樣，是標價買賣的交易。這不是我想要的，我也不能接受我的妹妹還那麼小，就已經被標好了價，所以我必須要賺錢，要為我和妹妹搏一個未來！」

榮絨說完後，嘴唇微微顫抖，表情很是激動。她咬著牙，只是激動，臉上卻沒有什麼憤慨的表情。

榮華一向知道榮家重男輕女的情況，她伸手拍了拍榮絨的肩膀，溫柔地抱住對方。「絨姊姊，一切都會好起來的。」

榮絨從未被人這麼溫柔地擁抱過，身體一時有些僵硬，手都不知道該往哪裡放。

最後發現榮華並沒有立馬鬆開自己的意思，榮絨有些難為情地扶著榮華的手臂，不好意思地說：「其實我現在說這些，一點也不難過，因為我早就知道了。我不想逆來順受，但腦子又比較笨，想不出什麼好辦法。我現在告訴妳這些，是希望華兒安心，我是真心實意想要跟著妳賺錢。我沒有第二條路可選，父母為我安排的路，我絕對不要，無論妳這條路多麼凶險，我都沒有其他選擇了。所以請妳相信我，只要能賺錢，我什麼都不怕，我也絕對不會告訴任何人，妳放心！」

「絨姊姊，謝謝妳能和我說掏心窩的話，既然如此，那我就不瞞妳了，我希望絨姊姊以後能成為我的左膀右臂。

「我現在可以直白地告訴妳，我只是把咱們這邊的編織品，運輸過邊境線，賣到袁朝那邊去，就可以賺這麼多的錢。我只是一個中間商，賺個差價罷了，但是我們這個行為，叫做走私。」

榮華說完，便看著榮絨的反應。

榮絨眼中有些驚訝，她沒想到看上去如此簡單的一件事，竟然就可以賺這麼多錢。

察覺到榮華的目光，榮絨眼中露出興奮的神色。「我以前怎麼就沒想到呢？竟然還可以這樣賺錢，華兒，妳真的是太厲害了！」

榮華忍不住笑了一下，突然想到了榮淺，心底有些感慨，榮絨和榮淺的性格相差太大了。

關於將實情告訴榮絨這件事，榮華已經考慮過好幾天。她覺得榮絨是一個很細心的人，以後她會很忙，不可能所有的事情都親力親為，榮絨就是一個很好的分擔者。

而且現在大家都是一條繩子上的螞蚱，榮華也不擔心榮絨走漏風聲，因為走漏風聲對她沒有任何好處，還可能會被連坐。

榮華不傻，榮絨也不傻，她沒必要也沒理由做傷敵一千、自損八百的事情。

更何況她和榮絨，從來都不是敵人。

吃過早飯後，榮華和榮絨一起，把所有貨物整理好堆放在馬車上。

同時，榮華算了一筆帳。

本來她有價值三百六十五兩的本金，後來給娘親看病加上買些其他東西，花去了五兩銀子。

雖然昨天進貨和上次的數量是一樣的，卻花了三十兩銀子。現在榮華身上還剩三百三十兩銀子。

明天去送貨，貨款依舊是三百五十一兩，那她就有六百多兩。

看上去是很大一筆錢，但是目前卻連林峰的欠款都還不上，不過只要再送一次貨，她就可以還上那筆錢了。

昨天去收購的時候，那些老人手裡其實並沒有多少存貨。

有幾個年輕人，他們也在收購，不過量不多，幾百件的樣子，但是他們收購之後，漲價再賣給榮華。

雖然目前漲得不多，可能是在試探榮華的接受程度，但是就算漲得不凶，榮華也開始擔憂起來，同樣的進貨量，這一次就比上次多花了五兩銀子。

她是長期需要編織品，如果按照他們這個漲價的速度，以後價格可能還會更高，榮華覺得不划算。

她皺了皺眉，決定編織品作坊可以和春耕一起開始弄起來了。

到了約定的送貨日，天不亮，榮華就帶著穿雲和榮絨一起前往邊境線。

和林峰的交易很順利，林峰讓人清點貨品之後，爽快地結了貨款。

榮絨跟在榮華身後，來的路上已經多次告誡自己，無論看到什麼都一定要沈得住氣。

可是看到這一幕，榮絨還是覺得舌頭跟打結了一樣，哆哆嗦嗦個沒完沒了，卻說不出一句完整的話。

那麼多錢，那是她一輩子都想像不到的財富，天哪！

榮絨覺得自己心跳得有些快，努力深呼吸，還是激動地紅了臉。

貨物交接完畢，榮華拿出自己買的那幾個小擺件遞給林峰。「林峰大哥，我這次帶了一些小玩意兒，送給八娘姊姊的，麻煩你幫我送給她。」

林峰接過來一看，眼睛瞬間就亮了。

「好精緻的小擺件，實在是難以想像，這麼精緻的小玩意兒，竟然是用竹子做成的，妳看這個小兔子，真的是活靈活現，還有這隻小狐狸，像極了八娘。」

榮華失笑，打趣道：「林峰大哥，你確定這隻小狐狸像八娘姊姊嗎？我怎麼感覺它更像你？」

林峰聽出榮華在打趣他狡猾，卻也不生氣，只說：「這是妳準備的新貨品嗎？」

「是的。」榮華應了一聲，話音一轉。「不過呢，這個應該沒辦法大批量製作，所以現在我先不弄這個貨。」

「這些擺件我都很喜歡，如果以後妳要帶這個貨，不用通知我，有多少妳拿多少，我都要。」

「好。」

榮華和林峰達成共識，心裡很高興，語氣也雀躍了一些。

林峰要為擺件付錢，榮華故意沈下臉，嗔怪道：「林峰大哥，你什麼意思？我想送給八娘姊姊禮物，你還要給錢？小心我告訴八娘姊姊！」

林峰無奈地搖了搖頭。「好吧，那我就承妳這個請，收下這些了，八娘一定會很喜歡。」

他從馬車裡拿出食盒，遞給榮華。「這是八娘為妳們準備的早飯，我一直放在爐子上溫著，還是熱的，妳們待會兒吃了吧！」

榮華欣喜接過，認真地道謝。「林峰大哥，你一定要轉告八娘姊姊，真的是太謝謝她了，還有她煮的粥，實在太好喝了，手藝超級棒，林峰大哥你有福了！」

林峰臉上露出一絲幸福的神情。「哈哈，遇到八娘，確實是我最大的福氣。」

榮華把食盒放好，拉過在一旁漲紅臉的榮絨，向林峰介紹道：「林峰大哥，這是我妹妹，她叫榮絨。榮絨，這是林峰大哥。」

榮絨如此激動，是因為第一次看到那麼多錢，並不是出於膽怯和害羞。此時榮華介紹她，她心想絕對不能給榮華丟臉，所以緩和了心情，落落大方地和林峰打過招呼。

林峰和榮絨，這也算是認識了。

因為之前雙方已經約好，改為三天送一次貨，一月十次，所以榮華今天再次和林峰確定了一下供貨時間。

「沒錯，從今天開始，三天送一次貨。今天是二月十五，下一次送貨時間是二月十八早上。」

榮華算了一下日子。她來到這裡之後，就發現這裡只有農曆。農曆二月，是有三十天。

「十八、二十一、二十四、二十七、三十，這個月還可以再送五次貨，到了每月初三的時候，開始重新計算，這樣每個月送貨的日期都是同樣的，比較方便。林峰大哥，你看怎麼樣？」

「好。」

和林峰確定好日期之後，兩人便各自道別離開。

看著林峰他們走遠後，榮華拉著榮絨上了馬車車廂。「絨姊姊，來，我有話對妳說。我進貨、送貨的流程，妳都看見了，如果可以，以後我希望這件事能夠交給妳來做。」

榮絨的雙手一下子攥緊了。由於手指攥得很緊，關節都發白了。片刻後，她才從喉嚨裡說出一句話。「我真的可以嗎？」

「只要妳相信自己可以，那麼就一定可以！」

榮華語氣堅定，她並不覺得這件事有多麼困難，只要清楚流程，腦子不笨，不被別人騙就行了。

由於合作對象是林峰，已排除被騙的可能了，所以榮華覺得把這件事交給榮絨，她很放心。

榮華看著榮絨因為緊張而咬緊的嘴唇，溫和地問道：「絨姊姊，妳覺得妳可以做到嗎？」

每個人邁出第一步的時候都會惶恐，自我否定、自我設限，這是很正常的，但是真正上手之後會發現其實不難。

只要有勇氣邁出第一步，那麼就成功百分之九十了。

榮絨深呼吸了好一會兒，終於下定決心，彷彿要咬碎一口銀牙，她咬著牙狠狠地說道：「我可以，我相信我可以做到，我一定會好好學的！」

榮華輕輕笑了一下，伸出手溫柔地扳開榮絨緊緊攥著的手，安慰地拍了拍。「這件事並沒有妳想像得那麼難，當然，我也不會一開始就全部交給妳，前面我會帶妳幾次，等妳完全熟悉之後，我再全權交給妳。」

榮絨使勁點頭，看向榮華的目光中，有期待、有希望、有對未來的無限憧憬。

榮華數了數自己的本金，現在她身上總共有六百八十一兩。這價值六百兩的銀票和錢票，不到關鍵時刻，她是不打算動用的。

榮華拿出一兩銀子，放在榮絨手裡。「絨姊姊，這是給妳的。」

榮絨手裡感受到銀子的質感，就像銀子燙手似的，立馬就要把手縮回來，她不停地搖頭。「不行，華兒，我什麼都沒做，不能拿妳的錢！而且妳願意教我，我就是學徒，都是學徒給師傅錢，怎麼能師傅給學徒錢呢！」

「哎呀！我的好姊姊，咱們不論那個！我給妳錢，不是因為別的，只是這幾天妳跟著我進貨、裝貨，實在太辛苦了，我都看在眼裡，所以才想要給妳一些報酬。

「現在只有一兩銀子妳都不接受，以後我還怎麼給妳漲工錢？」

榮華好說歹說，榮絨才收下銀子，她捏著銀子感激地看著榮華。

現在村裡的壯丁們，給別人幹一天苦力活都不收錢，只要能吃一頓飯就行。她現在跟著華兒什麼都沒做，就白得一兩銀子。

榮絨感動得熱淚盈眶，緊緊攥著銀子，淚眼矇矓，聲音哽咽道：「華兒，這錢就當作我這個月的工錢，我現在收了銀子，這個月就不許給我了！妳才剛剛開始做生意，不能因為我是親戚，就大手大腳給我錢，親姊妹也要明算帳，妳記住了嗎？」

榮華笑了起來，忙點頭應是。「好、好，我記住了。」

穿雲駕著馬車已經遠離邊境線，榮華喊她。「穿雲，我們先吃飯吧！妳趕緊進來。」

馬車上的小車廂特別防風，而且裡面鋪了厚厚的褥子，又軟又暖和，還有一個小茶几，可以放些東西。

榮華喊了穿雲進來，三個人分著吃了八娘準備的早飯，吃得飽飽的，再駕著馬車趕回家。

回到家後，榮華開始最後一次大肆收購編織品，這一次她買了能夠滿足兩次送貨數量的貨物，五千小件貨，四千中件貨，二千大件貨，共花費本金七十兩銀子。

同樣的貨物數量，比起第一次的價格二十五兩銀子，這一次已經足足漲了十兩銀子。

榮華不覺得奇怪，做生意就是這樣，有需求就有商機。他們第一次漲價只是試探，後來發現榮華的需求量確實很大，那些人坐地起價很正常。
不過榮華熟識的幾個老人，他們倒是一直把手裡的編織品存著留給榮華。
雖然他們手裡的存貨數量並不多，榮華依舊覺得感動，決定無論什麼時候，她都會再來收購這些老人們的編織品。
買齊兩次進貨數量的編織品，花了榮華兩天半的時間。
剩下半天，榮華也沒歇著，她們幾人忙得腳不沾地，要將所有貨物在院子裡堆好，並且做好防潮措施，否則竹子會發霉，此外，還要將貨物綁在馬車上，用毛氈子蓋好。
王氏本來躺在床上，一心想出來幫忙，都被榮華給勸了回去。
當天晚上，榮華已累得晚飯都沒吃，直接倒頭就睡。
穿雲感覺還好，榮絨也是累壞了，臨走前對穿雲說：「雲姊，明天早上我還在村口等妳們。」
穿雲應了聲，看著榮絨揉著肩膀、捏著胳膊，在夜色中溜回家，她也回到自己的房間。
夜色安靜了下來。
王氏輕輕地嘆了口氣，轉頭看著熟睡的榮耀祖。
榮耀祖一整個白天都在耕地，此時打著鼾，睡得正香。
王氏溫柔地撫摸著榮耀祖的臉，然後翻身下床，披著衣服，輕手輕腳地來到榮華的房間。

王氏沒有點燈，藉著月色來到榮華的床前。她看著榮華皺著眉頭，巴掌大的臉都緊縮在一起，看上去像是身上哪裡在痛一樣。

王氏伸手撫摸著榮華的眉心，輕輕撫平緊皺的兩道秀眉，然後不輕不重地為榮華捏肩，捏完肩膀捏胳膊，捏完胳膊捏大腿，捏完大腿捏小腿。

等到王氏將榮華全身都按摩了一遍，一個時辰都過去了。

榮華在睡夢中舒展了眉心，唇角也帶上微笑，彷彿夢到了什麼美好的事情。

王氏擦了擦額頭上的汗，累得喘了幾口氣。她看著在睡夢中露出笑顏的女兒，忍不住淚濕眼眶。

用袖子輕輕擦了擦眼角的淚，王氏輕聲嘆氣。

「華兒，妳還這麼小，就要如此拚搏，娘每天看著妳這麼累，真是於心不忍。可是娘身體不好，不僅幫不了妳，還拖累了你們，唉……」

王氏默默垂淚，最後替她掖好被子，悄無聲息地離開榮華的房間。

因為沒有鬧鐘，之前去送貨的時候，榮華全靠心理暗示起床，有時候起得早、有時候起得晚一點。反正她只要趁著天不亮，能駕車離開村子就好。

但是，現在有了穿雲，穿雲的時間觀念超級準確，所以現在都是穿雲叫她起床。

有人提醒，就不用擔心時間問題，榮華睡得就安心多了。

大概凌晨五點左右，榮華被穿雲喚醒。

榮華伸了個懶腰，滿足地嘆息一聲。「唔，真舒服，這一覺睡得太舒服了，身上都不疼了。」

榮華摸了摸身上，不怎麼痠疼了。

這幾天勞動量過大，昨晚上睡覺的時候，整個人渾身不舒服。沒想到睡了一覺，除了某些肌肉深處還隱隱作痛之外，其他竟然不怎麼疼了。

「好神奇啊！」榮華還是覺得驚訝，看著穿雲，好奇地問：「穿雲，妳身上還疼嗎？」

「我本來就不疼，這些對我來說是小意思。」

「嗯，也是，妳的身體素質比我好多了。」

洗漱完畢，在村口接榮絨上車後，榮華一行人迎著黎明前濃重的夜色，朝著邊境線出發。

榮絨坐在車廂裡，神情有點無精打采，她不時伸手捏捏肩、拍拍腿，看上去很不舒服。

榮華伸手幫她捏胳膊，一邊捏一邊問：「絨姊姊，身上很疼嗎？」

榮絨點了下頭。「痠痛痠痛的，不太舒服，但是可以忍受。」

這種肌肉的痠疼，榮華很是理解，而且這種痠痛不是躺著休息就可以好起來，這種痛啊，需要多動動，讓身體接受就好。

「華兒，我本來每天在家裡，都需要做家務，我都習慣了，還覺得自己身體很好，以為自己絕對會吃得消呢！沒想到還是累到了。我現在才知道，做生意絕對不像妳說得那麼輕鬆，妳每天應該都很辛苦吧？」

榮華斜靠在褥子靠墊上，手上輕柔地幫她按摩胳膊，語氣隨意。「其實也還好，雖然累了點，但是只要想到日子會越過越好，心裡就覺得動力滿滿。」

榮絨無聲地點了下頭，沒再說話。

榮華將自己縮在褥子裡，伸手掩嘴打了個哈欠，語氣懶洋洋。「我有點睏，先睡一會兒，到了叫我。」

榮絨應了聲好。

榮華想起什麼，又帶著睏音說了一句。「絨姊姊，妳要是睏，也睡一會兒，到邊境線，還需要很久呢！」

「好。」

榮絨捏著肩膀，真的覺得有點累，索性坐過去和榮華靠在一起。

榮華掀開褥子讓她進來，兩個小姊妹擠一起，在搖搖晃晃的車廂裡睡著了。

穿雲喚醒她們的時候，天光已經大亮。

榮華跳下馬車，本來還帶著點睡眼惺忪的睏意，被冷風一吹，瞬間清醒了。

她伸了個大大的懶腰，又搓了搓臉，因為剛從溫暖的褥子出來，整個人凍得打哆嗦。

穿雲從車廂裡拿出黑色大氅給榮華披上，榮華才覺得好一點。

林峰在一旁笑了笑。「榮華妹子，是不是冷得很？」

「還好、還好，最冷的是穿雲，她駕車最辛苦了。」

榮華在手上哈了兩口氣，和林峰打了個招呼。

廢話不多說，林峰那邊的人開始驗貨。

榮華進貨的時候，將每一個貨品查看過，後來整理的時候也會仔細檢查，挑出殘次品。

所以林峰每次驗貨時，殘次品都特別少。

由於今天送貨的數量，和前兩次都一樣，驗貨之後，林峰直接把三百五十一兩貨款交給榮華。

榮華拿著錢，想到自己懷裡的銀票和錢票。

她有六百八十兩的本金，現在又入帳三百五十一兩貨款，總共有一千零三十一兩銀子。

她想到一千兩銀票，激動得不知道說什麼好，心裡只感嘆一句：走私果然是暴利！

榮華還欠林峰七百六十兩，她不喜歡欠錢，今天手頭資金夠了，便直接還給林峰。

林峰推辭了一下，榮華堅持，他便收下了。

還了林峰的錢之後，榮華看著自己手裡僅剩的二百多兩銀票，開心地笑了。

這些錢都是她的了！

從現在開始，以後賺的每一分錢，都是她自己的，不欠任何人了！

林峰今天除了拿貨之外，還把榮華購買的農作物種子，以及她買的糧食都送來了。

除了穿雲，榮華和榮絨都是沒什麼力氣的弱女子，林峰便讓夥計幫忙把那些種子和糧食搬到榮華的馬車上。

不過東西太多，一次是拉不完的，所以穿雲駕著馬車回去，榮華和榮絨守在這裡。

林峰這邊裝好貨品正準備離開，他瞧著榮華，像是想到了什麼，說：「榮華妹子，妳要不要去千武鎮逛逛？那位姑娘回去再過來，要一上午呢，不如妳帶著妳姊姊去千武鎮逛一逛，我讓夥計替妳守在這裡。」

榮華本來就想去買點東西，現在聽到林峰這樣說，當然願意。她道了謝，帶著榮絨上了林峰的馬車。

馬車吱吱呀呀，朝著千武鎮出發。

榮華在千武鎮採買了一大批，又去探望八娘。

等榮華又坐著馬車回到邊境線時，穿雲剛好抵達。

榮華又坐著穿雲的馬車，帶著糧食回到家。

榮華他們現在住的地方院子不大，堆了幾千個編織品，糧食都堆不下了，幸好這棟房子旁邊也是空房子，沒住人，榮華便把糧食都堆到那個院子去了。

卸糧食是一件大工程，榮耀祖也叫來壯丁幫忙卸貨。

等到所有糧食都堆好後，榮華一屁股坐在椅子上，吁了一口氣。

現在萬事俱備，只欠東風！

種子、糧食都搞定了，明天就可以開動員大會，讓大家忙起來。
榮華對這些村民很有信心，她相信村民們可以靠自己的雙手，脫貧致富。
如果不是因為這些村民的勤勞和善良，她不可能花七百多兩銀子，來為他們買糧食、買種子，早就帶著父母離開桃源村了。
榮華喝了一碗溫水，看著一旁的穿雲，朝她喊道：「穿雲，來。」
穿雲面無表情地走過來，在榮華面前站定。
榮華拿出五十兩銀票，放在穿雲手上，還沒開口說話。
穿雲立馬掙脫榮華的手，沈著臉問：「主子，妳這是什麼意思？」
主子……這是一個多麼迂腐的稱呼。
榮華摸了摸下巴，覺得自己很像舊社會壓迫、剝削別人的地主婆。
「沒什麼意思啊！這是我給妳的工錢。」
「我不要！」穿雲將銀票還給榮華。
榮華一改往日溫和的表情，嚴肅地直視著穿雲。「穿雲，這是妳應得的，請妳必須收下。」
穿雲雖然從未展露過武藝，但榮華相信她武藝高強，這樣一個心細如髮又有武功的女人，一個月五十兩銀子，確實是她應該得到的。
「穿雲，我給妳錢，沒有別的意思。妳每天待在我身邊，保護我、幫助我，付出了時間和心力，我不能白白享受妳的貢獻，我心裡很感謝妳，但是只有感謝就可以嗎？在這個世界上，最實際的感謝，就是給錢。絨姊姊幫我忙，我會給她錢，妳也一樣。

「穿雲，我心裡是把妳當作姊姊看待，但是既然妳喊我主子，我每個月必須給妳工錢。其實無論妳喊我什麼，我都要給妳工錢，不然我豈不是成了佔人便宜的惡霸？這五十兩銀子，就算是這個月的工錢。其實挺不好意思的，因為前幾天已經給了絨姊姊工錢，可是我今天才想起來也應該把錢給妳。」

榮華說得情真意切，把銀票塞進穿雲手裡，眉眼笑得溫柔。「穿雲，必須收下喔！」

穿雲捏著銀票，一時有些躊躇，不知道自己該不該收，猶豫道：「主子，妳知道的，我是……我已經拿了一份軍餉，我不能再收妳的工錢。」

「他是他，我是我，軍餉是軍餉。這筆錢是我認可妳的勞動成果和付出，請妳收下吧！不然我每天看著妳和我一起風裡來、雨裡去，我會於心難安的。」

穿雲思索好一會兒，還是覺得不行。「妳這給得也太多了，榮絨才一兩銀子，我怎麼能有五十兩！」

聽到穿雲的話，榮華不禁莞爾。

她敢發誓，五十兩銀子絕對請不到像穿雲這麼厲害的人！

穿雲是上過戰場、經歷過生死的將士，有極高的自我要求和標準，她警惕又敏銳，有她在身邊，榮華真的覺得很安心。

遇到穿雲，榮華真心覺得撿到寶了。

五十兩銀子對榮華來說，不是一筆小數目，但是穿雲絕對值得，所以她給得真心實意。

關於應該給穿雲多少工錢，榮華也是思索了兩天，才決定給五十兩。

這個數額剛剛好，在榮華目前能接受的最大範圍內，以後如果收入再提高一點，她就繼續給穿雲加工錢。

榮華嘆了口氣，輕聲說：「榮絨以後是要幫我分擔很大一部分的事情，她做多少，我就給多少錢，如果以後她能做管事，一個月我也會給她幾十兩銀子。所以穿雲，不要有心理負擔。」

穿雲終於收下銀子。「好。」

榮華一下子笑開了，清秀的小臉笑起來宛若風雪中枝頭上含苞的白梅，格外清麗好看。她拉著穿雲的手，語氣親暱道：「這樣就對了嘛！穿雲，我們今天要好好休息，明天幹票大的！」

回到自己房間，榮華數了數自己手頭的錢，不由得一陣肉疼。

上午的時候，還有一千兩銀票，也算是一個小富婆了呢！

可是現在，她只剩二百兩了。

還了林峰七百六十兩，給了穿雲五十兩，在千武鎮買東西花了價值二十多兩的錢票，金錢如流水，眨眼就不見了啊！

榮華將自己僅剩的二百兩銀票藏好，決定不輕易動用這筆錢。

她半躺在床上，腿蕩在床下，一晃一晃的，仔細回想一遍來到這裡所發生的事情，就跟作夢一樣。

不過這個夢，也太真實了點。

「華兒，是不是累壞了？」

王氏在床邊坐下，握住榮華的手腕，語氣裡盡是心疼。「華兒，晚上我煮雞湯給妳喝，好不好？」

榮華翻了個身，伸手環抱住王氏的腰，把臉埋在她懷裡，撒嬌似地蹭了蹭，聲音慵懶。「娘，我去煮吧！妳歇著。」

「沒關係的，我這兩天感覺身體好很多了，感覺手臂都有了力氣。妳歇著，我去做。」

榮華抬頭認真地看著王氏的臉色，確實如她所說，現在氣色看上去很不錯。

王氏眼底甚至有祈求的神色，榮華轉念一想，便明白了所以然。

現在她和爹爹每天都很忙，王氏看在眼裡、疼在心裡，她幫不上忙本來就很自責，如果現在還拒絕她，王氏應該會很難過。

就像有一部電視劇裡的台詞，對媽媽來說，最幸福的就是孩子們說：「媽媽，我需要妳幫我。」

榮華長吁一口氣，語氣嬌憨。「好，娘做的雞湯最香了，我待會兒一定會喝兩大碗的！」

「好、好，我這就去做。」

王氏開心地站起來，並囑咐榮華好好休息，自己一個人去了灶房。

榮華在屋子裡躺了一會兒，聽到榮耀祖回來後，便從床上爬起來，走到堂屋等著。

榮耀祖一進門，先去房裡看王氏，結果看到臥房裡只有兩個小傢伙在玩老虎擺件，並沒看到王氏，他立馬退了出來。

「華兒，妳娘呢？」

「娘親在灶房做飯。」

榮耀祖立馬急了。「怎麼能讓妳娘做飯？」

榮華拉住他，無奈道：「爹，你就讓娘做吧！不然她一直覺得自己幫不了我們什麼，她心裡很難過的，而且有絨姊姊在幫她，你放心吧！」

「一家人，說什麼幫不幫的，妳娘就是想太多了……不過既然妳這樣說，這回那就算了。」

榮耀祖坐在椅子上，看上去很累。

榮華倒了一杯熱茶給他，問道：「爹爹，你們耕地耕得怎麼樣了？」

「土太硬了，又沒有牛犁地，所以耕得慢，但是耕了這麼幾天，也耕得差不多了，再耕兩天，也就好了。」

「那就好，我已經將種子運回來了。爹爹，你明天召集村民們到西場上，我們開個會，跟他們說明一下，今年不種稻穀了。」

榮耀祖險些被水嗆到。

「這、這麼快？」他放下茶杯，還是有些不太放心。「華兒，這麼危險的事，萬一有人不願意呢？那怎麼辦？」

「我知道，總是會有人擔心東窗事發，不敢這樣做。如果有人不願意，那不參與就是了。我現在是在幫他們，他們願意不願意，都是他們自己的事情，我不會求爺爺告奶奶請他們做。」榮華信誓旦旦地看著榮耀祖。「而且我相信，不會有人不同意。」

榮耀祖皺眉。「華兒，妳不了解大煜的律法……」

「爹爹，你不了解人心。」

榮華站起身，隨意地說：「爹爹，明天再看吧！看看是你更了解律法，還是我更了解人心。」

隔天，餐桌上，榮華一家五口加上穿雲正吃著早飯。

榮華想起昨晚上娘親煮的雞湯，便開始嘴饞，她舔了舔嘴角，依舊覺得齒頰留香。

「娘，妳昨晚上做的雞湯實在太好喝了，一點都沒剩下！如果能剩下的話，用來煮麵也很好吃。」

說實在的，一隻雞六、七個人吃，真的很難有剩，所以榮華也就是嘴上說說，哄王氏高興。

有些事情就是這麼神奇，媽媽做的飯菜就是好吃，就是有家的味道。

有時候其實很難分辨出什麼是家的味道、什麼是家常菜，但是外面的飯館，就真的做不出家常味。

王氏臉上露出幸福的笑容，寵溺地看著榮華。「妳要是喜歡吃，下次我再煮給妳吃。」

「好。」

「娘、娘，我也愛吃妳煮的雞湯，下次也煮給欣兒吃，好不好？」榮欣喝著粥，期待地看著王氏，神情可愛。

「好，都好。華兒、欣兒、嘉兒，娘都會煮給你們吃。」

榮華笑意盎然，王氏喜笑顏開，榮欣童言稚語惹人愛，大家都笑了起來。

因為榮華這幾天很忙，基本上每天都不在家，哪怕回到家也是累得倒頭就睡，所以王氏特意囑咐榮嘉和榮欣，不要打擾她。

說起來，她都好幾天沒有親親自己的弟弟、妹妹了。

榮華親了親他們兩人的小臉蛋，溫聲問道：「嘉兒、欣兒，這兩天有沒有乖乖的啊？」

「姊姊，嘉兒很乖，每天都有好好聽夫子上課，有好好讀書寫字，有好好教妹妹認字。」

榮嘉小正太臉上長了一些肉，看上去更可愛了。

榮華摸了摸他的腦袋。「嘉兒真棒。」

「姊姊，欣兒每天也很聽話的。」

「嗯嗯，你們兩個都超級乖，姊姊都一樣喜歡。」

榮華相當喜歡這兩個懂事又聽話的弟弟、妹妹，而且那個王夫子有真才實學，他們在那裡讀書，榮華相當放心。

只可惜隨著出貨次數更加緊湊，工作實在太忙了，榮華向王夫子告了長假，全心投入在自己的事業，打算幫助更多人脫貧致富。

「爹爹，我請你找二十個身強體壯的大嬸們，你找到了嗎？」

「自然是找到了。」

榮耀祖一臉憂心。「華兒，妳究竟要做什麼啊？」

「你到時候就知道啦！爹爹，麻煩你待會兒吃完飯，再喊一些壯丁，到西場上壘十個灶。」

榮華吃了一口鹹菜，就著鹹菜喝一大口粥，繼續說：「記得要大灶，放大鐵鍋的那種大灶。」

「行吧！」

榮耀祖不知道這個女兒葫蘆裡究竟賣的是什麼藥，但是事已至此，他只有聽榮華的了。

王氏看榮耀祖臉上苦悶，剝了一枚雞蛋遞到他手裡。
榮耀祖抬頭去看，就看到自家娘子正用鼓勵的目光看著自己，頓時大受鼓舞。
榮華在一旁偷笑，看來自家老爹，還是最吃娘親那一套。

第十九章　穀場

吃過早飯，榮華跟著榮耀祖一起到西場。

西場就是一個很大的空地，農忙時用來堆稻穀、打穀子的地方，也叫做穀場，不過因為這幾年收成不好，穀場都沒用上。

到了穀場的時候，趙大壯等人已經等在那裡了，他們穿著灰色的棉服，看到榮耀祖後，都喊道：「村長。」

他們又看向榮華。「榮華妹子。」

榮華也一一和他們打了招呼。

這些年輕力壯的青年們是村裡主要的勞動力，他們生得壯，有一大把力氣。

趙大壯撓了撓頭。「村長，你喊我們來這裡，有什麼事情嗎？」

榮耀祖指著榮華。「你們問華兒吧！華兒，妳需要什麼樣的灶，和他們講。」

「趙大哥，我想要十個大灶台，就和家裡的大灶台一樣，建在這裡。從這裡到這裡，十個建成一排。不過趙大哥，我需要立馬就能用這些灶，是不是不能用泥巴做？因為泥巴做的，好像需要晾乾，但我沒有時間等它們晾乾。」

「行，榮華妹子，妳放心吧！用泥巴做也可以的，就像咱們燒窯一樣，做出型來拿火一燒不就行了？我爹當年可是燒窯的一把好手，他做的陶罐子可好看呢！所以我這個兒子也不差，榮華妹子妳就放心吧。」

趙大壯一臉自信，開始吆喝兄弟們幹活。

榮華聽他這麼說，就放下心來，笑道：「趙大哥原來你這麼厲害，還會燒陶罐呢！」

榮耀祖在一旁接過話頭。「大壯他爹，那時候是燒窯的一把好手，咱們家裡的陶罐子，都是他爹燒的。只是後來可惜，窯洞塌了，把他爹給砸死了，後來村裡就把窯洞封了，再也不燒了。」

榮華下意識問道：「咱們村裡還有窯洞？」

「當然有，不然蓋房子的青磚、青瓦哪裡來？不過自從趙大壯的爹死後，窯洞就沒開過。一是因為這幾年蓋青磚瓦房的人家不多，二是因為之前燒了一大批青磚、青瓦，現在還有很多，村裡人都窮，沒人買。現成的都沒用完，就更不用重新開窯洞了。」榮耀祖說完，有些無奈地笑了一下。「他爹出事後，上一任村長很自責，竟然病了一場就去了。後來我當了村長，這麼多年，我還沒燒過一次窯呢。」

說完，他伸手指向村子北邊。「窯洞就在那裡。」

榮華扭頭過去看，心底電光石火間，似乎有什麼想法噴湧而出！

「榮華妹子，妳看這個大小行不行？」

趙大壯的一聲大喊，瞬間打斷了榮華的思緒，她忽然間也想不起來自己剛剛究竟想到什麼了。

榮華摸了摸腦袋，無奈的搖頭。「究竟是什麼啊……怎麼想不起來了。」

趙大壯又叫她，榮華一邊走過去，一邊回頭看向北方。

在陰沈天色下，村子北邊看起來一片荒涼。

「想不起來，算了。」榮華拍了拍腦袋。「應該是不重要的事，忘了就忘了。」

她走到趙大壯身邊，看了眼尺寸，用手比劃了一下，說：「趙大哥，麻煩再大一點。」

「好的！」

趙大壯應了一聲，手腳麻利地忙起來。

「喲，這又是在忙什麼呢？」

一聲陰陽怪氣的嘲諷突兀響起，本來很好的氛圍瞬間被破壞。

因為這個聲音太有代表性，榮華一下子就不說話了。

榮華皺眉看向身後，只見榮珍寶兩手揣懷裡，正陰陽怪氣地看著他們。

榮華這些天太忙，都忘記榮珍寶這一大家子了。

你不去找麻煩，麻煩主動來找你。

她倒是沒想到，經歷過這麼多事，榮珍寶還沒學乖，竟然還敢來鬧事？

榮華面無表情地看著自己這個「前四姑」，平靜地說：「看妳身後，穿雲來了。」

榮珍寶臉上露出驚恐的神色，立馬跳起來轉身去看，卻發現自己身後空空如也，驚恐的表情馬上收斂。她憤怒地轉身，臉上的表情扭曲，破口大罵道：「榮華，妳個爛娘養的小賤人，竟然還敢嚇唬我？我今天就要打死妳！」

榮珍寶揚起手臂就要衝過來打人，只是剛轉過身，就瞧見那個一臉陰寒盯著她的穿雲。揚起的手臂硬生生在空中轉了個圈想要收回，可是穿雲並沒有給她這個機會。

穿雲伸手握住她的手腕，反手一擰，榮珍寶如殺豬般慘叫了一聲。

伴隨著她的慘叫，穿雲將她丟了出去，劃出了一條笨重的拋物線。

「啪」一聲，榮珍寶重重砸到地上，喉嚨間發出沈重的痛呼聲，一雙小豆眼睛狠辣地盯著榮華，繼續破口大罵道：「榮華，妳個小賤人，你們一家都快死了，妳還敢囂張，我看妳能得意到什麼時候！等你們一家都死了，我可不會給你們收屍，我要等著你們暴屍荒野，讓野獸吃你們的肉！」

榮耀祖本來準備過來攔著榮華，不過聽到榮珍寶這麼說，他沈下臉，最終沒有動作。

趙大壯聽了這話，一臉憤怒，捲起袖子就要上前，卻被榮耀祖攔住了。

榮耀祖看著他搖了搖頭。「華兒能處理好。」

趙大壯這才作罷。

榮華走近榮珍寶。她不知道自己臉上現在是什麼表情，應該是挺想殺人的表情吧？

蹲在榮珍寶的面前，榮華的語氣有些玩味。「大孃啊，妳怎麼這麼蠢呢？妳都不覺得害怕嗎？」

自分家那天起，她就決定從此不認榮家這些長輩了。

榮珍寶梗著脖子，嘴硬道：「什麼大嬸？該害怕的是妳！你們全家都會死！我怕什麼？」

「妳都不怕我臨死之前，讓穿雲把妳，還有妳那寶貝女兒，都給殺了？」

榮珍寶像是突然反應過來，所有的張狂都頓住了，有些警惕地看著榮華，小聲地問道：「妳會那麼幹嗎？」

榮華笑了下，忽然深切地懂了「蠢到深處自然萌」這句話是什麼意思，此時此刻，竟然覺得榮珍寶蠢得可愛！

她俯下身子，湊近榮珍寶，故意壓低聲音，像壞人那麼說：「我會這麼做喔！而且我可不會輕輕鬆鬆讓妳們死！到時候我的手段一定會非常殘忍的，千刀萬剮、五馬分屍都不能解我心頭之恨。我會先把妳們的皮膚一點一點地剝下來，然後讓螞蟻爬，今天澆辣椒水，明天澆辣椒水，後天澆鹽水混合辣椒水，每天反覆。

「接著一片一片削去妳們四肢的肉，最後只剩骨頭，再敲碎妳的骨頭，割掉鼻子和耳朵，剜掉眼睛，拔出舌頭，這個時候我會好好注意，拔舌頭的時候一定小心一點，如果一不小心，把妳的內臟帶出來就不好了，因為我不會讓妳們死掉。我要把妳們放在一個桶裡，只留頭在外面，桶裡放滿毒蛇、蜈蚣各種毒蟲，把妳們泡在酒裡，讓妳們求生不得、求死不能。」

榮珍寶隨意地想像了一下那個畫面，就渾身哆嗦不停。她戰戰兢兢地從地上爬起來，此時榮華和善的笑容，在她眼裡像是索命的閻王。

她怎麼也沒想到，會有人帶著如沐春風的笑容，說出這麼狠毒的話。

榮珍寶忽然想起來，榮草和她說過，她把榮華推下枯井，榮華必死無疑。可是後來榮華不僅沒死，還像是完全變了一個人。

想到這裡，榮珍寶渾身劇烈地顫抖了一下。

她知道了！她知道了！

榮華已經死了，現在的榮華，就是地獄的惡鬼變的，是來找她們追魂索命的！

「惡鬼！妳是惡鬼！」

榮珍寶猶如逃命般，驚恐地爬起來轉身就跑，連看一眼榮華都不敢看，口中不停地唸叨著：「惡鬼，別碰我、別碰我！」

榮華站起身，看著她倉皇逃竄的背影，笑得眉眼溫和。「大嬸，榮草是不是還沒醒啊？我待會兒去看看她啊！」

榮珍寶聽到這話，嚇得平地摔了一跤，爬起來後跑得更快了。

「嘖！」榮華朝著榮珍寶的背影翻了個白眼。「非要把我這個陽光少女逼成一個心理變態。」

一旁的穿雲給出評價。「是挺變態的。」

榮華笑了。「策略、策略，都是策略！她太煩人了，不好好嚇嚇她，我怕她每天都來搗亂。」

穿雲臉上露出若有所思的神色。「其實這是一個好辦法，可以用在逼供上。」

榮華想了下她剛剛說的那些，如果真實發生會是什麼場面，結果被自己的腦補嚇得起了一身雞皮疙瘩。

榮華立馬搖了搖頭，甩掉那些不忍直視的畫面，剛剛榮珍寶身邊只有她和穿雲，她說話時聲音又故意壓得很低，所以除了她和穿雲，沒有其他人聽到她對榮珍寶說了什麼。

榮華拍了拍手，心情不錯地走到榮耀祖身邊。

現在該幹正事了！

榮華對榮耀祖說：「爹爹，我知道咱們村裡家家戶戶都會做編織品，但是我想知道大家做編織品的竹子是哪裡來的？」

榮耀祖目光複雜地看著自家女兒，老老實實地說：「筠州城有很多小片竹林，如果是大片竹林的話，從咱們村往東北方向走幾十里地，有一座竹山，上面漫天遍野都是竹林。因為那片竹林山處於咱們大煜和楚國兩國交界地帶，所以大煜人和楚國人都可以去採摘。王夫子應該和你說過，楚國多山脈，所以這個竹山，楚國人一般都不用，咱們大煜用得比較多。」

大煜處於大陸的中部地區，和西北方向的袁朝、東北方向的楚國、東方的大周、南方的澤國都是鄰居。

總共六個國家，除了在袁朝和楚國後面的白國，大煜接觸不到以外，大煜被其他四個國家完全包圍。這也是當初大煜差點被打到滅國的原因。

六國混戰，無論去攻打哪個國家，從大煜穿過去都是最快的，所以大煜遭到最多攻擊。而筠州城的桃源村，在六國混戰時期，是差點就不復存在的村莊。

從桃源村前往袁朝很近，前往楚國邊境，其實也很方便。

從商人的角度來說，這是一塊風水寶地，鄰近兩個國家的邊境，對於貿易、交通來說是絕佳地理位置。

但是以一個平民百姓來說，住在這裡還是很危險，如果爆發戰爭，桃源村首當其衝。

榮耀祖看榮華不說話，出聲詢問：「華兒，妳問這個做什麼？」

「啊，爹爹，不好意思，我走神了。」

榮華發現自己又想遠了，她有些無奈，覺得自己太杞人憂天了，最起碼現在還是和平時期。

還是先把眼下的事情做好吧！

「爹爹，麻煩你幫忙找人給我多弄一點可以編東西的竹子回來，還有咱們村裡那幾個塌了的老房子，不是早就沒人住了嗎？你找人幫我清理出來，搭成一個大棚。」

榮耀祖叫人，去幫榮華收竹條。

榮華這才知道，有商人專門運輸竹條來賣，因為有一半竹山的所有權，所以竹條是無本生意，價格很便宜，大概三銅板能買到一捆，就像柴火的價格。
榮華想了想，自己長期都需要竹條、竹片，所以決定還是親自去議價。
穿雲駕著借來的驢車，載著榮華和兩個村民，一起去找賣竹條的商人。
趙大壯兄弟們，還在穀場砌灶台。
榮耀祖叫來一幫人，去清理已經崩坍的房子，開始建大棚。
大家都忙了起來。
驢車行駛到村頭，榮華看到站在那裡揮手的榮絨，她有些驚訝，立馬讓榮絨上了驢車。
榮絨一上來，榮華就問：「絨姊姊，妳怎麼能來？」
榮絨臉上的表情有些欣喜，對榮華說：「我以後每天都可以來找妳了！是我娘同意的，我不用再偷偷摸摸出來了。」
「怎麼回事？」
「是這樣的，今天四姑回家後，就開始嚷嚷，說妳要殺了她，還要殺了全家。因為妳之前有拿剪刀戳過榮草，所以大家都信了榮珍寶的話。她這樣一說，大家就比較恐慌，我娘也很恐慌。我這個時候就對我娘說，讓我來和妳打好關係，說不定最後妳會放過我們。我娘同意了，然後我就來了。這樣也挺好的，省得我每天還要偷偷摸摸來找妳。」
「原來是這樣啊！」
榮華失笑，她倒是沒想到，這件事陰差陽錯，最後還收穫了意想不到的結果。

和榮華一起來的兩個村民，是一對父子，李大爹和他的兒子李文人。

李大爹家，是難得只有一個孩子的人家。

因為李大娘身體不好，生下李文人後沒多久就不在了，李大爹也沒有再娶，一個人把李文人拉拔長大。

李文人叫這個名字，是因為李大娘希望他以後可以做一個文人。

倒也不是為了光宗耀祖，而是大煜以文治國，如果做文人，最起碼不會餓死，只要有一點功名，地方上每個月都有補貼。

只可惜，李文人並不是讀書的那塊料子，雖然用功，看上去還挺精明的，但就是考不上功名。

榮耀祖推薦他們去買竹條，是因為李大爹和賣竹條的老闆有交情。

驢車一路搖搖晃晃，來到了桃花村。

看著桃花村，榮華倒是想起第一次來趕集時，遇到的那個老奶奶。

榮華每次採購編織品的時候，都會特意買下老奶奶還有其他老人的編織品，不知道老奶奶現在能賺錢後，她的兒媳婦是否會待她好一點？

到了桃花村一戶人家的門口，李大爹父子率先下去敲門。

來開門的人是一對中年夫婦，李大爹和他們聊了一會兒，才喚榮華下車。

透過聊天，榮華知道這戶人家姓朱，已經過世的李大娘和這戶人家的朱大娘是好姊妹。

後來李大娘過世後，李文人還是吃朱大娘的奶水長大的。

有這一層關係在，榮華和朱家夫婦很快就談成交易。

一捆竹條原價是三個銅板一捆，大概可以做十個中型的竹筐，朱家夫婦算榮華便宜了一些，榮華以兩個銅板一捆的價格，預定了一萬捆。

這麼大的訂單，朱家夫婦有些詫異，他們打量著榮華，表情很是好奇。

「姑娘，妳訂這麼多竹條幹麼？」

榮華以為他們擔心自己給不起錢，遂拿出銀子，說：「朱大娘，妳要是不放心，我先把錢給妳。」

「我不是這個意思，妳是李哥帶來的人，我能不放心嗎？而且咱們村子離這麼近，就幾里地，有啥不放心的。」朱大娘立馬擺手。「我是怕妳把這麼多竹條囤在手裡，到時候虧了。」

「朱大娘，妳放心吧！我既然買這麼多竹條，自然不怕賣不出去。」

「姑娘這麼說，那我就放心了。」

榮華看著李文人，想了想說：「文人哥，我聽你爹爹說，你挺會打算盤的？」

李文人撓了撓頭，有些靦覥。「我書讀不好，但就是喜歡打算盤，感覺有意思，還跟著帳房先生學過兩年。」

朱大娘在一邊看著，忽然說：「文人，你愣著幹什麼？還不把算盤拿出來，打給這姑娘看看！」

「哦哦，好！」李文人跑去拿算盤。

朱大娘拉著榮華的手，笑得一臉和善。「姑娘啊，文人他的算盤打得可好了，我們每次算帳，都是他幫忙算的。」

拿了算盤的李文人，噼哩啪啦算給榮華看。

榮華覺得他不錯，正好她也有心讓李文人負責竹條這一方面的事情。

因為李文人和朱大娘有這層關係，讓他負責比較方便，他也熟悉。

現在編織品作坊要準備開辦起來，最重要的三環就是：原材料的來源、購買和運輸，貨物的製作，以及出貨跟運輸。

第一環她準備交給李文人，第二環為了保證質量暫時自己把關，第三環她是準備把榮絨帶出來，交給榮絨做。

如果以後榮絨能學成，榮華準備把編織品這條線都交給她。

她想做的可不只是走私編織品這條路。做生意當老闆嘛，最重要的就是學會放手，不然自己全包了，要工人做什麼。

關鍵是李文人也是知根知底的人，她很放心。

榮華看著李文人，說：「文人哥，你要是願意，我想讓你做個管事，就負責竹條的進貨和運輸，每個月工錢是一兩銀子，一天包兩頓飯，你看怎麼樣？」

李文人激動得不知道說什麼好，他看著自己爹，又看著朱大娘夫婦，激動地說：「好，我當然願意，其實只要能吃飯就行了，不要工錢也可以。」

「包兩頓飯是我給的福利，工錢是你應得的，好好幹，以後要是當上大管事，工錢就更高了。對了，絨姊姊負責最後貨物的運輸，你們兩個要彼此分工合作。

「文人哥，你之後在桃花村找一個地方當倉庫，竹條不必一次就運輸到咱們村，反正兩個村離得近，有需要的時候隨時運送過來即可。此外，要特別注意保存竹條，千萬不要發霉了，朱大娘對竹條的保存肯定專業，你要多向朱大娘取取經。」

李文人不停地點頭，相當開心。

最後因為榮華讓李文人做管事，朱大娘夫婦又把竹條的總價降了一些，本來一萬捆二十兩銀變成了十五兩銀。

榮華本來有點擔心，如果竹條的需求太大，朱大娘夫婦會不會吃不消。如果出現原料斷貨的情況，對她來說會很麻煩。

朱大娘請她放心。「我們認識很多像我們一樣賣竹條的，放心好了，只要妳要，我們絕對有辦法供應得上。」

榮華這才放心，覺得這一趟真的來對了，不僅解決原材料的問題，連管事都有了。

如果朱大娘夫婦能吃下原材料的供應最好，如果供應商太多，榮華也嫌麻煩。

他們約定好，長期供應竹條，榮華這邊按需求進貨，但是只要進貨，在送貨日期內，貨物必須到位。

兩邊都達成協定後，榮華帶著穿雲和榮絨回村，李文人和李大爹則留在桃花村，和朱大娘敲定一些細節。

榮華回到村裡的時候，已經快中午了。她先去穀場轉了一圈，看趙大哥他們的進度，發現灶台已經砌好七個，只等下午全部砌好之後，就用火燒。

回家的時候，榮耀祖正帶著人在清理倒塌的房屋。他帶的人多，人多力量大，今天晚上趕個工，明天再弄一天，就可以清理好並把大棚蓋起來。

榮華很是滿意，抬頭看著太陽估計了一下時間，準備回去做飯，提供給這些工人。

榮華和穿雲一起做午飯，因為要做很多人的分量，怕時間來不及，所以飯菜很簡單。

但饒是如此，工人們依舊吃得香甜。

吃過午飯稍微休息，趙大哥等人就繼續忙碌。

榮華下午的時候去看，發現灶台已經燒好兩個。

她發現趙大哥真的是燒窯的好手。這灶台，燒得光滑油亮，用的還是明火，竟然沒有燒裂！

「這樣的人才，不能浪費了啊！」

榮華心裡暗暗記下，覺得趙大哥這樣的一把好手，幹這些雜活真的是暴殄天物了。

十個灶台燒好後，榮華請榮耀祖去借鍋，又讓他喚來二十個手腳麻利、會做飯的中年婦女。

榮耀祖認命地聽著自己女兒的指揮，去找鍋和人。

榮華叫趙大哥幾個人，從她家地窖裡，抬出三大袋麵和三十斤肉，又抬了蔬菜、油、鹽不等，直接運到穀場。

趙大壯看著地窖裡那堆成山的米、麵，眼睛都直了，他不解地問：「榮華妹子，妳讓我砌灶台，又拿麵出來，準備做什麼啊？」

「趙大哥，我準備讓全村人吃一頓飽飯。」

榮華語氣隨意，說的話卻讓人驚掉下巴。

趙大壯有些不敢置信，結巴道：「榮華……咱們村老老少少兩千多口人，妳要請大家吃飯？」

「不是免費的，到時候你們要給我出力。」榮華指著桃源村的土地。「這些都是我們的財富，今年我就要帶著你們，把這片土地變廢為寶！」

榮華說得豪氣沖天。

趙大壯幾兄弟完全被影響了，他們把工具一甩，鄭重又激動地喊道：「行！榮華妹子，那我們就跟著妳！我們兄弟幾人雖然沒什麼文化，但我們有的是力氣，無論妳做什麼我們都跟著妳！妳讓我們往東，我們絕不往西！」

剛去喊人回來的榮耀祖：「……」

看著眼前這熱血場面，榮耀祖有些無奈道：「殺人放火的事情還是不能幹的！」

榮華回頭朝爹爹笑了下，又看著趙大壯幾人，這幾個漢子餓得臉色發青，此時只因為榮華一句話，已經認準了她。

所以說，除了爹爹以外，她從來不擔心，村裡會有反對意見。

她連爹爹都能說服了，更何況其他人。

榮耀祖叫來二十個婦女，都是看上去很幹練的人。

榮華看著她們，笑得眉眼溫和。「各位大嬸，我今天邀請村裡所有人吃飯，麻煩妳們幫忙做飯，到時候我會給工錢。」

「我不是作夢吧！妳要請我們吃東西？是所有人都可以吃嗎？」

這些大嬸們激動到手都不知道往哪裡放，和趙大壯的反應一樣，不敢置信卻又滿懷期待。

「是真的！只要是咱們村子這裡的人，無論男女老少，都可以吃。」

「天哪！我要趕緊回去告訴我們當家的！」

「大嬸、大嬸，先別急著回去，咱們先把飯做好了，再去喊人。」

「是是是，妳說得是，我們先做。」

大嬸們抹了眼淚，開始和麵、揉麵、發麵。

十個大鍋、十個灶台、二十個大嬸，那戰鬥力不是蓋的。

一鍋蒸三籠，一籠十五個大饅頭，十鍋四百五十顆大饅頭。

一共蒸了五輪，最後蒸了總共二千三百個大饅頭，蒸到天都快黑了。

饅頭的香氣吸引了很多村民們來看。

那些大嬸們告訴他們。「村長的大姑娘榮華，要請你們吃飯哪！」

一傳十、十傳百，最後全村人都來了，大家都熱切地看著榮華，也看著那些冒著熱氣的大饅頭。

榮華早就在一旁熬起粥。

等到饅頭蒸好，大嬸們開始炒菜。三十斤肥瘦相間的五花肉切碎，再將焯水過、用鹽醃了一下午的蘿蔔切碎，之後放油。待油鍋熱了，放肉沫大火爆炒，那油香味混合著肉香味一起爆發出來，現場忽然響起了哭聲。

有壓抑的啜泣聲，有控制不住的大哭聲，還有情緒崩潰的咆哮哭聲。

榮華太理解他們的感受了，大概是在聞到肉香味之後，大家覺得委屈。

他們都是成年人了，竟然這麼久都沒吃過肉，甚至都忘記肉是什麼味道。他們那麼努力地做農活，每天早出晚歸一年忙碌，本該活得很體面，結果卻不如路邊的野狗，連果腹都成問題。

大概是覺得自己活得失敗，明明很勤勞，卻還是連一日三餐都不能吃飽。

這樣的生活，誰想過啊？

可是他們做出過各種努力，卻還是沒辦法，所以現在，才會這麼難過又委屈地痛哭吧！

因為真的是太委屈了，明明該做的都做了，為什麼生活還是這個樣子呢？

這麼絕望又壓抑，沒有希望，看不到出路。

榮華抱了一大堆柴過來，在穀場中間堆了一個大大的篝火。

初春的天還是冷的，明亮的火光照亮眼前的黑暗，也驅散了寒冷。

火舌吞吐，他們從這樣虛幻的火舌中清楚看到榮華的臉，她臉上沒有什麼表情，只是伸手在火堆上烤火。

那是一張好看的臉，莫名讓人心裡暖和，讓人聯想到春天萬物復甦的樣子，莫名讓人覺得有希望。

榮華篤定的態度，讓在場大部分人都覺得安心。

這個年歲不大的小女孩，聽說已經自己做生意賺錢了，或許她真的可以帶領他們過上好日子呢！

「嗤啦」一聲，鹹香的蘿蔔被倒進鍋裡，大鏟子大力翻動，被炒得金黃的肉沫和蘿蔔產生奇妙的化學反應，又香又鹹的味道，幾乎瞬間佔據所有人的嗅覺，勾動著他們的味覺。

篝火燃得更旺了，大饅頭在夜色裡更白了，肉沫炒醃菜更香了。

榮華看著眼前的這一切，覺得真浪漫。

真是一個浪漫的夜晚，所以狂歡吧！

熱騰騰的粥熬好了，大白饅頭也蒸好了。

榮華慢悠悠起身，對著眼前所有桃源村的村民說：「大家回去拿碗筷吧，都要敞開肚皮吃，吃飽算我的！」

村民們一哄而散，很快又再次聚集。

榮華提醒他們排好隊，不要發生踩踏事件。

一人一碗濃稠的米粥。米粥奶白，上好的米熬出來的粥散發著牛奶的光澤，就著碗邊抿上一口，熱騰騰的口感細膩且溫暖，落到胃裡，連心都跟著暖和起來了。

大白饅頭蒸得又蓬又軟，像是發酵極好的麵包。把饅頭從中間撕開，再放一勺子肉沫炒醃菜進去，炒得爆香的肉沫醃菜發著油亮亮的光，瞬間浸染了雪白的大饅頭，張嘴咬上一口，好吃到恨不得把自己的舌頭給吞下去。

榮華看著他們狼吞虎嚥的樣子，雖然她早猜到會是這樣，也已經做好心理準備，但是真的看到了，還是覺得有些心酸。

明明是普通的飯菜，對他們而言，卻彷彿是山珍海味。

榮華也拿了一個饅頭，一分為二，自己拿了一半然後挾著醃菜，再端一碗粥，坐到了篝火旁。

「真好吃！」

「真香！」

聽著他們發自內心的讚嘆，榮華心裡開心極了。

等大家都吃飽喝足之後，榮華站了起來，看著眼前的這些人，目光平靜。

「大家都吃飽了嗎？」

「吃飽了！」

因為吃飽了，喊話都有力氣了，竟頗有氣勢。

「吃得開心嗎？」

「開心！」

「想不想一直能吃飽飯？」

「想！當然想，作夢都想吃飽！」

「我再問一句，你們多久沒吃飽過了？」

「好久了，很久都沒吃飽過了，我都快忘記吃飽飯是什麼感覺了！」

「如果我每天都能讓你們吃飽飯，你們願不願意跟著我做一件事？」

「願意！」喊聲震天。

在這一刻，這些人願意為榮華做任何事情！

榮華察覺到自己的血液流速加快，心跳也跟著變得快速了。

她熱血地喊道：「如果這件事很危險，如果被皇室發現，還可能獲罪入獄，你們依舊願意跟著我做嗎？」

「願意，我們願意！」

榮華有些驚訝，被信任的感覺是如此幸福，但是大家的反應，也有些超出她的預期。

雖然這是她的計劃，但計劃如此成功還是讓她很驚訝，或許大家是被氛圍感染了？

她看著大家，目光灼灼。「我希望你們想清楚再回答我，雖然我會儘量讓整個計劃天衣無縫、不會出事，可一旦事發，我沒有辦法保下你們所有人。」

「榮華丫頭，妳別說了！我懂妳的意思，我知道妳想做什麼！我告訴妳，我們就跟著妳幹了！」

「對，我們也幹！」

「我也幹！」

人群中有人說話。

榮華很驚訝。「你們都知道了？」

「是的，我們知道了，榮華妹子，我們早就等著這一天了！妳放心，就算我們拿著菜刀，也一定幫妳打到朝廷去！」

「對！推翻朝廷！推翻朝廷！」

「讓榮華當女皇帝！」

「讓村長當太上皇！」

「推翻朝廷！支持榮華！」

榮華心想：你們都腦補了什麼奇怪的東西啊！

她急忙制止場面繼續發展下去。「停停停，大家先停！」

「榮華丫頭，妳別怕，剛剛我回家拿碗的時候，我就想好了，只要妳給我們一頓吃的，我們為妳送命也沒關係。」

「朝廷不把我們當人看，既然榮華妳想推翻朝廷，那我們就跟著妳幹！」

「剛剛我們都商量好了！我們都願意跟著妳幹！」

說話的大叔明明看起來老實巴交，此時卻將碗筷一扔，把皺巴巴的棉服猛地拉開，露出自己腰上別著的兩把菜刀。「功夫再高，也怕菜刀！榮華丫頭，我們就用菜刀把妳送到皇都去！」

「對！」

眼前大部分人都摔了碗筷，扯開衣服，露出裡面藏著的鐮刀等刀具，在火光映照下，他們眼中燃燒著憤怒的火焰。

「呃……這個、其實，我並沒有這個打算。」

「啥？妳給我們這麼一頓好吃的，不是為了鼓動我們揭竿起義嗎？」

一個大嬸奇怪地看著榮華，摸了摸自己鼓鼓的胸口，從胸口掏出來一塊布，迎風抖開。

「妳看，我戰旗都做好了呢！榮家軍！榮家軍！多霸氣！」

灰色的破布上，被人用煤灰寫出來「榮家軍」三個大字，字跡歪歪扭扭，可是榮華此時卻鼻子一酸，紅了眼睛。

「為什麼覺得這麼感動？」

榮華走上前去，將那塊戰旗拿過來攥在手裡。她看著眼前這一張張臉，心裡非常感動。這麼好的村民，真的不枉費她如此為他們考慮。

「榮華，既然妳想當女皇帝，我們一定支持妳！」

「對，支持！」

「哎呀，快住口吧！這麼大逆不道的話，可不能這麼說！要是被發現，我們是要被砍頭的！」好不容易擠過來的榮耀祖，不停地作揖。「別說了，別說了！這是要砍頭的，是大不敬罪，要抄家株連九族的！」

「我們不怕，餓都要餓死了，我們還怕什麼砍頭！」

「十八年後，又是一條好漢！」

「這麼屈辱的活著，還不如壯壯烈烈的死了！」

榮華平靜地開口道：「我們還沒走到這一步。」

人群一下子安靜下來，眾人看著面前這個少女。

「我懂你們的意思，我理解你們的不安和委屈，但是我們現在還有希望。戰爭必定伴隨著流血和犧牲，但我不希望你們之中有任何人在戰場上死去。我希望你們吃得飽、穿得暖，在桃源村頤養天年、幸幸福福的。所以我為此做出很大的努力，想要帶著你們試試看，或者我們可以透過另一種方式，讓自己活得體面。我希望你們可以相信我，這個方法會有危險，但我相信我們會度過難關。希望我們大家可以團結起來，共同挺過去。」
榮華看著那面「榮家軍」的戰旗，笑得眼睛都瞇了起來。
「至於你們所說的揭竿起義，就是我們的後路。如果我們事發，朝廷真的要殺我們洩憤，到時候再說也不遲。你們願意相信我嗎？」
村民們你看看我、我看看你，都點了點頭。
「願意！」
「我們相信妳！」
榮華笑了起來。「我也願意相信大家。」
村民們興高采烈地收拾地上的碗碟碎片。
信心喊話結束後，榮華依舊在火堆邊烤火。
榮耀祖走到榮華身邊，沈默了很久，終於開口說：「華兒，妳說得對，我確實是不了解人心。」
就在此時，春雷滾滾而來，春天到了。
聽到春雷聲，榮華很是開心。
她看爹爹臉上有頹廢之勢，遂安慰道：「其實這個場面是我早就預料到了，村裡人許久都沒吃過飽飯，我若是直接問他們願不願意冒險，他們自然會有顧慮、不願意，所以我先讓他們吃飽，讓他們知道吃白麵饅頭、吃粥、吃菜是多麼幸福的事，我讓他們重新想起吃飽的幸福感，這種時候，他們為了能夠一直吃飽，什麼都願意做。

「當然，對於他們直接想要謀反，我也相當詫異，但是又可以理解。面對這樣的皇室，想要謀反的人不用多，他們只是缺一個領頭人，如果現在有人揭竿起義，我想大部分吃不上飯的老百姓，都會順勢而起。」

聽榮華說完，榮耀祖長長嘆了一口氣。「天要亡我大煜啊！」

他低垂著頭，頹廢地走了，可能所有的一切，都和他想的不太一樣。

穿雲走過來，在榮華身邊坐下。

「榮村長好像很受打擊，妳要不要去安慰安慰他？」

榮華搖了搖頭。「我安慰不了我爹爹，我娘自會安慰。」

穿雲回頭去看，果然瞧見王氏正帶著兩個孩子，溫聲軟語和榮耀祖說話。

榮華也回頭看了幾眼，聲音帶著笑。「我娘氣色好多了。」

穿雲點頭。「是，氣色確實不錯。」

春雷一波接著一波，最後竟有雨絲淋漓落下。

一絲一絲，冰冰涼涼地落在臉上，有些舒服。

「下雨了，竟然下雨了！」

「榮華真是咱們村子裡的小福星！」

村民們高興地手舞足蹈，幾乎不需要引導，他們便拉著手，圍著篝火轉圈圈。開心的歡呼聲傳出去好遠，滾滾春雷是他們的伴奏。

當天晚上，大家開心地玩鬧很久。

榮華趁勢向他們科普介紹即將種植的新品種。

對於種植袁朝的特產，村民們沒有異議，尤其是榮華提到這些農作物抗旱、耐乾，不需要水田，大家都喜歡極了。

榮華最後說：「我知道，咱們村第一次種這些東西，既要承擔被朝廷發現的風險，又要承擔種不出來的後果，哪怕種出來了，這些農作物也沒法在市面上流通，除了自己留著吃以外，沒法賣錢。所以我決定，種子我出，一日三餐的飯我包，就當我請你們當長工，替我種田，等到時收成的時候，如果你們要賣，我全部收購！虧損算我的，盈利算大家的，我請大家放一百個心，絕對不會讓你們吃虧！」

「榮華丫頭，妳這樣做，會不會自己太虧啊？」有村民替榮華擔憂道。

榮華不在意地說：「放心吧，咱們村裡人如此團結，親如一家人，我想讓你們過上好日子，能幫就幫了，不談那些虧不虧的。」

「榮華丫頭，一定是老天爺看我們過得太難了，所以才派妳來救我們的！」

「妳是不是天上的仙女變的啊，怎麼會這麼善良？」

「榮華姊姊太好了，就像是仙女姊姊一樣！」

榮華失笑，輕輕搖了搖頭，沒有說話。

看起來她好像付出很多，但她是商人，無論怎麼讓利，都不會讓自己虧損。

她在村民這裡讓利很多，到時候在其他地方賺回來就是了。

等秋收時，收購村民的農作物，賣給袁朝自然是不可能，在大煜市面上流通也是不可能，但她早已經想好銷售渠道——大煜的鄰居，楚國。

楚國多山脈、多金玉，適合種植的盆地卻不多，所以他們那裡的農作物極為短缺。出口農作物到楚國，是榮華的首選。只要到時候找到門路，和楚國商人牽上線就行。

楚國人熱錢多，榮華有打聽過，他們收購農作物的價格很高。袁朝有些商人，以極高的價格將農作物賣給楚國，楚國依舊當了冤大頭。

榮華決定，到時候定價稍微比袁朝低一點，哪怕現在付出多，照樣能賺不少。

榮華很喜歡這種做生意的感覺，創造三贏局面。

村裡的人每天都能吃上飯，不會餓死；他們種田，榮華給他們工錢；他們賣農作物，榮華高價收購。

村民得到一日三餐的福利，拿到了工錢，拿到了貨款，他們吃虧了嗎？沒有！

楚國每年高價從袁朝收購農作物，榮華低價賣給他們，楚國吃虧了嗎？沒有！

榮華現在付出這麼多，她吃虧了嗎？沒有！

所以說，每一方都沒有吃虧，每一邊都賺到了錢、得到了利益，這是榮華喜歡的生意模式。

創造雙贏，我能賺到錢，你也能得到利益，這樣才能長久合作。

至於偷搶拐騙這樣做生意，只能得到眼前的蠅頭小利，永遠不可能長久！

榮華和大家談了很久，鼓勵他們大膽種植，安慰他們一切都會過去，明明才十三、四歲的丫頭，卻彷彿比他們都要更加成熟，安慰起三、四十歲的大叔和大嬸們，精準明確，讓對方哭得涕泗橫流。

「大家需要宣洩，今晚就是一個很好的突破口，今天哭完、鬧完，明天依舊是新的一天。希望我們明天，能攜手度過難關，迎接美好生活！」

榮華的語氣充滿激情，帶動了全村人的熱血，他們大聲說好，在這個初雨的夜晚，內心對明天充滿了希望。

折騰到深夜，榮華敲定了三件事。

第一件事：村裡所有的主要勞動力，分為兩批，一批開始種植，一批開始挖渠，把東渡河的河水引到桃源村。筠州城多旱，哪怕這些農作物抗旱性很強，也不能不管，還是需要澆水。

第二件事：編織品作坊正式成立，村裡所有的老人、小孩，只要會做編織品，都可以來做工。

第三件事：從明天開始，未來六個月內，她會包管村裡所有人的飯。因為現在大家一點存糧都沒有，她一方面是真的心軟，另一方面也是希望大家能吃飽幹活。

而六個月之後，只要秋收結束，莊稼收成，大家就各憑本事，憑自己的雙手吃飯吧！

榮華覺得熱血沸騰，現在一切都已全部搞定，只等明天晨曦到來。

第二十章　世外桃源

一切都按照榮華的計劃進行。

榮華穿越過來之前，是農業大學畢業的，所以對於種植很有心得。她先將各色農作物向大家講解清楚，又將如何種植、養護一次全講明白。

這些村民們聽得相當認真，榮華怕他們忘記，將昨晚熬夜寫下所有養護、種植的知識，又拿去讓會寫字的村民抄錄，最後做到人手一份。

大家都十分好學，對這份種植心得苦心研讀數十遍，終於上手開始種植。

榮華一開始就把種植技巧講清楚了，之後她只需要偶爾過來巡看一下就行，不用一直盯著。

榮華有專業知識，但要論種植經驗，自然是這些一直和泥土打交道的農民們有經驗，她相信這些村民。

她忙完種植之後，又去看榮耀祖那邊忙得怎麼樣了。

榮耀祖對於這批新種植的農作物一竅不通，所以他帶著一批青壯年，準備去挖渠。

榮華坐著驢車跟他們一起實地考察一番，最後畫了個簡易的圖紙。

她不怎麼會畫圖紙，彎彎繞繞畫了幾條路線，讓大家照著這幾條線挖。

照著這幾條線挖，最後分流可以保證每十畝地的地頭，就有一條溝渠。

東渡河是一條大河，雖然距離桃源村有點遠，但這是公共資源，大家都可以用不是？即使挖渠很費力，確實是一件大工程，但對桃源村來說，挖了渠那是對未來的桃源村有大大好處！

挖渠的路線確定之後，榮耀祖就帶著人開挖。

另一廂，編織品作坊的大棚，到了傍晚時分也建好了。

大棚是根據榮華的要求所建，裡面擺了一排長桌，榮華準備像工廠流水線那樣安排。從速度方面來說，這樣是最快的。

在天黑之前，她挑選好作坊的工人。

有老人、有孩子，大家都願意來賺錢，這沒什麼不好的。

目前一日三餐，還是由昨天那二十個大嬸來做飯。

她們做的飯菜挺好吃的，榮華也喜歡。

到了飯點，大嬸們在穀場敲鑼打鼓地喊道：「吃飯啦！吃飯啦！」

「來了！」

田地裡的人，笑呵呵地往穀場走；作坊裡的人，也都收拾東西，拿著碗筷興奮地走過去；至於挖渠的人，由專門的人給他們送飯。因為水渠一定要在旱季來臨之前挖好，所以大家要趕工。

榮華今天累了一天，三個地方輪流轉，昨晚上又熬夜，此時簡直快累癱了，她也不想回家做飯，索性喊了娘親和弟妹們，一起去穀場吃。

去穀場的路上，王氏拉著榮華的手，相當難過。

「華兒，妳看上去好像特別累，娘真的好心疼。」

榮華笑了下，沒法睜眼說瞎話扯謊自己不累，她深呼吸了一下，吐出一口長長的氣，笑道：「娘，我今天是真的很累，但這只是暫時的，因為一切都剛開始，大家都很慌亂，不知道該怎麼做，所以需要我來引導大家步上正軌。等到大家都步上正軌之後，就沒我什麼事了，我就可以放心休息啦！」

「真的嗎？妳以後真的不用像現在這麼累？」

王氏還是有點不相信。她瞧著村子裡熱火朝天、朝氣蓬勃的樣子，很是驚訝。她都不知道自己有多久，沒見過大家如此有活力的樣子。

一方面感嘆於自家女兒的能幹，王氏也覺得與有榮焉，另一方面卻是實打實的心疼，她真心不希望自己女兒這麼勞累。

「娘，是真的。現在看上去很忙，因為三線並開，同時要做三件事，自然是忙得團團轉。但種地的事情，不用我擔心，村裡有好幾個種地的一把好手，我今天已經把所有種植的知識都告訴他們。我讓那幾個好手做組長，所有人有不懂的都去問他們，如果這幾個組長還有不懂的，再來問我，這樣我就輕鬆很多。

「至於挖渠，有爹爹看著，不用我操心。而編織品作坊，出貨、進貨由榮絨和李文人看著，我就把關質量，這真沒什麼累的。對了，帳本也由李文人負責，金錢則交給穿雲掌管。所以啊，娘，妳看，我以後真的沒什麼事情做啦！」

聽榮華這樣說，王氏摸著女兒的手，放心地笑了起來。「華兒，妳真的有本事，娘覺得好驕傲。」

「哈哈哈！」榮華忍不住笑了起來，伸手捏了捏旁邊兩個小團子的臉頰，眼睛笑得瞇了起來。「身為姊姊，我自然要為弟弟和妹妹做個好榜樣呀！」

榮嘉拉著榮華的手，亮晶晶的眼睛看著榮華，目光中都是崇拜。「姊姊好厲害，我以後也要做一個像姊姊這般厲害的人！」

榮華笑道：「哈哈，好！」

榮欣被王氏牽著，她此時探出頭，也跟著說：「我也要！我也要和姊姊一樣厲害！」

榮華覺得開心極了，很喜歡這樣的家庭氛圍，停下腳步將榮欣抱了起來，溫聲說：「欣兒以後肯定可以和姊姊一樣，成為很棒的人，但是姊姊已經賺錢很厲害了，所以欣兒不需要賺錢厲害，可以在其他方面變得很厲害，超過姊姊呀！嘉兒也一樣，你們可以在學識、才華方面很厲害。姊姊就努力賺錢，你們就好好讀書。姊姊這麼拚命賺錢，就是為了你們以後不用為錢發愁，所以呀，要成為比姊姊更厲害的人，用在其他方面上，好不好？」

「好！」

兩個奶團子齊聲說好，可愛的模樣快讓榮華融化了。
他們一路說說笑笑到了穀場。
今天煮的是白米飯，由精米混著糙米。配菜是馬鈴薯燉肉，燉了兩鍋，一鍋放了紅彤彤的辣椒，一鍋沒放。
榮華選了辣的那一鍋，盛一大碗米飯，澆一大勺子馬鈴薯燉肉，黏稠的湯汁淋透了米飯，看著相當誘人。
這種蓋飯形式的晚飯，深得榮華的心。
每人一道菜一碗飯，吃得肚皮圓滾滾，相當舒服。
大家都或蹲或坐，直接在穀場的地上吃。
榮華看著他們臉上其樂融融的笑容，心底覺得桃源村，開始真的有點像桃源村的樣子。
總有一天，這裡會變成真正的世外桃源！
接下來的日子，榮華每天在作坊、田地、東渡河三點一線地跑來跑去。
雖然說可以不管事，但是她每天還是想親自巡察，去田裡指導一下大家的種植，也會去東渡河給大家送飯。
至於作坊已經完全開辦起來，流水線的生產模式，再加上榮華定期向那些老人收購貨品，剛剛好可以供應給林峰。

最近的出貨數，都和之前一樣沒有變。

一是因為大家的製作速度就是這樣，榮華覺得這個速度很好，能供得上需求就行，暫時沒必要擴大作坊；二是因為這樣好算帳，反正每次做出來的量也沒差多少，就索性按照之前同樣的出貨數了。

二月分還剩下幾次供貨，榮華都跟著去。

看見李文人和榮絨對於進貨、供貨流程都已經爛熟於心，榮華對他們很是放心。

到了三十這一天，交貨結束後，榮華和林峰道別。

在回去的路上，榮華對著李文人和榮絨說：「文人哥，絨姊姊，你們現在都熟悉整個流程了，我看你們合作得也挺好的，所以，三月初三，新一輪的交貨，我就完全交給你們了。你們可以根據生產量，適時增加或減少出貨量，只要你們覺得可以，就沒問題。

「我是希望你們可以獨當一面，不需要所有事情都來問我，如果你們遇到無法抉擇的事情，可以來找我，其他的能自己拿主意，就自己拿主意。通過這幾次的觀察，我對你們很有信心，文人哥是一個特別細心的人，絨姊姊也是，所以有你們兩個在，我沒什麼好擔心的。

「錢都是穿雲在管，只要你們支錢，她不會為難你們。但是有一點，今天我再重申一遍，那就是帳本必須透明化，每一筆支出都必須寫清楚，我不想要看到模糊的帳單。所以文人哥，你的進貨單需要絨姊姊簽字，而絨姊姊的出貨單也需要文人哥簽字，你們兩個就互相監督，共同進步吧！」

榮華說完，心滿意足地看著李文人和榮絨。
估計沒有比她更會躲懶的老闆了。讓他們兩個管事互相監督，其實是很好的辦法，因為他們兩人之間會有微妙的競爭關係，互相監督更得心應手，而且他們兩人自省自查，心裡有個譜，比較不會走歪路。
李文人拿著算盤，表情有一些茫然。他看看榮華，又看看榮絨，還是沒想明白究竟是怎麼回事。
一開始榮華讓他做小管事的時候，他就覺得天上掉餡餅砸到自己了！
雖然這十來天，李文人能感受到，榮華每一天都把更多事情慢慢交給他們兩個，李文人也是努力做好榮華交給他的每一件事，沒想到月末，榮華就直接讓他們做大管事了。
別看作坊好像就一個大棚，但李文人粗算過，一個月扣掉所有支出，還有三千多兩銀子收入啊！
一個月三千多兩銀子！
李文人一開始想都不敢想，他更沒想到，榮華會直接全部交給他們管，這是何等的信任！
李文人感動到快哭了，不過他還保留著兩分理智，勸道：「榮華妹子，這個作坊，妳真的要完全放手嗎？這麼大的作坊，我覺得妳應該自己看著。」
榮華歪在榮絨身上，有些懶懶地說：「我已經想好了，你們就按照現在這個模式做下去吧！我不是完全不管事，帳本我還是會看。主要是我覺得，現在作坊也不擴張，近期也不會有什麼大變化，所以有你們兩個就夠了，我實在無須把自己的精力浪費在上面，而且我最近太累了，想歇歇，你們對自己有信心一點！沒事的，穿雲會幫我盯著。」

榮華這麼說完，李文人也不好再說什麼，便和榮絨一起，接受大管事的職務。

其實這個作坊，榮華這十幾天，已經把一切都安排好了。

完全按照現代的工廠模式進行管理，以流水線的形式進行加工製作，每一道程序都簡單明瞭，根本無須她多操心。

有組長、有廠長，她只要盯好帳本，沒人貪污就好。

榮華想著事情，卻聽到吸鼻子的聲音。她還以為榮絨哭了，抬頭一看，卻是李文人哭紅了鼻子。

榮華有些驚訝，忙坐直身體，問道：「文人哥，你這是怎麼了？」

李文人用手捂住嘴，努力壓抑著哭聲，卻還是忍不住痛哭流涕。

他吸著鼻子，拚命搖頭，好不容易控制住情緒之後，哽咽地說：「榮華妹子，我就是激動，妳對我來說，就像是再生父母一樣！我本來什麼都做不好，可是我們第一次見面，妳就願意讓我做管事，現在更是讓我管這麼大一個作坊，我真的是太感動了！榮華妹子，我發誓，我這輩子生是妳的人，死是妳的鬼！絕對不會背叛妳！」

榮華無奈地和榮絨對視了一眼，笑意盎然。

「文人哥，我不要你做我的鬼，好好做我的人就行了。」

李文人噗哧一聲笑了出來，榮絨也笑了。

馬車裡一陣歡聲笑語。

回到家後，榮華開始對帳本。

這個月又送五次貨，每一次都是三百五十一兩銀子，五次就是一千七百五十五兩銀子。

減去購買原材料、替大家買菜的餐費、月末要發給大家的工資，最後還剩一千四百兩。

榮華自己身上還有二百兩，總共是一千六百兩。她將六百兩放在帳上，打算用來購買原材料、日常買菜等開銷。

餘下的一千兩，就是她自己的小金庫啦！

榮華將一千兩銀票妥貼地放好。

看著自己的小金庫日益增大，榮華心裡可爽了！

而李文人和榮絨拿著自己一個月的工錢加獎金，也是激動到不行。

他們第一次有這麼多錢！

李文人和榮絨紅著眼睛看著榮華，恨不得為她拋頭顱、灑熱血！

有這麼多銀子拿，他們怎麼可能不努力？

榮華這次給他們獎金，也算是給他們一點甜頭。只有看到了甜頭，才能更加好好工作不是？

她向來不喜歡壓榨員工的老闆，自然也不會成為這樣的老闆。
現在員工開心，榮華也開心，大家都開心，沒什麼不好的。
桃源村裡所有人都風風火火地做事，榮華把一切都處理好後，自己反而閒了下來。
陽春三月，天氣已經逐漸變暖。
榮華怕冷，依舊穿著冬裝。
剛開始她還會去作坊看兩眼，後來發現李文人和榮絨把作坊管理得很好，她就放心下來，真的撒手不管了。
榮華重回學堂讀書，過上極為悠閒的日子。
三月上旬，下了一場春雨。
小雨潤如酥，是現在所有靠天吃飯的人，最需要的東西。
春雨過後，雜草和野菜憑著自己旺盛的生命力，開始汲取水分，努力生長起來。
榮華以前吃過一種野菜，叫做蕨菜，格外好吃。此時她嘴饞得慌，索性帶領弟弟、妹妹一起出去找野菜。
蕨菜頂上那長長一條，掐了回來，焯水後涼拌或者做醃菜都格外好吃。
榮華以前看過一部電影，裡面的女主角就用這種野菜，做成日式料理。
她一手牽著榮嘉，一手牽著榮欣，開始慢悠悠閒逛著。
穿雲跟在榮華身後不遠處。

雖說榮華讓她管錢，但是穿雲依舊是寸步不離榮華。

慶幸李文人曾經學過駕車，家裡的三匹馬格外懂事，所以他也能駕馭，倒不需要穿雲去駕車了。

榮嘉指著草叢裡細細長長的一根草，看著榮華喊了一句：「姊姊快看，這個是不是蕨菜？」

榮華低頭一看，果然是！

她摸了摸榮嘉的腦袋，欣喜地點頭。「嘉兒真棒，蕨菜就是這個！」

榮華掐了兩節蕨菜，遞給榮嘉和榮欣，讓他們照著這個找。

兩個小傢伙開心地跑了出去。

春雨過後，薺菜也冒出頭，薺菜用來包餃子格外鮮美好吃，還有馬齒莧，用來做蒸菜，味道真不是蓋的。

兩個大的帶著兩個小的，走走停停，找到一大籃子野菜。

春天的野菜種類繁多，是難得的美味。

最後一行人走到桃源村旁的小河邊，榮華甚至看到了長沒多大的水芹菜。

她以前很喜歡吃水芹菜，育幼院旁邊的河裡，每年春天都會長一大片的水芹菜，能吃到夏天結束。

榮華此時看到水芹菜，立馬蹲下來摘了兩把。留著水芹菜的根，過不了幾天，就又會長出一片。

挖好野菜，榮華帶著兩個小團子回到家。

王氏正坐在院子裡，她不想讓自己閒著，拿了一捆竹條回來，也在製作編織品。

榮華看到後，就開始勸道：「娘，妳就別忙了，好好歇歇啊！」

「華兒，娘都和妳說過了，娘最近的身體好多了。」王氏嗔笑了一下。

榮華看過去，娘親的臉色紅潤有光澤，不再是青白之色，眼睛有神、唇色紅潤，精神看上去很好。

這麼些天吃著補藥，每天又吃得飽、有油水，王氏的病倒是好了一大半，餘下的只需好好養著就是了。

看到王氏的身體一天一天好起來，榮華很是開心。她把野菜放下，走過去抱了抱王氏，撒嬌道：「娘，可別讓自己太累了，我會心疼的。」

王氏巧笑倩兮，伸手戳了一下榮華的臉頰。「多大了，還不知羞。」

榮華才不管這些，拉了張凳子過來，在王氏身邊坐下擇菜。

榮欣也搬了張小板凳，坐在榮華旁邊。

穿雲在院子裡練劍，榮嘉撿了根樹枝跟在她身後學，扭來扭去倒是還挺像有那麼回事。

等野菜全部清理乾淨，已經快晌午了。

王氏正要起身做飯，榮華按住了她。「娘歇著，我來，今天中午，我給你們做一道薺菜豬肉水餃。」

薺菜已經洗淨了，再選取肥瘦相間的優質五花肉，切碎備用。蔥、薑切碎，加以調味。肥肉煸成油渣，最後將這些東西全部和在一起，倒上鹽、香油即可。

榮華沒放其他的調味料，準備保留薺菜原本的鮮味，她以前試過這樣包餃子，味道很好。

餃子餡拌好後，開始準備餃子皮。

榮華手腳極為麻利，在育幼院的時候，大家就經常一起做飯，所以她做這些事情很得心應手。

大家一起包餃子，兩個小傢伙包得歪歪扭扭，王氏包得最好看且精緻小巧。

煮餃子的時候，榮華將蕨菜過了下水，隨後切成小段，淋了醬油、鹽和幾滴香油，便是一道極為爽口的涼拌菜。

餃子煮好後，香味極為誘人。

王氏提醒榮華。「華兒，給王夫子送一點過去。」

「好。」

榮華乖巧應下，將餃子和涼拌菜都裝了一份在食盒裡，才走出門。

因著榮耀祖對王夫子極為上心，所以王氏也是一樣，只要家裡做了好飯、好菜，一定會讓榮華送一點過去。

榮華走到學堂的時候，王夫子正在自己做飯，大門沒關。她敲了敲門，自己走了進去。

「王夫子，娘親讓我送點餃子過來。」

王夫子從灶房裡探出頭來，看到榮華，臉上露出慈祥的笑容。「榮華丫頭，是妳啊！快進來。」

榮華將食盒遞給王夫子，王夫子邀請她留下一起吃飯，但她拒絕了。

「家裡人還等著我回去開飯，王夫子我先走啦！」

王夫子笑著點頭，目送榮華離開。

看著榮華的背影，他陷入了沈思。

「這桃源村真是風水寶地啊！以前出了個戰神，現在又出了個金鳳凰，風水好，人也好，真不錯。」

距離榮華來找他說要賺錢的日子沒過去多久，桃源村就像是大翻身一樣，變得朝氣蓬勃。

現在的桃源村，王夫子很喜歡，有人氣，有活力，這才算桃源嘛！

「這丫頭，恐怕真的可以做將軍夫人。嗯……也不一定只是將軍夫人呢！」

王夫子笑了笑，搖了搖頭。

要是皇室繼續打壓穆大將軍，誰知道最後會怎樣呢？

所以說，桃源村裡可能真的會飛出金鳳凰。

誰又說得準呢？

王夫子打開食盒，心滿意足地挾了顆餃子嚐嚐，當下覺得好吃，又連著吃了四、五個，才停了下來。

「皮薄餡大，鮮嫩多汁，味道真不錯！嗯？哪來的燒焦味？……」

吃餃子上癮的王夫子，忽然想起灶房的菜。

「我鍋裡炒的菜！」

王夫子立馬跑到灶房，解救自己那糊了的馬鈴薯片燒肉。

第二十一章　作妖

榮華回到家的時候，王氏正帶著榮嘉和榮欣坐在木桌前等她。

榮嘉和榮欣其實嘴很饞，目光一刻也不願意從餃子上挪開，但依舊乖巧忍耐著，等姊姊回來。

「娘，你們先吃就是了，幹麼要等我呢？」

聽到榮華的聲音，榮嘉立馬飛撲了過來。

「姊姊，妳回來啦！」

「對，我回來了。」榮華笑著抱起榮嘉掂了掂。「弟弟重了一些呢！」

王氏拿了熱毛巾過來，讓榮華擦手，溫柔地笑道：「一家人還是都到齊了才開飯，當然要等妳。至於妳爹爹回不來也就算了。」

「好，那我們準備吃飯吧！」榮華坐下來，開心地替弟弟、妹妹還有娘親都挾了個餃子。

她到這裡這麼久，第一次吃到餃子，心情有難以言喻的愉悅。

涼拌的蕨菜格外爽口，雖然料理簡單，但是味道真的很不錯。

蕨菜就是春天的象徵啊！

吃過午飯，收拾好灶房，榮華準備去穀場看一看，順道蹓躂消食。

走到穀場，穀場裡坐滿村民，有的人在吃飯，有的人吃完在閒聊，所以穀場上很熱鬧。

「鍋裡還有那麼多，我讓妳多給我盛一點，怎麼了？」

榮珍寶霸道又蠻橫的聲音，在穀場裡囂張地響起。

榮華看過去，就瞧見榮珍寶正站在灶台前，怒髮衝冠，正朝著打菜的大嬸罵。

她手裡抱著一個陶瓷盆，盆裡滿滿當當裝了大半盆菜卻還不知足，貪得無厭地想再討要。

打菜大嬸面露為難之色，小聲說：「還有人沒吃呢……我要給他們留一點，而且已經給妳盛很多了。」

「哪裡多？我們一家幾口人，妳不是不知道！我們這麼一大家子，盛這麼點菜多嗎？多嗎？」

「可是剛剛已經給妳盛一大盆了……」

「呸！我多盛點菜怎麼了？你們這群白眼狼，也不看看自己吃的是誰的東西？你們吃的可都是我們榮家的糧食！包你們吃的，你們還囂張起來了。我告訴你們，吃了我們榮家的飯，就給我夾著尾巴做人！」

榮珍寶罵了幾嗓子，惡狠狠地把瓷盆放在灶台上。「妳給不給我？」

打菜大嬸一臉為難。

聽著榮珍寶的話，本來在穀場上樂呵呵吃飯的村民，都慢慢停下動作，看了過去。

看打菜大嬸不為所動，榮珍寶一把搶過她手裡的勺子，往自己的瓷盆裡舀了六、七勺，菜堆得像小山一樣高，黏稠的湯汁順著瓷盆邊緣流了出來，滴滴答答落在灶台上，一片狼藉。

她嘴裡還在罵罵咧咧。「我是榮華的四姑，你們吃榮華的東西，就等於吃我的東西。我白養你們一群人，現在還敢和我囂張！一群全是吃白飯的，真有臉！

「我家草寶兒醒了，當然要多打點菜，給她好好補補身體。」

榮華皺著眉頭，看著榮珍寶那猥瑣的樣子，平靜地喊道：「穿雲。」

聲音平淡，不算太大，卻也讓榮珍寶清楚聽見了。

榮珍寶身體一顫，下意識地回頭，就瞧見榮華朝她露出如沐春風的笑容。

看著這笑容，榮珍寶想到那天榮華說的話，身體幾乎本能地抖了一下，下意識地往後退。

穿雲冷著臉上前，榮珍寶嚇得哇哇大叫。

「妳別過來！妳要幹什麼？放開我！救命啊！殺人啦！」

榮華看著如殺豬般慘叫的榮珍寶，伸手捂住耳朵，等到穿雲將人控制住後，才走了過去。

她有些無奈地嘆了一口氣。「妳這種人，怎麼就學不乖呢？天天這麼來噁心人，真是讓人頭大。」

榮華看向打菜的大嬸。「大嬸，她天天都來嗎？」

大嬸的眼神閃爍了下，兩隻手攥著圍裙，似乎不知道該不該說。

榮華鼓勵她都說出來。

大嬸攥著手，想來也是忍耐已久，於是一股腦兒地說了出來。「榮華丫頭，這些天妳都沒過來，所以不知道，榮家幾個長輩，最近天天盛飯帶回家吃。說是包回去給一家子，但是妳哥哥、姊姊們，都是在穀場吃，可他們依舊每次都要盛兩、三盆菜回去。」

「原來是這樣。」榮華皺著眉。

她聽榮絨說過，榮家其他人，除了那幾個女兒家去作坊做編織品之外，其他人根本沒種地，也沒有去做工！

如今買了種子，還有人澆水，一切都準備就緒，榮家二房、三房的人都不願意抬一下自己高貴的雙手、雙腳，下地做活。

在榮華看來，這樣的人不如直接餓死算了。

而且在作坊裡工作，榮華給的工錢很高，只要不是失去行動能力的老人，所有人都恨不得去做工，但榮家二房、三房的人照樣不去。

他們的懶惰，榮華不是第一天才知道，然而，這種懶到骨頭裡的病，沒人治得好，他們就該沒人管直接餓死。

榮華也想不管他們盛飯菜的事情，她並不是會在意這種一碗飯、一碗菜的人，而且當時她也承諾要包全村人的飯，此時單獨針對一家，說出來不太好。

只是沒想到，他們竟然這麼過分，在村裡仗勢欺人。

當初恨不得逼死榮耀祖、逼死他們一家五口的人，此時又頂著她的名頭，在村裡無法無天。

榮華真的有點火了。

她拎著那盆菜，又倒回鍋裡，平靜地說：「首先，我們榮家大房這一家，已經和其他人分家了。分家從字面意思來看，我想大家也知道是什麼意思，希望榮家其他長輩以後不要在這裡覺得能夠代表我。

「其次，大家都是在穀場盛飯吃，自己盛自己的飯，每個人吃飽為止，都是有數的。既然大家都如此，所以也不該有特例，如果以後要吃飯，請個人盛個人的，不允許代打。

「然後我要申明一點，我不是白白請大家吃飯，我願意提供各位飯菜，是因為你們創造了價值。你們是用自己的勞動成果換取了食物，你們的一日三餐是用自己的辛勤勞作換來的，所以大家不要有任何心理負擔。你們每個人都幹了活，所以吃飯時要有底氣！在我眼裡，你們每個人都不是白吃白喝的，無論是在田地裡勞作的人，還是在作坊裡做工的人，這些都是你們靠自己雙手掙來的飯！大家可以把腰板直起來，如果下次榮珍寶還和你們說這些個話，就狠狠地啐回去！」

「好！」有人吆喝說好。

榮華笑了下，看向榮珍寶。「妳剛剛說的話，我都聽到了，我希望妳能夠認清現實。我的是我的，永遠都不可能是妳的，如果妳下次還敢以我的名義在這裡搜刮東西不說，還狐假虎威，那我真的會很生氣，我一生氣，就不知道自己會做出什麼事情。哦，對了，妳剛剛是不是說榮草醒了？那剛好，我和妳一起去看看她吧！」

榮華面色和善地看著榮珍寶，眼神可溫和善良了。

然而她越是如此，榮珍寶越是害怕，渾身哆嗦個不停。

榮華瞪了她一眼，覺得有些為難。

這個榮珍寶簡直陰魂不散，令人厭煩得要死，時不時就幹一些噁心事，但她又不能直接把她殺了。真是讓人頭大。

「我不敢了，榮華，我再也不敢了，妳放過我吧！」

被穿雲揪著的榮珍寶，哭哭啼啼地對榮華求饒著。

「妳向剛剛罵的所有人道歉，我就放了妳。」

榮珍寶立馬開始道歉，道完歉後，小心翼翼地看向榮華。「我、我可以走了嗎？」

榮華點頭。「可以了。」

榮珍寶如蒙大赦，立馬就想跑，卻又被穿雲抓住衣領。

她表情有些疑惑，就聽到榮華說道：「我不是說了，和妳一起去看看榮草嗎？走吧！」

榮珍寶的表情，立馬跟死了娘一樣，欲哭無淚。她忌憚地看了穿雲兩眼，認命地開始往家裡走，一路上都在求饒。

「華兒，求妳放過草寶兒吧！我就這一個女兒，妳不要傷害她啊！」

榮華和顏悅色。「妳為什麼要這麼說呢？我只是聽說，榮草表姊身體康復醒過來了，所以來看看她。妳為什麼覺得我會傷害她呢？是不是虧心事做太多了所以心虛呀！話說榮草病了這麼久都沒好，是不是因為她想殺我、把我推下井後的報應來了？嗯！我覺得一定是這樣的，原來她生病是報應啊！」

見榮華低笑起來，榮珍寶在一旁磨牙。

妳個惡鬼！就是妳害草寶兒生病一直沒好！

為什麼草寶兒一病不起，果然就是榮華這個從地獄爬出來的惡鬼害的！

她不信，這世上難道沒有可以收鬼的人？

榮華耀武揚威了這麼久，也該滅她的威風了。魔高一尺道高一丈，一定有人可以降伏這個惡鬼，如若不然，以後她和草寶兒的日子，可要怎麼過啊？

難道要一直被榮華騎在頭上？

不行！一定要收了她！讓她灰飛煙滅、魂飛魄散，永世不得超生！

榮珍寶低著頭，緊緊咬著牙，決定要去找一位德高望重的道長來，收了榮華這個惡鬼。

當然想歸想，還是先把眼下糊弄過去。

榮華有些詫異，榮珍寶怎麼突然變得老實起來，接下來一句話也沒說。

看著榮珍寶沈思的表情，總覺得她心裡憋著什麼么蛾子呢！

榮華到了榮家門口，榮珍寶就突然開始呼天搶地。「娘啊、娘啊，妳快出來啊！榮華她打我了啊！妳快把草寶兒看好啊，榮華要來找榮草算帳啊！」

哭喊聲震天響，榮華立馬伸手捂住耳朵。

這女人一哭二鬧三上吊的本事非常高，高音堪稱無差別物理攻擊，若不捂住耳朵，恐怕要頭疼兩、三天。

榮珍寶哭鬧異常，將榮老太太請了出來，又是一陣好說歹說。

榮珍寶試圖通過這個手段來讓榮華知難而退，但是榮華不管她，她今天就要看看榮草怎麼樣了。

穿雲控制住榮珍寶，榮珍寶哭爹喊娘地扯著嗓子喊疼，本來攔著榮華的榮老太太，立刻心疼地去救榮珍寶。

榮華這邊得了自由，朝榮草所在的房間走去。

還沒走到堂屋門口，突然裡面竄出一道身影，朝她身上直接撞過來。看那勁大得倒像是故意的。

榮華立馬躲開，那人一頭衝進了柴堆裡。

那人在柴堆裡刨了一會兒，樂呵呵地轉過頭，朝著榮華露出一個傻笑。

竟然是榮草！

身上衣衫不整、沾滿柴屑的這個女人，可不就是榮草嗎？

榮草臉上始終保持著傻笑，赤著腳走在地上，繞著榮華打轉，一雙賊溜溜的眼睛也不知道在想什麼，直愣愣地轉，看上去不太聰明的樣子。

「姊姊，漂亮姊姊，姊姊給我糖吃，我要吃糖。」

榮草嘴裡嘀咕著，突然跑到榮華面前，伸手就要來拉榮華的手，然後被趕來的穿雲一腳踢飛了。

榮草大叫一聲，開始哭了起來。「嗚嗚嗚，痛痛……姊姊好凶，我好痛痛，娘抱抱，我痛。」

榮草從地上爬起，朝榮珍寶伸出手，哭得很委屈。

「漂亮姊姊不喜歡我，我痛痛，想和漂亮姊姊玩，姊姊不喜歡我，嗚嗚！」

榮草一邊喊一邊哭，竟直接在地上打滾起來，一邊打滾一邊哭，滾到柴垛上時，還直接張嘴吃柴枝。

榮珍寶撲過去大哭。「我可憐的女兒啊，年紀輕輕的，怎這麼可憐哪！一病那麼多天，醒來時人都傻掉了，我真是太可憐了！我苦命的女兒啊！」

榮珍寶和榮草面對面哭。

榮華一向知道她們兩個會演戲，此時也分不清榮草是真傻還是假傻，索性兩手揣著，看起好戲來。

在榮家院子裡待了半個時辰，榮華看著穿著單衣的榮草凍得打哆嗦，看著她吃草、舔土，眼睜睜地看著她裝瘋賣傻。

榮華本來想著，榮草可能在裝病，所以榮草滾到哪裡她就跟到哪裡，目不轉睛地瞧著她，以免這傢伙裝得不認真。

就這樣盯著榮草舔土半個時辰，直到瞧見榮草的腳和脖子都凍紫了，嘴唇也發青後，榮華才覺得這個人是真傻了。

一個正常人，大概不會為了裝傻舔土一小時吧？

既然傻了，應該不會再整什麼么蛾子了。

雖然榮華不太確定，不過看夠好戲了，就大搖大擺地走了，只留一院狼藉的榮家。

不管榮草是假傻還是真傻，反正今天她看得頗過癮。

原主被榮草害死，榮草無論遭受什麼樣的懲罰，在榮華看來都不為過。

榮華心情大好地回到家後，王氏端了一杯熱茶給她，聲線溫柔。「華兒去哪兒了？怎地這麼開心？」

榮華喝了熱茶，臉上帶著笑，挽著王氏的胳膊，挑著眉說：「今天看到一個做了壞事的壞人受到懲罰，所以我覺得很開心。」

王氏穿著天青色襖裙、煙灰色上衣，一頭烏黑長髮綰個髮髻，格外溫婉好看。

榮華真心覺得，有如此溫柔似水的娘親可真好，不由得拉著她的胳膊撒嬌、賣萌，逗得王氏一直笑。兩人坐在院中閒聊。

晚飯時間，榮華帶著家人去穀場吃飯，吃完才回來。

等到很晚的時候，榮耀祖才歸家，臉色並不好看。

支開王氏，榮華迎上去，還沒開口問發生什麼事，榮耀祖沈著臉，一股腦兒全說了。

榮華聽完之後，簡直對榮珍寶佩服得五體投地，沒想到這種情況下，她竟然還能整出么蛾子？

榮華不得不佩服榮珍寶的執著，在幹蠢事的路上一去不復返。明明腦子不太聰明，卻始終貫徹著自己反派的人設，不曾有一絲懈怠。

她也不得不佩服榮珍寶的演技，中午的時候呼天搶地地說自己真的知道錯了，再也不會做對不起她的事情。

她轉頭剛走，榮珍寶就收拾了東西，要去縣裡找縣太爺告狀。

一是告榮華犯了大煜律法，在桃源村大肆種植袁朝的農作物；二是告榮華在桃源村開辦作坊，貨物去向不明；三是告榮華不敬長輩，在家裡作威作福，對長輩非打即罵；四是告榮華其實乃千年惡鬼還魂，前來追魂索命。

從桃源村到縣裡要走兩、三個時辰的路，榮珍寶自然做不到這麼快就走一趟來回。

榮耀祖這麼快就知道了這件事，主要是因為李縣令。

李縣令曾經說過，桃源村種植袁朝農作物的這件事情，由他來防堵風聲洩漏，所以他命人看守在出村到鎮上的兩條路，不讓外頭人隨意進來，要出村的人也得經過嚴密盤查，確保消息不會傳出去。

榮耀祖當初徵詢過榮華的意見，榮華不但知情，還告知村民們。

大家都沒有反對，因為村裡人最近都在忙著春種，並沒有出遠門的需求。

如今作坊步上軌道，榮絨收購編織品的需求遞減，頂多偶爾到附近村子的老人家進貨，也不需要到鎮上。

今天榮珍寶要去縣裡告狀，剛出村就碰到李縣令的人。

李縣令的人問她要去幹麼，榮珍寶一看是官差，正是她要找的人，便一五一十地說了。官差一聽，這還得了，為了避免榮珍寶出去亂說，立馬就把她給扣押下來。他一邊派人通知榮耀祖，一邊將榮珍寶帶回縣裡大牢。

所以榮耀祖的臉色很難看，不承想自己的親妹妹會去告他的狀、拆他的台，也沒料到李縣令會直接把榮珍寶給送到大牢裡，他現在的心情很是複雜。

「唉，我真是沒想到，四妹竟然如此不懂事，做出這等事情來！現在村裡為了春種的事，大家都忙得不可開交，她都沒想過，若是真的找來官府的人抓了妳我，村民們又會過上以前有一頓、沒一頓的生活，她怎麼忍心？」

「自私的人往往只能想到自己的利益，她為了除掉我，不惜搭上全村人。除了榮家那些長輩，村裡所有人都在種地，雖說法不責眾，但如果官府真的要殺一儆百呢？到時候全村人遭殃時，榮珍寶是舉報人，說不定會得到獎勵。爹爹，你以為她傻？其實她可精了，如果不是我們早和李縣令說好了，李縣令是我們的人，她還真有本事把我們全害死了！」榮華滿是厭惡的語氣，甚至不客氣地直呼榮珍寶的名字，早就不稱呼那個人為四姑。

這種又自私又蠢的人，實在令人非常噁心！

榮珍寶也不想想，現在吃的、喝的都是她的，如果她出事了，自己接下來吃什麼、喝什麼？

用「成事不足、敗事有餘」來形容她，都是對這句話的侮辱。

榮珍寶就是單純的又蠢又壞罷了。

榮耀祖一臉痛心疾首的表情。「她是我親妹妹，怎麼會這麼做？」

榮華大概能猜出榮耀祖的心理活動，一邊肯定是傷心榮珍寶這樣對他，一邊是不知道該不該去救榮珍寶。

榮華在心裡默默翻了個白眼。

「爹爹，在分家的時候，你就應該知道，他們根本沒把你當親人，只是一直在壓榨你而已。當初他們恨不得逼死你，你都忘了嗎？所以榮珍寶能做出這種事，我一點都不感到奇怪，從始至終，她都沒把你當成親哥哥看待過。」

榮耀祖默默不說話。

榮華看著自己爹爹的樣子，到底是心軟，不捨得繼續說太重的話。

爹爹一直被榮老太太用孝道洗腦了那麼多年，心底根深蒂固的是榮老太太對他的那一套，所以榮華可以理解為什麼他會這樣想。

榮耀祖今天挖渠一整天，臉上滿是疲憊，想來是累壞了，現在又要為這樣的事情心煩。

榮華心中不忍，遂安慰道：「爹爹，其實榮珍寶要告的人是我，不是你，所以她心裡可能還是有你這個哥哥的。至於榮老太太那邊，要不你去說一下吧！」

自從分家之後，榮耀祖也傷心，都沒回去過。今天榮珍寶被關入大牢，這麼晚還沒回家，榮老太太肯定很擔心。榮耀祖身為兒子，自然想去告訴榮老太太一聲。

榮華可是個體貼的大女兒，與其讓爹爹左右為難，不知該如何開口回去，倒不如她做一個貼心小棉襖，直接開口給爹爹一個台階下，讓他去那邊通知一下。

沒想到榮耀祖聽了這話，直接火大。「她告妳和告我有什麼區別？妳若出事，我就是拚了這條老命也會護著妳，她告妳還不如告我呢！」

他憤怒地皺著眉，煩躁地搖了搖頭。「四妹做出此事，讓我甚是傷心。罷了，這是她自己咎由自取，我不管了！」

他擺了擺手，回了自己房間。

過了一會兒，王氏出來為他熱飯。

榮華張了張嘴，想說什麼，就看到娘親輕輕「噓」了一聲，便不再說話。
榮華前往院子散步，看著頭頂墨色的天空，心底覺得有一絲慶幸。
幸好李縣令是他們這邊的人，否則這一次不就完了嗎？
現在榮珍寶被李縣令關了起來，榮華覺得挺好的，免得她以後瞎折騰，又這麼來個幾次，榮華可受不了。
不知道王氏對榮耀祖說了什麼，大概一刻鐘後，他還是出了院門。
榮耀祖離開後，榮華看到王氏走出房間，她也跟了過去。
王氏朝榮華招了招手。
榮華走過去拉著她的手臂，就聽到王氏溫柔地說：「華兒，對不起，是娘勸他去的，別怪娘。」
榮華將頭靠在王氏的肩膀上，語氣有些無奈。「娘，我不怪妳，我只是太心疼妳了。那個家裡的人對妳做了那麼多惡毒的事情，讓妳受到那麼多的傷害，可妳總是願意體諒，所以我心疼妳，但無論如何，那些人我永遠不會原諒的！」
「我也沒有原諒，那所有事情，對我做的、對妳做的、對耀祖做的，我都全部記得，一件也沒忘，一件也沒原諒。」
榮華沒想到王氏會這樣說，不免有些詫異地抬起頭。
就見王氏溫柔地笑了下，接著說：「但是華兒，我好心疼他。妳爹爹身為人子，自然希望母慈子孝，榮老太太將他養大，他想要報答養育之恩，這是應該的，只不過榮老太太實在是不通情理。其實最難受的人，就是妳爹爹。鬧到如今這一步，他雖從未說過，但我知道，他心裡一直都不好受。

「他身為一家之主，當然希望家庭和睦，能讓榮老太太享天倫之樂。但是榮家這個情況，咱們都清楚，簡直是爛泥扶不上牆。這個家裡的其他人，都是爛泥，靠你爹爹這個老黃牛拉著往前走都不願意挪一步。

「妳爹爹心裡很傷心，我也真的很心疼他。攤上這樣的家庭，他娘是這樣的人，兄弟們也是這麼不堪，全家就指望著他一個，我每每想起來，就覺得難過。所以很多時候，我覺得自己都要忍不下去了，卻總是無法狠下心帶你們離開。因為我捨不得妳爹爹，捨不得他一個人在這裡受苦。

「華兒，如果我離開他了，那他就真的太可憐了，人生中一點樂趣也沒了，只剩那一家人對他的壓榨和利用。華兒，我真的做不到，妳爹爹真的好可憐。」

王氏說著，開始抹淚，提起榮耀祖的難處，比說起自己的難處還要難過。

榮華嘆了口氣，沒有說話。

娘親太愛爹爹了，她眼裡只能看到爹爹的苦處，卻從未想過自己以往的日子，過得有多麼難。

娘親更心疼爹爹，榮華卻更心疼娘親。

這個柔弱的女人，受了那麼多苦，心地卻依舊善良，為這個家付出好多。榮華可以確信，如果這個家沒有娘親，只怕這個家直接就散了。

榮華真的好喜歡自己這個娘，她將三個子女教養得那麼好，懂事、得體、知禮貌。

她撲在王氏懷裡，小聲嘀咕道：「娘，妳也多心疼心疼自己，別老為別人著想，我都替妳覺得委屈。」

王氏撫摸著榮華的頭髮，語氣寵溺。「有你們這麼懂事的孩子，我一點也不覺得委屈。」

王氏心裡自有一桿秤，她心裡知道那些人的所作所為，也從來沒有寬容大度到可以原諒，只是太心疼榮耀祖，才一次次選擇忍耐。

在她心裡，若不是因為太愛榮耀祖和自己的三個子女，她才不會對榮家其他人百般吞忍。

榮華又和王氏聊了一會兒天，便打起了哈欠，自己先回房休息。王氏依舊在院子裡等著榮耀祖。

榮華睡得迷迷糊糊的時候，聽到院門打開的聲音。她把窗戶推開了一條縫看出去，見到榮耀祖回來了。

雖然不知道榮耀祖在榮家老宅和榮老太太說了些什麼，但是榮華心裡也有一桿秤，如果榮耀祖真的回頭去找那些人，那麼她也不會原諒他。

第二日晨起，榮華當作不知道昨晚上究竟發生何事，也沒有問榮耀祖出去幹什麼，只是平靜地吃完早餐。

吃完飯後，榮耀祖急匆匆地準備出門。

榮華端著碗筷，隨意地問道：「爹爹急著去渠上嗎？」

榮耀祖拉了拉衣袖，整理一下衣領，說：「不，今天我不去挖渠，我去縣裡一趟。」

去縣裡搭關係，把榮珍寶弄出來嗎？

榮華低頭垂眸，唇角淡淡上揚，露出一個平淡的笑。「哦，那爹爹早些回來，我晚上做雞湯吃呢！」

榮耀祖轉身看著榮華，眼神溫和，臉上帶著慈和的笑。「好，爹爹一定早點回來。」

榮華點了點頭，拿著碗筷去灶房。她在廚房洗碗，聽到院門被人拍響。

榮耀祖去開了門，榮華聽到一個男聲。

「榮村長，我是安平縣縣衙的差役，李縣令讓我來叫你還有令千金榮華姑娘，今天去縣裡一趟，李縣令想見一見她。」

榮華洗碗的手一頓。

見爹爹就算了，李縣令為什麼會想見她？

榮耀祖的反應比榮華的心理反應大多了，他直接驚了起來。「差役大人，不知李縣令要見小女所為何事？」

「榮村長，這個小的也不知道，只是李縣令說了，想見你和榮大姑娘，還請村長快些帶榮大姑娘隨小的一起走吧！」

榮耀祖兩隻手攥在一起，臉上神色立馬焦急了起來。

「差役大人，我那大女兒不過是一個無知農女，只怕見了李縣令會鬧笑話，惹得李縣令不快，不如還是我一個人去吧！」

「榮村長，這個小的可作不了主，李縣令的意思我也送達了，求你別為難小的。」

榮耀祖急得如熱鍋上的螞蟻，此時完全不知道該怎麼辦。

華兒是他的女兒，李縣令要見華兒不知安了什麼居心，他絕對不能讓華兒面臨危險！

榮耀祖臉色一沈，低聲喝道：「我不會讓我女兒去！李縣令有什麼話，儘管和我說就是了，我現在就和你一起走，絕對不要將我女兒牽扯進來！」

「榮村長，求你別為難我了，我也只是奉命行事啊！」

差役也很無奈，場面一時間膠著起來。

榮華此時剛好將碗洗乾淨了。她擦了擦手解下圍裙，從灶房裡走出來，平靜地對榮耀祖說道：「爹爹，我和你一起去。」

「華兒！大人說話，小孩不要插嘴，趕緊給我回房去！這些事爹爹會處理。」

榮耀祖板著臉趕著榮華回房。

榮華走到他身邊，語氣有些無奈。「爹爹，沒關係，剛好我也想知道李縣令為什麼想見我。」

見榮耀祖不肯，榮華又說道：「我覺得此行不會有危險，爹爹放心吧！若是有危險，不是還有爹爹你嗎？你會保護我的。」

榮耀祖垂手，無奈道：「若是屆時情況危急，只怕我也不能護妳周全。華兒，妳還是待在家裡吧！」

榮華輕輕皺了下眉頭。

每次在她對爹爹心裡有成見的時候，爹爹總是又會用實際行動向她證明：爹爹是愛護妳的，爹爹絕不允許妳出事！

所以榮華對榮耀祖的感情，一直還挺複雜的。

榮耀祖現在為了她的安危，不願意讓她去，但是榮華心裡自有打算。

李縣令既然想見她，那去就是了，因為她不覺得會有什麼危險。更何況她會帶著穿雲一起去，如果真的有什麼危險，穿雲還能保護她。

反觀，爹爹一個人去了，若是真有危險，只能任人宰割。

所以她去還有一個原因，自己可以用智謀幫助爹爹，還能讓穿雲保護他們。

要說服榮耀祖，其實一點都不難，搬出王氏就好了。

「爹爹，今天無論如何，李縣令是一定要見到我，所以無須再說其他的，我們趕緊走吧！再拖拖拉拉下去，恐怕會驚動娘親，到時候讓她瞎擔心。」

見榮耀祖神色有一絲鬆動，榮華拉住他的胳膊。

「爹，走吧！娘親身體剛好一點，要是待會兒知道這些事，又要為我擔心，若娘親再病了，那可怎麼辦？」

榮耀祖無奈地嘆氣，終於答應。「好吧，我們走。」

一旁候著的差役立馬臉上堆著笑，朝榮華作揖。「榮大姑娘真是通情達理，村長有此女兒真是好福氣啊！馬車已經準備好了，兩位這邊請。」

這差役是李縣令身邊的人，榮華覺得能不得罪就不得罪，於是她朝差役福了福身子，溫和地道：「我爹爹剛剛只是關心情切，還請差役大人不要怪罪。」

「榮大姑娘說笑了，村長與妳父女情深，我當然能夠理解，怎會放在心上。兩位請。」

榮華帶著穿雲和榮耀祖一起，隨著差役上了馬車。

馬車搖搖晃晃地朝安平縣駛去。

坐在馬車上，榮耀祖緊皺著眉頭。他左思右想，也想不出李縣令為什麼要見榮華，但感覺不是好事。

「華兒，待會兒李縣令不管問妳什麼，妳都說是我做的，種袁朝的農作物、開作坊、做生意，這些如果李縣令問妳，妳都記得說是我做的。」

榮華本來靠在馬車上閉目養神，聞言，睜開眼睛看向榮耀祖。

「爹爹，榮珍寶肯定把什麼事都告訴李縣令了，我現在扯謊也沒用。」

榮耀祖聞言，臉上一片難色。

第二十二章　知縣

馬車搖搖晃晃，卻沒到縣衙，而是在安平縣的李府門前停住。

榮華隨著榮耀祖下車，走進這異常氣派的李府。

一進門，就有下人請榮耀祖過去正廳，又囑咐了一個小丫鬟，帶榮華在府裡逛逛。

小丫鬟在前面引路，帶著榮華和穿雲在李府內遊玩。

李縣令住的地方，非常豪華，占地面積很大，是一戶三進三出的宅子。

進了大門，左手邊是一排倒座房，往前走就是垂花門。

垂花門左側是一條長長的曲折遊廊，而穿過垂花門，是一個大庭院，庭院裡種了不少珍稀花草，都是極為名貴的品種。

庭院左右東、西廂房有六大間，正房三大間坐北朝南，正對著庭院。正房兩側是帶跨院的兩座偏房，偏房也是三間屋子，帶一個小院子。

正房後面是一座大花園，有花有草、有山有水。

花園裡有一個湖泊，小橋流水，假山噴泉點綴在其中，非常好看，還有一座三層的繡樓坐落其中。

小丫鬟介紹，這是李縣令未出閣的女兒住的地方，到了晚上，進入這花園的門都要鎖起來，繡樓裡不允許男子進入。

榮華看著這宅子，心裡總算有一點古代生活的感覺了。

這才像是小說裡描寫的那種生活啊！

不過聽小丫鬟說，李縣令娶的小妾多，這房子有點不夠住，還想著等春暖時再換一間更大的宅子。

宅子已經物色好了，只等著李縣令搬過去，是一間五進的大宅子。

榮華暗暗咋舌，縣令一月朝廷俸祿也不過十幾兩，李縣令生活竟然如此奢靡！

這些錢從何而來，想來是個有心人都能想到。

李縣令買了這個官，在安平縣這不算富裕的地方，都能搜刮來這麼多錢，可想大煜的官員貪污腐敗到什麼程度。

「三年清知府，十萬雪花銀」，這都是他搜刮安平縣百姓的民脂民膏。

百姓生不如死，官員紙醉金迷，這世道真是讓人想造反。

若不是之前六國混戰對百姓的心理陰影太大，大煜百姓不希望有戰亂，不然怎能忍到今天呢？

約莫逛了一刻鐘的工夫，榮華逛完了，便和穿雲一起坐在遊廊的小几前。小丫鬟替她們端來茶水、點心。

榮華又等了一刻鐘，來了個小廝，請榮華去正廳。

榮華整理了衣衫，讓穿雲在這裡等著自己，便隨著小廝離開。
此時，李縣令坐在上首，看上去約莫三、四十歲，見到榮華時臉上帶著笑。
榮華看著，總覺得他笑得有點假——就是那種偽善的笑。
榮華朝他福了福身子，李縣令微抬手。
「快起來吧，咱們是自己人，不鬧這些虛禮。」
榮華站起身，微微垂頭，看上去極為恭謹，低聲問道：「李縣令每日為國為民、勞身傷神，不知今日在百忙之中抽空見我所為何事？」
這個馬屁對李縣令很受用，他笑咪咪地看著榮華，摸了摸自己手上的翡翠大扳指，笑道：「我聽榮珍寶說了，妳是個非常能幹的孩子，很有經商頭腦，是個不可多得的人才啊！」
榮華聽他這麼說，立馬說：「李縣令，您聽我解釋……」
「無須多說，咱們安平縣就需要妳這樣的人才。剛剛榮村長還和我說，那些都是他的主意，但是我還不了解榮村長嗎？他這個人，雖有仁心卻無魄力，只想守成哪敢冒進哪，所以我知道，那些都是妳的主意。
「我不想知道妳這袁朝的農作物從何而來，也不會去追查妳的編織品貨物銷往何處，我只要妳能夠保證，秋收時分，你們桃源村一定能夠繳上稅收。」
榮華鄭重保證。「我保證屆時一定可以！」

李縣令笑了起來。

榮華看著他的笑，覺得充滿偽善。

他不再提農作物和作坊的事，而是問了幾句家常。

後來話頭一轉，問道：「榮華啊，妳雖然年歲還小，但是個聰明人，有些話就不用我說明白了吧？」

榮華臉上露出一絲茫然的神色。「啊？我實在愚鈍，還請縣令大人說明白。」

李縣令臉上露出一絲高深莫測的笑容。

「果然還是個孩子。」他又摸了摸自己手上的扳指。「榮華啊，妳那個作坊，一個月能賺多少利潤？」

榮華心底一驚，還未答話又聽李縣令道：「妳做的事，我雖不追究，但若是追查下去，咱們心知肚明那是違法的。我不想查，因為那對我們都沒什麼好處，我可以不管妳在做什麼，費心幫你們瞞著，但是有些人情往來總需要上下打點，妳懂吧？」

榮華這時候哪裡還不懂他的意思，只差他沒明說讓榮華交保護費了。

榮華之前沒想過要來賄賂這個李縣令，卻沒想到，李縣令直接上趕著讓她賄賂。

李縣令為了貪污受賄，真的是無所不用其極，好無恥啊！

榮華這輩子還沒幹過行賄的事，此時此刻卻被李縣令威脅著行賄，真的是醉了。

她可是守法的好公民啊！

但是眼下不得不交保護費，這個啞巴虧是不得不吃了。
李縣令還在看著她，榮華掩下眸中不悅的情緒，笑道：「我懂。」
「果然聰明，既然妳已明白了，那妳就回去吧！」
榮華看著他那虛偽的笑，忍不住咬牙，維持著表面笑容走出正廳，看著四下無人，狠狠地啐了一口。「我呸！」
榮華來的時候，有想過李縣令這次為什麼要見她。
榮珍寶肯定把一切都說出來了。桃源村地理位置特殊，李縣令不傻，肯定能想到她把編織品賣到哪裡了。
大煜特產編織品，境內根本沒有銷路，只可能賣到別國，而榮華又買了袁朝特產回來，只要榮珍寶把這些資訊告訴李縣令，他肯定什麼都懂了。
李縣令不笨，如果笨的話，也沒辦法在安平縣搜刮這麼多錢。
雖然她猜到李縣令已經都知道了，卻並沒想過要賄賂對方。
在榮華眼裡，她和李縣令是合作關係，自己能夠保證桃源村的稅收，李縣令肯定不會拿自己開刀，所以她才敢這麼大大方方地過來。
只是沒想到，這個無恥的李縣令，確實沒有查她，在雙方都是合作關係的基礎上，他都要敲詐一筆。
榮華此時想來，在安平縣黑市流通的袁朝特產，只怕李縣令也知情，想來對方也是交了保護費。

榮華越想越氣，看著李縣令這相當氣派的宅子，就覺得心疼啊！

李縣令用搜刮來的錢買這間宅子，而且還打算換一間更大的宅子。一想到對方買新宅子的錢，就有自己上繳的一部分，實在太心痛了。

李縣令都能夠做出直接點名、要人交錢這種不要臉的事，他什麼事幹不出來？

榮華若想要繼續好好經營，只能乖乖交錢。

穿雲走到榮華面前，看她臉色不好，問道：「怎麼了？」

榮華輕抬下巴，指了指大門。「出去說。」

榮華和穿雲一起找到榮耀祖，三個人在小廝的帶領下走出李府。

接他們來的差役已等候在門口，準備用馬車送他們回去，榮華拒絕了，她想在安平縣看一看，下午再回去。

差役和榮華約定好，下午在福滿樓門口見。

離開李府，榮耀祖急忙地問道：「華兒，李縣令和妳說了什麼？」

榮華看了眼人來人往的大街，沒直接說，反問了榮耀祖一句：「他和你說什麼了？」

「他就問我挖渠以及春種的進度，只問了這些。」

「我們找個地方坐下來，待會兒再細說吧！」

榮耀祖想了想，帶著榮華去一間看上去還不錯的茶館。

擾。

三人直接上了二樓一個單獨的雅間，等小二上了茶水、點心後，再囑咐他們不要再來打擾。

等閒雜人等都離開後，榮華才把李縣令對她所說的話複述了一遍。

榮華說完，穿雲冷著臉罵道：「無恥！」

「我就在想，他那大房子哪裡來的，他那好幾個小老婆怎麼娶的，合著就是這樣來的呀！所以說我真是慘，辛辛苦苦賺點錢，要給他買房子用，還要幫他養老婆。呵呵，我替他養老婆，他能送一個小老婆給我嗎？」榮華皺著眉，罵了一串長句。

榮耀祖對李縣令也很是反感，但此時聽到榮華這樣罵人，還是說：「華兒，要文雅一點，不可口吐髒字。」

「口吐髒字？」

榮華詫異地睜大眼睛，挽起袖子，兩手扠腰。「那個混帳玩意兒，我一看就知道他不是啥好東西，後來尋思看人不能這麼武斷，於是我再仔細一看，發現自己沒看走眼，果真如此呢！」

榮華舌粲蓮花，榮耀祖在一旁聽得目瞪口呆。榮華在家裡一向是知書達禮、懂事乖巧的人，他從來沒見過自己女兒這樣的一面。

等反應過來後，榮耀祖立馬阻止。「華兒！待會兒有貴客要來，妳克制一點！」

「貴客？什麼貴客？」罵得舒坦的榮華下意識地反問。

她看著榮耀祖有點丈二金剛摸不著頭腦，忽然聽到門口傳來兩聲壓抑的輕笑。

榮耀祖扶住額頭，嘖了好幾聲，伸手在榮華額頭上指了好幾下，無奈地起身開門。

門打開，穿著一身青袍的廖長歌笑意盈盈地走了進來。他瞧著榮華，眼中帶著笑。「榮華妹子果然與眾不同！連罵人都這麼出奇制勝。」

「廖、廖哥哥……」榮華訕笑了一下，默默解釋。「廖哥哥，那個我其實還是很淑女的，今天是特殊情況、特殊情況！」

廖長歌抿唇笑了一下，看榮華眼巴巴地望著自己，覺得不能笑得太放肆，以免傷了這小姑娘的心，於是輕咳了一聲，右手握拳抵在唇邊，掩住自己唇角的笑意。

只是榮華看他那眼睛的弧度，便知道他依舊在笑。

榮華不知該如何形容她此時的心情，她的形象啊！全毀了……

榮華哀怨地看著自家爹爹，皺了皺小鼻子。

「爹爹，你怎麼不早告訴我，你約了廖哥哥。」

榮耀祖兩手揣在一起。「我怎麼知道妳今天如此……如此、如此不羈！」

榮耀祖想了一會兒，才說出不羈這個詞。

榮華嘆了口氣，請廖長歌坐下。

等廖長歌和榮耀祖都入座，榮華替他們添了茶，問道：「廖哥哥今日怎麼來安平縣了？」

「我昨日聽說李百萬今日要見你們，恰好這兩日有事在這裡，今天便請榮村長過來，敘敘舊。」廖長歌說完，輕輕吹了吹茶葉，輕抿了一口茶。

榮華哦了一聲。

廖長歌又道：「你們剛剛說的，我在門口都聽到了。榮華妹妹打算怎麼辦？」

「還能怎麼辦？按照李縣令所說，給錢就是。不過我不太懂這些，不知道應該給多少。」

「李縣令這個人貪婪無厭，一向是獅子大開口。我倒是知道他向其他人收多少錢。」

榮華急忙追問道：「收多少？還請廖哥哥告訴我。」

「按季度收費，一季一千兩銀子。」

廖長歌隨意說出一千兩這個數字。

榮華張了張嘴，差點脫口而出一句「我操」。

這也太狠了吧！這是獅子大開口嗎？這是血盆大口啊！

這一口咬下去，榮華感覺心口疼，太心疼了！

她咬著牙，一字一句地說：「這個李貪官，都沒人治得了他嗎？」

廖長歌搖頭。「榮華妹妹別看我，我可動不了他。」

「為什麼？廖哥哥，你不是官職比他大多了嗎？而且廖哥哥你似乎對李貪官受賄的事情，知道得相當清楚。」

榮華很疑惑，她想不明白官場上的事。

廖長歌轉了轉手中的茶杯，神情輕鬆。

「因為李百萬這塊肥肉，早有上面的人盯上了，只等把他養肥一點就動手抄了他的家，我等小輩自然動不了他。」

榮華愕然，不敢置信地看著廖長歌。

還能這樣？

廖長歌輕笑了下，眸光中露出一絲譏諷。

「榮華妹妹，妳還小，自然不懂官場上的骯髒齷齪。咱們這筠州城，有一位以清正廉明、兩袖清風、聞名朝野的『好官』。殊不知這位百姓稱讚的『好官』，表面清明，暗地裡卻對貪官污吏視而不見。如這小小的李縣令李百萬，他敢這麼放肆，絲毫不知收斂，就是因為他以為自己有一位頂厲害的靠山，卻不承想，他以為的這位靠山，不過是那個百姓眼中『好官』的走狗。

「這個走狗暗中鼓勵如李百萬這樣的小官們搜刮民脂民膏，讓李百萬之流以為自己不會出事。等到他們貪贓到一定程度，口袋裡有了錢，養肥之後，上頭的那位『好官』就會查辦了他。查辦出來的贓款一半充公，自己留一半，除了他，誰知道贓款究竟有多少呢？如此倒是神不知、鬼不覺地污了錢，他還是百姓眼中的絕世『好官』，整個筠州城人人稱讚的父母官。錢也得到了，名聲也賺到了，多厲害的手段啊！」

廖長歌輕輕搖頭，臉上譏諷的神色很濃。他很是看不上這個筠州城的父母官。

「其實李百萬這些人，我還真不怎麼討厭，比起李百萬，我更討厭的是那個道貌岸然的『好官』。原本李百萬這些人，哪有膽子如此胡作非為，哪怕不是個好官，也斷不敢如此放肆。

「可是那個『好官』給了他們底氣和靠山，他們越來越肆無忌憚，惹得百姓怨聲載道，使筠州城的百姓生活在水深火熱之中，他做了這些事，不僅要錢，還要名，呵呵……每次我看到他抄了這些人的家，轉頭就將贓款放進自己口袋，而那些不知情的老百姓還喊他青天大老爺，對他感恩戴德，我就覺得諷刺。」

「衣冠禽獸！」榮華罵了一句，皺著眉頭。「這種人最討厭了，聽你這樣講就讓我覺得噁心，沒人能收拾他嗎？」

廖長歌看向窗外不甚明朗的天空，語氣幽幽地道：「他在筠州城經營多年，上上下下串通一氣，想要扳倒他，難啊！而且這個人平時太會演了，百姓們對他感恩戴德，就算說出來，也不會有人相信，所以想要除掉他，不能急只能智取，慢慢來吧！」

「哦。」榮華應了一聲，輕聲說。「我相信一定有人可以把這些社會敗類幹掉的。」

廖長歌笑起來，目光有些微妙地看了一眼榮華，輕輕點頭。「我也這麼覺得。」

和廖長歌聊了幾句，榮華開始聽他們聊一些關於春種的事。

直到榮耀祖看時間不早了，提出告辭。

廖長歌卻道：「都中午了，哪有讓你們餓著肚子回去的道理？還請榮村長能夠給我一個機會，我來略備點酒菜，你們吃過再回去吧！」

榮耀祖立馬推辭，連說不敢。

廖長歌卻很灑脫，站起身便吩咐候在門外的隨從去福滿樓訂一桌酒菜。

福滿樓的吃食，是安平縣最好的，榮耀祖根本沒進去過，還是一個勁兒地推辭。

榮華默默看著，有些疑惑爹爹為什麼一直拒絕。

雖然她有點餓了，但是看榮耀祖拒絕的樣子，她決定聽爹爹的，這種時候就不要講話了。

榮華在家裡挺有話分兒的，基本上她說的話，榮耀祖不會拒絕。

但今天在這個問題上，榮華沒開口，主要是因為她看得出來，爹爹是真的很想拒絕。

雖然她挺喜歡廖哥哥，人很豪氣，沒那麼多彎彎繞繞，很對她的胃口，但是看爹爹的態度，他和廖長歌之間關係也不是特別密切，好像很微妙嘛！

雖然榮耀祖一直想方設法地拒絕，但是廖長歌誠心實意地邀請，盛情難卻之下，他終究沒能推辭掉。

由於榮耀祖拒絕沒成功，一行人去了福滿樓。

廖長歌點了一桌子菜，味道都不錯。榮華吃得肚兒滾圓，味蕾很是滿足。

吃完後，廖長歌還另外讓人打包八樣菜品，說是帶回去給榮華的弟弟、妹妹吃。

榮華有一些感動，本以為就此分別，廖長歌又說：「榮華妹妹，不知道我能不能隨你們一起去桃源村看看，我還挺好奇桃源村現在是什麼樣子呢！」

「這個當然可以啊！」

吃過午飯已是下午，那個差役等在福滿樓門口，看到榮華後，立馬笑臉迎了上來。

榮華覺得這個差役很是機靈，便賞了他一兩銀子。

差役笑著收下，看榮華的目光更誠懇了。

因為廖長歌有馬車，所以大家一起同行，無須麻煩這個差役，幾人就坐著廖長歌準備的馬車前往桃源村。

廖長歌和榮耀祖坐一輛車，榮華和穿雲則坐另一輛車。

此時，榮華癱在馬車裡，揉著自己的小肚子。

穿雲扶著榮華的肩膀，問道：「妳知道榮村長為什麼要拒絕廖長歌嗎？」

「為什麼？」

這也是榮華的疑惑。

「當局者迷，旁觀者清，我在一旁看著，倒是看出榮村長的意思。廖長歌家世顯赫，出身極好，仕途順遂，你們一家只是一個桃源村的農戶，他卻對你們一家很是熱情。如果在以前，榮村長會覺得廖長歌是想透過你們這層關係巴結將軍，但是現在榮村長以為將軍死了，廖長歌依舊對你們這麼熱情，他可能覺得不對勁吧！事出反常必有妖，榮村長是擔心廖長歌對妳打什麼壞主意，所以才不想讓妳和他多接觸。」
「原來如此。」
爹爹這是擔心廖長歌對她起什麼壞心思呢！
榮華算是明白了，笑道：「人家廖哥哥出身書香門第，年輕有為，能打我什麼主意？爹爹也太看得起我了，哈哈。」
「不管子女什麼樣，都是父母眼裡的寶貝，無論對方來頭多大，在父母眼裡都會覺得對方配不上自己女兒。哪怕是廖長歌，我瞧著榮村長的樣子，都沒有對他很滿意。」
「哈哈哈！」榮華一陣爆笑。「爹爹也想太多了。」
穿雲看著榮華，由衷地說：「而且我覺得，妳不比那些深閨裡大戶人家的小姐們差，妳很優秀，有著其他人沒有的優點，閃閃發光的那種。」
榮華靠在穿雲身上，覺得很溫馨，只有身邊親近的人，才會怎麼看她都覺得好。
穿雲換了個姿勢，讓榮華躺得舒服一點，慢悠悠地道：「不過榮村長是真的想多了，妳是要做將軍夫人的人呢！」
榮華搖頭。「未來如何，都是未知。」
穿雲瞧了她一眼，不再說話。
「對了。」榮華忽然想到一件事情，看著穿雲問道：「妳剛剛說得有道理，廖哥哥為什麼會對我家比較照顧？」

穿雲淡漠的臉上露出一絲笑意。「因為他是將軍的人。」

「哦，這樣啊。」榮華莞爾一笑。「看來我真的在無形之中，吃了很多將軍的福利。」

這樣一來也可以解釋，第一次見面的時候，為什麼廖長歌會幫她解圍，原來是看在穆良錚的面子上。

榮華的思緒飄遠，馬車搖搖晃晃，回到了桃源村。

回到村子時正好是飯點，在田地裡勞作的人都開始前往穀場吃飯。

今兒是個大晴天，此時夕陽西下，金色的晚霞將天空染得格外好看，大地一片金色，在這樣的金光裡，三三兩兩的人們臉上都帶著笑意。

廖長歌不久前來過桃源村一次，那時候的桃源村死氣沈沈，幾乎沒有生機。如今過去了月餘，桃源村就像是變了樣子，開始有點世外桃源的感覺了。

每個村民的臉上都帶著笑、掛著汗，但那種笑容卻是發自內心、不加掩飾，充滿了對明天的希望。

廖長歌沐浴在金色的晚霞裡，看著這一切。一瞬間有一種不真實的感覺，他眼前的一切都像是虛幻，可是穀場的飯菜香味又是那麼真實。

他看著這一切，臉上的神情格外溫柔。「榮華妹妹，妳可知道，眼前的這一切，是多少人折騰了幾十年都無法做到的嗎？」

榮華歪了歪頭，神采奕奕。「我不過是投機取巧罷了。」

廖長歌有些佩服地看著榮華。「桃源村如今的變化，真是讓我驚訝。不過榮華妹妹，妳與那李縣令合作，無異於與虎謀皮，可要多加小心，若有拿不了主意的事情，記得來找我。」

榮華乖巧地點頭，誠懇地道謝。

「謝謝廖哥哥的提醒，我會注意的。不過有一點，李縣令在我眼裡可不是一隻大老虎，而是一隻貪得無厭的癩皮狗！」

「哈哈。」廖長歌低頭輕笑。「我怎麼忘了，咱們這榮華妹妹，可是巾幗不讓鬚眉的人物，是我多心了。」

榮華這邊和廖長歌說著話，忽有一道清甜女聲喚她。「華兒。」

榮華回頭一瞧，榮淺和榮絨正攜手一起走過來。

榮淺生得漂亮，此時款款走來，宛如清秀佳人。榮絨本就生得普通，現在站在榮淺身邊，更顯得黯然失色。

榮淺和榮絨走到榮華身邊，都看到了廖長歌。

榮淺不由得臉頰一紅，害羞地低下頭。她長得清麗脫俗，此時臉上兩塊紅暈更顯得美麗，少女低頭一剎那的嬌羞，真是動人極了。

廖長歌看到榮淺，表情沒多大變化，但是眼睛亮了一下。

就算他見慣了漂亮的大家閨秀，此時看到榮淺，依舊覺得驚豔。

榮華為他們介紹，雙方打過招呼，彼此算是認識了。
榮淺一直羞答答地低著頭，雙手攪著衣襬，時不時偷瞄廖長歌一眼，臉頰更紅了。
榮華在一邊看著，默默舔了舔嘴角。
廖長歌長得俊逸，身上又帶著讀書人的書卷氣，自然是格外吸引女孩子喜歡。
看淺妳妳妳這個樣子，難道是動心了？
榮華又看了眼榮絨。榮絨面色如常，與平時並無兩樣。
廖長歌在村子裡轉了一會兒，見天色漸晚不便打擾，就提出告辭。
榮耀祖也沒有留他下來一起飯，只是送他出村。
廖長歌走了之後，村子裡那些相識的嬸嬸、大娘們都圍住榮華，紛紛問道：「那小夥子長得可真俊，是哪裡人？家裡有沒有說親？」
榮華一一答了，大家一聽廖長歌的身分，都驚訝地竊竊私語。「達官顯貴啊！這是大戶人家！嘖嘖，要是能嫁進去，一輩子都不用愁了！」
「是啊、是啊，妳看他穿的衣服多好啊！」
「一看就老值錢了！」
「那可不，我見都沒見過呢！」
「不過咱們村裡的姑娘，一個個都長得那麼俊，說不定能嫁進去！我看咱們華兒就很好，配他綽綽有餘！」

「妳想什麼呢？妳以為金鳳凰那麼好當？咱們華兒要是嫁進去，指不定要受氣呢！還是待在咱們桃源村好，沒人敢欺負她。」

「哈哈……各位大娘，妳們饒了我吧！」

榮華不由得苦笑，怎麼也沒想到最後話題竟然繞到自己身上。

榮耀祖一聽這話也氣了，說：「我們華兒還小呢！這種話以後不要亂說，姑娘家的清白多重要！」

「好好，以後不說了。」

大家紛紛保證，不過議論的話題還是在廖長歌身上。

上次廖長歌登門拜訪的時候，沒幾個人看見他。這一次看見他的人可多了，大家從沒見過這麼好看的人，一時間廖長歌成了各位村民茶餘飯後的談資。

在談論廖長歌長相的談資中，還穿插了幾句穆良錚。

「唉，要是穆家那小子沒出事，榮華就是將軍夫人了！」

「我聽說他不只是將軍，還是鎮北王，要是沒死，那榮華就是王妃了！王妃啊，多氣派！」

「可惜那小子福薄，也沒讓華兒跟著他享幾天福，唉！」

「咱們華兒這麼好，以後的婚事一定差不了，放心！」

榮華聽著這話心裡很感動，因為大家現在完全是把她當成自己人，希望她好。

但是聽在榮耀祖耳中，這話明顯戳中了他的傷心事。

穆良錚這個名字是他當年取的，他對穆良錚報了多大的指望啊，現在穆良錚突然傳出死訊，他比任何人都難過。

榮耀祖板著臉，對榮華說：「好了，走吧，回家。」

榮華走在榮耀祖後面，穿雲湊近她問道：「妳要不要把將軍沒死的事情告訴他？」

榮華想了想，輕輕搖頭，故意走得慢了一點，和穿雲說：「不，破而後立，只要我爹爹覺得穆將軍還活著，他就覺得有後路，行事就不敢這麼大膽。如果不是因為他覺得一點後路都沒了，哪裡會讓我這麼大動干戈。而且穆將軍沒死的消息，還是越少人知道越好。」

「嗯。」穿雲聞言，點了點頭。

穿雲回頭看了一眼，示意榮華往回看。

榮華轉身一看，就瞧見榮淺一步三回頭，有點癡癡地看著村口的方向。

榮華嘖了一聲。「淺姊姊，這有點難辦啊！」

回到家之後，榮耀祖就把榮華叫過去，一臉凝重地看著她，嚴肅地說：「華兒，我不管妳在村子裡做什麼、怎麼做，但是有一點妳必須答應我，不許和那個李縣令來往過密！妳都不知道他是個什麼人，就算妳聰明伶俐、心裡有謀略，可妳到底還是個孩子，絕對算不過那個老狐狸，我怕妳到時候吃虧啊！」

榮華坐姿乖巧，認真地聽著榮耀祖說話。

女兒乖巧的態度讓榮耀祖覺得有一些安慰，他嘆了口氣。

「本來不想和妳說這些，妳畢竟是個女兒家，我雖是妳爹爹，可有些話也是要避諱，可是現在不說不行了。

「那個李縣令，貪贓枉法也就算了，他還好色啊！他家中小妾都娶了好多房，府裡安置不下，還在外面養了十來房外室。他有權有勢，看上誰家的女兒，不管妳願不願意，他都能主動讓妳願意。我怕妳在他面前太張揚，讓他起了壞心思，可怎麼辦才好？

「華兒，妳如今年歲漸長，人也出落得落落大方、亭亭玉立，若是被他看上了，要妳做小，我定要和他拚命！我的女兒這麼聰明懂事，日後自然要為人正室、嫁個好人家，爹爹是真的擔心啊！」

榮耀祖臉上滿是愁容，道：「華兒，無論妳多麼聰明，在絕對的權勢面前，咱們都是鬥不過的。一想到我的寶貝女兒，要和他這樣的人接觸，為父都心如刀絞啊！」

榮耀祖苦口婆心地說了許多，榮華全部聽進心裡，回想起自己這段日子的所作所為，覺得確實太過張揚了。

有些事情遠不像她想的那麼簡單，比如李縣令這件事，她因為篤定李縣令不會查她，就大搖大擺地去了，卻未曾想到爹爹的這一層顧慮。

若真如爹爹所說，李縣令色心大起瞧上她，她該如何抵抗？

家裡漂亮姊妹一堆，若是因為她太過張揚被有心人盯上，那就太不應該了。

她習慣拋頭露面，從未覺得有什麼不對，但如果沒有強大的力量支撐，還是保護自己為第一上策。

她到底還是太年輕啊！雖然在現代社會已經二十一歲，到底沒遭受過社會的洗禮，想事情還是太過片面。

榮華羞愧地低下頭。

「爹爹，你說得有理，是華兒魯莽了，華兒以後做事情一定三思而後行，絕對不會魯莽行事，將自己和家人置身於險境之下，請爹爹放心。」

榮耀祖欣慰地點頭。「妳一貫是個穩重的人，雖然最近有些激進，但那是因為妳腹中有謀略，充滿自信。我有時候在想，妳若是男子，想來定是可以考取功名，做一番大事業。只可惜妳是女子……」

榮華皺了皺鼻子說：「就算我身為女子，也不比男兒差，也是可以做一番大事業。」

「我自然知道妳可以，只不過妳若是男子，很多事情做起來就順理成章，不用擔心長得漂亮被壞人盯上，不用擔心自己鋒芒畢露引來有心人打量，不用害怕暗地裡的齷齪目光，不用聽刺耳的風言風語，不用躲藏明槍還要提防暗箭，不用理會那些傷人惡語和指指點點，一路上每一次步步高升得到的都是讚美和誇獎，而不是懷疑的眼光和議論、詬病。

「我當然知道我的華兒比大多數男子都要有謀略，妳若是男子，這謀略會成為妳高升的台階，可妳身為女子，不僅沒有高升的機會，這謀略可能還會害死妳。正是知道妳的聰明才智，正是知道妳以後一定大有作為，所以我一想到，妳今後路上可能會因為女子的身分遭受種種不公，為父就覺得椎心蝕骨的疼，總會想著若妳是男子就好了，那麼妳的路就會好走一些，走得順暢一些，為父也更放心一些。」

聽到爹爹這些掏心窩的話，榮華鼻頭發酸，眼圈立馬就紅了。

她撲進榮耀祖懷裡，聲音帶著哭腔喊道：「爹爹！」

原來爹爹並不覺得女子無才便是德，而是心疼她身為女子，要走的路會比男子更加艱辛。

她一直覺得爹爹迂腐固執，此時才突然醒悟，爹爹從未阻止過她想做的事情。

爹爹給村裡所有女孩讀書的機會，這是多麼先進、前衛的思想；爹爹雖然心疼她年幼要養家做生意，卻從未說過女子不許拋頭露面的話。

她一直對爹爹帶著偏見，事事先入為主覺得他迂腐，可是實際上，榮耀祖很多做法，都是非常前衛。

光是他願意給桃源村所有女子讀書、習字的機會，覺得女性不該局限在刻板教條裡，足見他不是一個迂腐的人。

「爹爹，對不起，是華兒誤會你了！」榮華紅著眼睛，聲音有些哽咽。

她吸了吸鼻子，咬著嘴唇。

「爹，謝謝你今天這番話，謝謝你認可我的所作所為，謝謝你預估到我可能遭受的傷害。有了你今天這番話，無論我以後遭遇什麼，都會記得今天的溫暖，也會更有底氣地面對。因為我知道，無論別人怎麼說我，在你眼裡，在娘親眼裡，在弟弟、妹妹眼裡，我都是最棒的女兒、最棒的姊姊，這就夠了。

「你們就是我的底氣，因為我知道，無論何時何地，你們都不會拋下我。我有家，有愛我的家人，所以我什麼風浪都不怕！當然，因為我深愛你們，無論做什麼事情，我都會想清楚後果，想清楚會不會傷害到自己、傷害到你們、把咱們置身於危險中，我做事情會更加謹慎。

「因為我知道，如果我遇到了危險，你們會傷心，我也知道，如果你們出了事，我會生不如死。我一定會注意，絕對不會讓咱們陷入危險境地，爹爹，請你相信我！」

榮耀祖伸手幫榮華擦乾淨眼淚，臉上欣慰又自豪。「好，我相信妳。華兒，我一直沒有告訴妳，有妳這個女兒，為父特別自豪。」

「華兒，妳也是娘的驕傲。」王氏的聲音響起。

王氏用手捂住嘴，眼裡含著淚，欣慰地看著重歸於好的父女倆。

她是榮耀祖的妻子，也是榮華的娘親，沒有人比她更盼著這兩個人感情好。

王氏能感覺到丈夫和女兒之間的隔閡，如今看到他們說開了，她真的是太開心了！

榮嘉和榮欣從王氏身後探出頭。「姊姊、姊姊，妳是全天下最好的姊姊！」

榮華眼裡還帶著淚花，卻忍不住笑了起來。

世界上沒有比家人支持自己的事業、認可自己成就還要開心的事情了。
榮華伸出手，榮嘉和榮欣跑了過來，抱住她。
王氏也走過來，抱著自己的丈夫和三個子女。
他們一家五口抱在一起，前所未有的溫馨。
榮華在這一刻，徹徹底底從心裡接受了爹爹。
從此以後，他們這一家五口，一個都不能少！
穿雲在院子裡默默圍觀全程，嘴角帶著淡淡的笑。她每天形影不離地跟在榮華身邊，能感受到榮華有多麼渴望親情。
現在他們一家人和解，穿雲很替榮華開心。
為了不和李縣令有所接觸，一千兩銀票保護費是由榮耀祖送去。
據榮耀祖說，李縣令很滿意，直說了讓他們放心幹，啥事都有他擔著。
這話讓榮華再次感到噁心。
李縣令可能是小老婆太多，大宅子太貴，所以才要這麼剝削百姓吧！
反正榮華心疼了很久。
除了這件事讓榮華有點鬱悶外，其他的一切都很好。
榮華和榮耀祖自從打開心結後，父女關係突飛猛進，一家子和樂融融。
不過當榮華問起，那天廖長歌提到那個兩面三刀的「好官」是誰時，榮耀祖還是沒有告訴她，還要她別管這些。

榮華百思不解，因為她對筠州城的官員了解不多，所以根本沒得猜。

不過這事跟她沒關係，所以她也就沒在意了。

第二十三章　藺公子

桃源村裡，大家鬥志很高，各司其職地忙碌著，都沒出什麼岔子。

榮華目前不打算擴大規模，光編織品作坊一個月減去所有開銷，就有三千兩的利潤。榮華讓榮絨和李文人繼續保持下去，確保每個月的淨利潤有三千兩就行了。

天氣漸漸暖和了，榮華脫去棉衣、棉褲，穿起春衣。

因為榮華之前受過傷，所以身體挺虛的，正好趁著空閒開始調養身體。

三分練七分吃，榮華對這三分練很是上心，每日晨起隨著穿雲一起跑步。跑完後榮華就會替自己拉拉筋，她以前學過瑜伽，現在正好可以練。

不過對於這具完全沒練過的身體，拉筋相當痛苦。

榮華也不強求，一切慢慢來，兩週過去也漸漸上手了。

跑步的時候，榮嘉也跟著一起跑，他喜歡跟著穿雲學功夫，穿雲也有心教他。

在閒暇之餘，榮華做了很多事情，包含鍛鍊身體、去學堂念書、練習寫字、修身養性……

時間兜兜轉轉，轉眼過去了兩個月。

到了五月下旬，天氣開始由暖和漸漸變得炎熱起來。

這兩個月大家經歷了很多困難，面對乾旱的土地，大家別無他法，在水渠沒挖好前，只能一桶一桶挑水去澆地。

不過就算如此，眾人依舊鬥志高昂，每天往返田地和河邊，每個人拉幾十車水，精心保護每一株幼苗。

就這樣在村民們一桶一桶水澆的情況下，大家撐到水渠全部挖完。

水渠的竣工解決了灌溉難題，看著那些幼苗一天天長大，真的是一件很有成就感的事情。

最大的灌溉問題解決後，榮華就不擔心其他的。到了五月的最後一天，眼看農作物快要成熟了，榮華也要忙起來，先清點自己身上的錢。

因為大家都熟悉作坊的每一道工序，上手特別快，有時候產量高，供貨就多一點，作坊在四月的利潤已接近四千兩左右。

每個月她拿走三千兩，其餘多的放在帳上，做日常開銷。

三月到五月，這三個月的時間，作坊給了她九千兩。

她自己身上本來還有一千兩銀子，但是那一千兩當作保護費交給了李縣令，後來李縣令說那一千兩是春季的錢，他是按季收費。四月一到，算夏季，榮華又交了一千兩，心都快碎了。

所以她現在身上還有八千兩銀票。

帳上每個月留有八百至一千兩不等，每月所有開銷在六百兩到八百兩左右，所以現在帳上還剩一千兩銀子。

如果她沒有交那二千兩給李縣令，那麼她現在就有萬兩銀子了，是腰纏萬貫的大戶！

榮華心痛之餘，暗地把這些帳記下來，只等以後有機會，讓那混蛋把這些錢全部吐回來。

榮絨和李文人將作坊的帳本管理得很好，每一筆帳都記得非常清楚，這筆錢在什麼時候用的、買了什麼、用在什麼地方，有進有出都逐筆寫下來。

手裡握著八千兩銀票的感覺很爽，但是沒有人會把這麼大一筆錢揣在懷裡、藏在身上。

榮華打算進城一趟，把這筆錢存進錢莊，讓自己安心一點。

榮華將所有錢交給穿雲後，去找了王氏，說：「娘，我要進城一趟，今天去可能要明天下午才能回來，到時候我買幾疋好料子回來，到時候娘就能幫我們做幾身新衣裳了。」

雖然直接買新衣服比較省事，但是她知道王氏閒不下來，所以才會麻煩王氏做一些事情。

「好，妳們注意安全啊！」

王氏笑起來很溫柔。對於一個母親來說，最幸福的事情就是子女需要自己了，能親手給孩子們做衣服，她很開心。

「娘，妳記得跟爹爹說一下，我今晚不回來，免得他擔心。」

「好，放心去吧！注意安全。」

王氏囑咐了好幾句，才放榮華離開。

榮華戴上帷帽，這頂帷帽是王氏親手做的。榮華特意買好的料子，遮面卻不擋視線，白色如紗質一般的布料，還是託林峰的關係才買到的，垂感極好，飄飄蕩蕩的相當好看。

由於坐馬車太慢，穿雲直接騎一匹馬，載著榮華趕路。

桃源村距離筠州城主城有數百里地，這匹戰馬是穆良錚送給她的名駒，因此載著人只需兩個多時辰就到了。雖然沒有現代的車子快，但名駒就是名駒，已經大大超出榮華的預期。

穿雲載著榮華，騎著戰馬，一溜煙地離開桃源村。

馬兒連續跑了差不多半個時辰後，榮華有些擔心。

「穿雲，馬兒雖然跑得快，但是耐力會不會不行啊？牠跑了這麼久，我們要不要讓牠休息一下？」

穿雲的語氣有些驕傲。

「不用！這匹馬以前可是將軍的坐騎，妳不用擔心，這匹馬不僅跑得快，耐力也很好，牠曾經載著將軍保持最高速度連續跑了一天一夜，雖然牠現在不能跑這麼久了，但去筠州城不過兩個時辰，對牠來說絕對沒問題，妳放心吧！」

穿雲提起這件事，滿滿都是對這匹馬的讚譽。

但是榮華透過馬兒的耐久力，卻想到另一件事，輕聲說：「跑了一天一夜，這麼辛苦啊？穿雲，他當時是不是在逃命啊？」
穿雲聞言愣了一下，隨後平靜地搖頭，抿了抿唇。「沒有，不是，別想太多。」
榮華心底輕輕嘆了口氣，沒再說話。
戰馬狂奔，很快就到了筠州城。
下馬之後榮華還是有些受不了，覺得被顛得有些反胃，就像暈車一樣。
雖然她近來開始學著騎馬，但是這一次坐足兩個多時辰，她還是覺得不舒服，相當難受。
穿雲扶著她的胳膊，問道：「妳還好嗎？」
「沒事、沒事，我習慣了就好。」
榮華擦了擦嘴，先去找間客棧訂房，隨後將馬拴在客棧的馬棚裡，並親自選了上好的糧草餵過馬之後，才帶著穿雲離開。
兩個人先去錢莊。
筠州城內有好幾家錢莊，榮華之前跟廖長歌閒聊，才知道廖氏錢莊是他家的。
榮華信得過廖長歌，遂將這筆錢存在廖氏錢莊。
錢存好後，榮華在筠州城裡逛了一會兒。
也許因為這裡是大煜王朝的邊境之城，看上去有些荒涼。
筠州城的貧富差異很大，差別十分明顯，雖然沒有劃分富人區、貧民區，但筠州城內富人都居住在南城，窮人都居住在北城，中間住的是比上不足、比下有餘的普通老百姓，被戲稱為筠橋，意思是貧民區的人想要進入富人住的南城，必須要經過筠橋，筠橋就像橫跨在南城和北城之前的橋梁一樣。

榮華特意打聽了下，廖長歌居住的地方屬於富人區還是貧民區，對方告訴她說：「東門梧桐巷子，屬於筠州城的中間地帶筠橋。」

廖家家底頗豐，沒想到如此低調，讓榮華有些驚訝。

因為她從北門進城，進來後就直接到北城，所以看上去才覺得城裡有些荒涼。

榮華在城裡逛了一會兒。北城雖然是窮人住的地方，但正因為如此，這裡才有她想知道的消息。

閒逛了一個時辰，榮華覺得有些餓了，和穿雲找了一間賣米粉的攤子，和穿雲一人吃了一大碗米粉。

吃完米粉正準備離開時，穿雲突然拉了榮華一下，示意她往後看。

榮華小心翼翼地往後看了一眼，瞧見了一個熟人，正是林峰。

穿雲讓榮華注意的人不是林峰，而是那個讓林峰規規矩矩、十分恭敬的人。

他看上去大概二十一、二，長身玉立，穿著象牙色長衫，眉目俊朗，唇角含著一絲笑意。

穿雲壓低了聲音，悄悄說道：「妳看這個人，我以前見過他，他是袁朝皇帝的第七子，名叫袁藺如。袁朝皇子怎麼跑到咱們的筠州城來了？他究竟是何居心？難道想圖謀不軌嗎？」

穿雲語氣嚴肅，表情凝重地盯著袁藺如和林峰，眼神很是銳利。

榮華一時間不知道該如何回答穿雲，卻突然想到之前她和林峰閒聊起藺公子，那時林峰就透露出一種敬佩的強烈情緒。

智多近妖的藺公子，雖然素未謀面，榮華依舊對他產生惺惺相惜的感覺。雖然身處古代，藺公子卻擁有很多在商業上超前的想法，讓她很是驚訝。

榮華確定穿雲口中的袁藺如，就是林峰口中的藺公子。因為林峰看向袁藺如的眼神，非常的崇拜。這樣的眼神，榮華只在林峰身上見過一次，那就是他說起藺公子的時候，眼中流露出的情緒和現在一模一樣，滿是崇拜和敬佩。

榮華也想過，會在什麼情況下見到這個商業天才，如果有機會見到他的話，一定要和他好好聊聊，沒想到會在臨街的一個米粉攤上見到本人。

更沒想到的是，這個藺公子還是袁朝七皇子！

「衣冠禽獸！人模狗樣！」沒怎麼控制音量的男聲響起。

榮華回頭看了一眼，一個男子坐在後面的攤位。

這個男子有一張娃娃臉，看上去非常顯小，猜不出實際年齡。此時他頗有怨念，朝袁藺如和林峰離開的方向罵。

雖然袁蘭如和林峰早就沒影兒了，但是榮華感覺這個娃娃臉就是在罵袁蘭如。

「不行，我還是不放心。主子，我們跟上去看看。」

穿雲拉起榮華，朝袁蘭如的方向追過去。

榮華拒絕不了，把錢放在攤位上，調整腳步跟上穿雲的步伐。

幸而他們並未走遠。兩個人一路追到一條小巷子。

袁蘭如從後門進了一家院子，後門卻沒關，好像故意留門一樣。

榮華合理懷疑，她們已經被發現了，對方這是誘魚入網！

她揪著穿雲的胳膊，生怕穿雲一個衝動追進去，現在敵我不明的情況下，衝進去可能就被甕中捉鱉，會死得很慘。

隨後榮華看到一個人，看到後門沒關後，小心翼翼地鑽了進去。剛進去一個頭，整個人「啊」的一聲被拽了進去，後門「砰」一聲關上了。

那隻被甕中捉住的鱉，就是罵人衣冠禽獸的娃娃臉。

娃娃臉看上去年紀不大、也不太聰明的樣子，擺明還沒遭受過社會的洗禮，就這麼莽撞衝進去了。

榮華在心裡默默為他點了一排蠟燭。

她扯了扯穿雲，意思是我們走吧。

穿雲雖然很想探查清楚袁蘭如來筠州城的目的，但是，她的第一任務是保護榮華的安全。

穿雲點頭，拉著榮華正準備離開，忽然聽到身後傳來細碎的腳步聲，當下眉頭一挑，身上散發出殺氣。

狗崽子，竟然搞背後偷襲這一套！

穿雲把榮華往身後一拉，抬手就把對方鎖住了，正準備一擊斃命，聽到那人喊道：「是我、是我！」

榮華捂住嘴，驚訝道：「林峰大哥？穿雲，妳快鬆手！」

穿雲鬆手，有些尷尬地看了眼林峰，默默退到後面去了。

榮華走上前，擔心地問道：「林峰大哥你沒事吧？你怎麼這個時候偷偷摸摸地過來？」

林峰心有餘悸地摸了摸脖子，大口喘了幾口氣，快速地道：「長話短說，我剛剛在街上就看見妳們了，本來想回頭去街上找妳們，沒想到在這裡就遇到了，那正好。榮華，我現在來找妳，是想告訴妳一件很重要的事情！」

林峰湊近了榮華，耳語了一陣。

說完後，榮華鄭重點頭，林峰左右看了兩眼，發現沒人後，轉身離開。

榮華和穿雲回到街上。

且說娃娃臉在那座院子裡，接受一連串沈重打擊之後，又被丟了出來。

進去的時候腰纏萬貫，出來之後一個銅板都沒有了。

他哭喪著臉在小巷子裡，那叫一個委屈，同時心裡暗罵對方不要臉。羞辱他一頓就算了，竟然還把他身上的錢拿走了！

這算什麼事啊！

娃娃臉氣呼呼地鼓著臉，想他帶著一包袱的金銀珠寶離家出走，都暢想好往後的美好生活，結果現在落得身無分文的下場，真是聞者落淚、見者傷心。

走出巷子後，他看著人來人往的大街上，摸了摸自己身上空蕩蕩的錢袋，一時間悲從中來。

那個壞傢伙不僅拿走他的錢，還把他的玉珮、扳指等所有能換錢的東西都拿走了，還說什麼替哥哥管教自己。

呸！他替哥哥管教自己，他配嗎？

娃娃臉迷茫又無助地站在大街上，突然想起自己剛剛丟給米粉攤一錠銀子，當時非常豪氣地說不用找錢了，他現在有些心疼。

左思右想，娃娃臉遂又跑到米粉攤上，扭捏好一會兒才說：「那個……剛剛我給你的米粉錢，要不還是找零一下吧！」

老闆自然記得這個娃娃臉，他在北城做生意這麼多年，可沒遇到過這麼闊氣的主顧，當然印象深刻。

老闆聽他這麼說，也不生氣，笑呵呵地找零給他，笑道：「公子拿好。」

「你真是個好人，等我把自己的錢拿回來，一定來謝謝你。」

娃娃臉拿著碎銀子樂呵呵走了。

米粉攤老闆心裡覺得驚奇。「嘿，我找錢給他，他還謝我？這小哥有意思啊！」

一旁的燒餅攤老闆聽他這麼說，順勢接腔。「這小哥身上穿的衣服，是一般人能穿的嗎？肯定非富即貴啊，誰敢得罪他。」

「哈哈，你說得沒錯啊！」

米粉攤老闆和燒餅攤老闆笑著說了幾句，又有食客上門，便各自忙起來了。

這一切都在榮華的觀察之中。

榮華從娃娃臉離開小巷子後，就一直在暗中觀察他。

這個娃娃臉也是心大，她們跟了他半天，對方都沒有發現。

穿雲在一旁暗暗地提醒榮華。「妳要跟著他到什麼時候？」

榮華兩手扠腰，表情喜孜孜。

「這就是瞌睡來了有人送枕頭！林峰告訴我說，這個娃娃臉是楚國人。桃源村的農作物快要成熟了，我本來還在想可能要去楚國一趟呢，結果沒想到在這裡就碰上貴人，自然要好好把握。」

娃娃臉在前面走著，榮華在後面跟著，眼瞧著娃娃臉撞上一個人。

那個人非常壯碩且凶神惡煞，看上去就不像好人，很有電視劇裡炮灰反派的感覺，就是出場後立馬被主角團解決的那種。

果不其然，那個小可憐被人圍住了，剛剛到手的幾兩碎銀子也被拿走了，甚至臉上還挨了一拳。

榮華看不下去了，讓穿雲出馬把他救了下來。

人雖然救了下來，錢卻沒要回來。娃娃臉哭喪著臉去抓穿雲的袖子，被穿雲嫌棄地躲開。

穿雲走到哪裡，他跟到哪裡，委屈地跟著穿雲走到榮華面前。

榮華看他一副快哭的表情，買了一塊糖遞給他。「乖，吃糖啊，不哭了。」

娃娃臉：「……」

他抬頭看著眼前這故作老成的小姑娘，故意板著臉說：「我又不是小孩子，妳拿糖逗我做什麼？」

「哦，不是小孩子，那麼你幾歲了？」

「我十五了！」

娃娃臉說出這個數字，表情很是嚴肅地看著榮華。只是他那張可愛的娃娃臉配上故作嚴肅的表情，怎麼看就怎麼滑稽。

榮華沒忍住，噗哧一聲笑了出來。她笑了幾下，把糖遞過去。「吃不吃啊？」

這是做工很粗糙的方糖，其實糖味並不是很明顯，澀味更重，但是拿來哄哄小孩應該可以了。

娃娃臉鼓著臉，委屈地伸手接過糖塊放進嘴裡，然後皺著眉說道：「好澀，糖味不明顯。」

「現在姑且只有這種糖吃了，等回頭姊姊做出更好吃的糖，再給你吃啊！」

「如此甚好！」娃娃臉開心地應下，隨後立馬反應過來。「姊姊？妳幾歲了？難道還比我大嗎？怎麼可以自稱我姊姊？」

榮華撇了一下嘴，沒搭理他這個問題。弟弟榮嘉都比這小孩心智成熟。

不過這種話自然不能跟這小可憐說，不然他可能真的要哭了。

榮華像是撿到小朋友的警察叔叔般，溫柔地問道：「小孩，你叫什麼名字啊？家住哪裡啊？父母在何處啊？怎麼一個人在這裡遇到壞人了呢？姊姊要把你送回家，你快一五一十和姊姊說說。」

「第一，我不是小孩。第二，我總覺得妳沒有我大，所以不要自稱姊姊。第三，我沒有家！」娃娃臉悲憤地跺腳。

「我絕對不會回那個家的！我死也不回去！」

他長得很可愛，是一個非常標準的小正太。皮膚白皙，眼睛大而明亮，嘴唇甚至還粉粉的，眉眼間滿是未脫的稚氣，臉頰鼓鼓的有一點嬰兒肥，穿著很貴氣的衣服，活脫脫就是紅樓夢中少年賈寶玉模樣。

榮華心理年齡都二十多了，對於這麼可愛的十五歲弟弟，自然是越看越喜歡。

她挑了挑眉，了然道：「原來是離家出走的小孩啊！小小年紀離家出走，你看現在遇上壞人了吧！你還是告訴我住哪裡，我送你回家。」

「不可能的，我絕對不回家！」

娃娃臉轉過頭，任由榮華怎麼哄都不說。

榮華只得作罷。她有些頭疼，本來是想送他回家後，能透過他家人打開楚國的渠道，現在這個方法看來不可行了。

十五歲還在青春期的小孩，相當叛逆且固執。榮華只得哄著他，哄了老半天，小孩總算告訴她名字了。

他叫楚行之。聽上去是一個很有文化的名字。

楚行之不願意回家，也無處可去。他嘴裡含著方糖，看看榮華，又看看穿雲，睜著明亮的眼睛，不知道在想些什麼。

榮華忍住巴他頭的衝動，溫聲詢問道：「既然你不回家，那你在筠州城中可有親人？身上還有沒有銀兩？就算不回去，我也總要把你送到一個可以落腳的地方，不然你孤身在外很危險的。」

這小孩明顯是第一次出遠門，要是不管他，任由他一個人流落街頭，只怕下場會很淒慘。
榮華每問一句，對方就搖搖頭。
楚行之一臉委屈樣。「我在這裡沒有親人，身上也沒有錢，我要流落街頭了。」
他眨巴著眼睛看著榮華，大眼睛眨啊眨，咬著嘴唇小聲問道：「妳不會不管我吧？」
榮華望天。「其實我正有這個想法。」
小孩瞬間像隻被丟棄的流浪貓一樣，楚楚可憐地看著榮華，也不說話，就盯著她越看越委屈。
榮華忍不住笑了起來。
她本來就是覺得有趣，才故意逗他，又怎會不管他呢？更重要的是，林峰剛剛在小巷子裡，請她照顧這個小孩。
這個小孩雖然一個人離家出走，但是袁藺如認識他。
袁藺如是誰啊？是袁朝七皇子！和皇子認識的人，肯定不會是一般人。
榮華猜測，這個小孩非富即貴，但是被家裡寵得很任性，所以離家出走。而袁藺如認識他，索性收走他的銀錢，讓他過過苦日子，體驗生活。
聽起來有點像變形記是怎麼回事？
榮華伸手點了一下小孩的頭，語氣溫柔。
「怎麼辦呢？沒有人要的小孩，丟在街上好可憐哪，你說，萬一那些壞人又回來了，可怎麼辦？」

小孩快急哭了。

榮華不逗他了，笑著說：「如果你不嫌棄，你可以跟著我回家，但是，我家不住筠州城，而是住在鄉下，如果你跟我回去了，可能會過苦日子。你要考慮清楚，究竟是要告訴我，你家住哪裡我送你回家，還是跟我回家？」

小孩想都沒想，開心地說：「我跟妳回家！」

榮華正想問他想清楚沒有，就聽他一臉興奮地道：「我還沒見過鄉下是什麼樣子呢！」

榮華歪了歪頭，對於這小孩的身分產生很大的懷疑。林峰究竟給她送了一個大寶貝，還是一個燙手山芋？

真是難以理解，袁藺如為什麼不把他帶回家？

「我已經把我的名字告訴妳，妳的名字呢？」

「小孩，我叫榮華，這個姊姊叫穿雲。」

「我叫楚行之，不叫小孩。」他轉頭又看向穿雲。「穿雲姊姊好！」

榮華覺得奇怪。「為什麼不叫我姊姊？」

楚行之聳了聳肩。「因為我覺得我比妳大！」

「這是錯覺，如果你不叫我姊姊，我就不帶你回家了。」

楚行之轉頭，委屈地看向穿雲，穿雲卻面無表情。

榮華笑道：「穿雲可都聽我的。」

「好吧！」楚行之皺著小臉，非常艱難地做出讓步，聲音比蚊子嗡嗡聲還小。「榮華姊姊。」

「大點聲嘛！」

「榮華姊姊！榮華姊姊！榮華姊姊！」楚行之突然大聲叫了起來。

街上的人都看了過來，榮華立馬尷尬地捂住他嘴。

楚行之還委屈地說：「是妳叫我大聲叫的！」

榮華頭疼地看著他，敗下陣來。

「行、行，是我的錯，咱們還是低調一點。」

楚行之點了點頭。他對外面的一切都充滿了興趣，簡直活力四射。

三個人在筠州城逛了一下午，從北城逛到了筠橋，又從筠橋逛到南城。

榮華買了不少衣服和布料，給爹、娘、弟弟、妹妹、還有自己和穿雲。一想到楚行之要在自己家裡生活，也順手給他買了新衣服。

後來買上癮了，榮華也替榮絨和榮淺她們姊妹幾個，各自買了新衣服、頭花和胭脂水粉。

姊姊們年紀大了，自然要多打扮打扮。

等到夜幕降臨的時候，楚行之捶著自己的小腿，賴在柱子上，說什麼也不走了。

「姊姊，我的腿都要走斷了，我不走了！好疼、好疼，腿又痠又疼。」

「還好。」榮華也捶了捶腿，只是覺得小腿肌肉有點痠脹而已。

看來每天跑步拉筋還是有用的，現在她的身體素質已經好很多了。

女生嘛，逛街買衣服，哪裡會嫌累？

楚行之一屁股坐在台階上。榮華將手裡拿的包袱放地上，也坐下休息。

衣服買太多，裝了幾大包袱，她和穿雲抱了一堆，就連楚行之身上都揹了一個。

榮華雖然不好意思讓小孩幫忙提她買的東西，但是買給他的東西還是讓他自己提。

穿雲放下包袱，蹲在榮華面前，給榮華捏腿。

一旁的楚行之，扭扭捏捏地蹭了過來，把腿也伸出來，遭到穿雲一記白眼。

楚行之皺著小鼻子，哼哼唧唧替自己捏腿，逗得榮華發笑。

榮華將穿雲拉起來，讓她坐在自己身邊，說：「穿雲，我沒事了，不用管我，妳也坐著歇一歇吧！」

楚行之湊過來，明亮的大眼睛，眨啊眨地盯著榮華。「姊姊，疼。」

這死小孩一副正太樣，根本沒法拒絕他，這可怎麼辦？

榮華無奈地幫他捏腿，楚行之舒服地喊道：「謝謝榮華姊姊！」

榮華打心眼裡喜歡這個小孩，長得好看又萌的弟弟，誰不喜歡啊？

在現代，她曾經也追星過，那幾個小少年一個比一個優秀，她作為一個大姊姊，對他們頗為著迷。

想起過往，作為正太控的榮華，嘆了口氣。

楚行之看榮華嘆氣，以為她不開心，就以可愛的聲音喚她姊姊，將榮華逗得捧腹大笑。真是會撒嬌的孩子有糖吃。

榮華笑著，就想到自己的弟弟榮嘉，明明年紀那麼小卻相當懂事，因為家庭外在因素的影響，他顯得早熟。

明明還是個小孩，他幾乎沒有自己的童年，面對自己喜歡的東西也從來不說，一心只想快點長大幫忙負擔家裡，懂事得讓人心疼。雖然榮華現在有意引導榮嘉，展現出屬於他這個年齡的幼稚和任性，但是成效甚微。

反觀楚行之，就是被全家上下寵著長大的小孩，所以他會毫無顧慮地撒嬌，因為知道家人不會拒絕，提出任何訴求也不用擔心家裡負擔不起。

榮華越想就越覺得心酸，她真的太心疼自己的弟弟、妹妹了。

如果把楚行之帶回家，或許可以讓榮嘉看看小孩的天性是什麼樣子，楚行之或許可以潛移默化影響榮嘉。

她希望自己的弟弟、妹妹，能夠沒有任何負擔地快樂成長。在他們的童年裡，都留下快樂的記憶。

榮華在走神，一旁的楚行之乖巧地撒嬌道：「姊姊，我餓了啊！」

榮華本以為楚行之會想吃山珍海味，已做好錢包大出血的準備，然而楚行之卻說，鮑參翅肚都吃膩了，他想吃那些以前沒吃過的。

因為中午吃了米粉，他覺得很好吃，所以晚上又去小攤，吃了煎餅和糰子，吃得非常開心。

逛了一晚上，想吃頓好的犒賞自己的榮華，最終陪著楚行之吃了路邊攤。

路邊攤的味道也很好，她照樣吃得肚兒圓滾。

吃過晚飯後，三個人走往客棧方向。

回到客棧後，大家都累壞了。榮華替楚行之訂了一間房後，才各自回房洗漱，睡下了。

睡得迷迷糊糊之際，榮華感覺到身邊的穿雲起來了。

穿雲輕手輕腳地從窗戶出去。

聽到窗戶被輕輕關上後，榮華徹底清醒過來。她從床上爬起來，將窗戶推開一條縫，看了出去。

此時月上中天，皎潔月色將大地照得一片銀白。穿雲矯捷的身形迅速隱入陰影中，前往袁藺如曾經出沒的那條巷子。

穿雲還是在擔心袁藺如的意圖，白天的時候因為榮華在身邊才沒有去，趁她睡著後才跑出去一探究竟。

榮華有些擔心穿雲的安全，但是她也不可能偷偷跟過去，那樣只會拖累穿雲。她默默地看著夜色下的筠州城，北城的房屋建築有一種荒蕪、蕭瑟的感覺，南城就不一樣了，熱鬧又喧囂。

她現在站在這裡看出去，還能看到遠處南城方向不滅的燈火。

看了一會兒，榮華關上窗戶回到床上，默默躺著，想著心事。

因為擔心穿雲的安危，她根本睡不著。

大概半個時辰後，榮華聽到穿雲小心翼翼推開窗戶進來的聲音。

穿雲默默上床躺好。榮華沒有聞到血腥味，知道穿雲沒有受傷，當下心安了。

心裡安定之後，睏意和疲累湧了上來，榮華很快就睡著了。

第二日睡到自然醒，起床後吃過早飯，榮華準備去買一些禮物拜訪廖長歌。

以往廖長歌去桃源村拜訪過幾次，這次來到筠州城，哪有不去拜訪的道理。

後來榮華又想到她一個女兒家，如此登門拜訪不太好，況且還沒給拜帖，太唐突了。於是她請客棧的小二跑腿一趟，去廖府送信給廖長歌。

信裡說，她來了筠州城，預計下午回村。如果廖哥哥有時間，可以相約見面。

跑腿的小二很快回來了，說廖府的大公子去東門城外遛馬，不在府內，信件給了廖府的管家。

榮華聽了後，點了點頭，給了小二賞錢，準備去城外蹓躂。

穿雲指著另一間房。「那小孩還沒醒。」

「我去看看。」榮華敲了敲門，聲音溫和。「小孩，醒了嗎？」

從房內傳來楚行之慵懶的聲音。「第一我不是小孩，第二我還沒醒。」

榮華失笑。「小孩，我們要出去蹓躂，你要去嗎？」

「噠噠」的跑動聲響起，門唰的一下被拉開，滿臉睏意的楚行之探出頭來，警惕地問道：「姊姊，妳們不會把我一個人丟在這裡吧？」

「怎麼會呢？我們的東西不都在你那裡嗎？我們不會拋下你走的，你放心好了，要不要和我們一起去城外玩啊？」

「我不去，姊姊記得回來帶我回家喔！」

楚行之打了個哈欠，漂亮的眼睛蓄起水光，眼尾發紅，眼睛濕漉漉的，看上去像一隻乖巧可愛的小銀狐，可愛極了。

榮華心底柔軟，伸手摸了摸他的腦袋。「姊姊怎麼會丟下你呢？姊姊下午就回來帶你回家啦！你待會兒睡夠了就起床，我已經吩咐小二，只要你起來就把飯菜端上來，你乖乖地吃了飯，就在房間裡等我們回來，不要出門找我們，你就待在房間裡，外面有壞人，記住了嗎？」

「唔，好，我記住啦！」楚行之乖巧應下，又轉身回去睡了。

榮華在門外提醒他關好門，她試一試推不開之後，才放下心來。

榮華走到一樓，喚來早上幫忙跑腿的小二，給了他一錠碎銀子，讓他守在楚行之門口。

「記得守著他的門，不要讓任何人靠近，他醒了就立馬給他準備吃的，要四菜一湯，兩葷兩素，做得清淡點。」

小二笑著應下，只讓榮華放心。

榮華囑咐了好幾遍，還是覺得不放心，問穿雲道：「四菜一湯夠吃嗎？」

「夠了，一個小孩子能吃多少？」

「他還在長身體呢！」

榮華有些擔心，總有種提前進入為人母的感覺。

楚行之在她眼裡就是小孩子，把小孩一個人留在客棧，她總覺得不放心，怕丟了。

「放心吧！丟不了，妳早上讓小二去廖家送信，客棧掌櫃的知道妳和廖家有關係後，恨不得房錢都不收了，妳放心吧！」

穿雲的話說得有理，榮華這才稍稍放心。

她現在的感覺，就像是把榮嘉、榮欣單獨放在客棧裡一樣。

想一想又覺得好笑，楚行之雖然十五歲，但看他昨天的行事作風，那就是一個活生生的傻白甜，榮華不得不擔心。

牽了馬，離開客棧後，穿雲載著榮華朝城外騎去，沒多久就從東門出城。

出城後，榮華也不急了。廖長歌去東門城外遛馬，總要從這裡回來。

於是兩人一路上，一邊騎馬賞風景，一邊話家常聊天。

從東門出來後，風景很好，有一條寬闊的馬路，馬路一邊是田野，一邊是一個大湖。這個湖叫做雲間湖，就是雲間湖養活了筠州城為數不多的濕地。

榮華和穿雲共騎一匹馬，沿著湖邊散步。這時聽到前方馬蹄聲陣陣，抬頭望去，只見前方十幾匹戰馬跑了過來。

戰馬嘶鳴，意氣風發，雖然只有十幾匹，可是榮華真的覺得氣勢如虹。

廖哥哥的戰馬真的養得很好！

他們提前讓路，等候在路邊。

為首的廖長歌一看到穿雲，有些驚訝，「吁」了一聲，戰馬高高揚起前腿，一聲嘹亮的嘶鳴，穩穩停住。

為首的馬兒停下來後，後面的馬兒都停了下來。

廖長歌策馬走到榮華身邊，問道：「榮華妹妹，是妳嗎？」

榮華撩起帷帽一角，朝他吐了下舌頭。「是我。」

因為廖長歌後面有十幾個騎著戰馬的人，榮華不太好意思取下帷帽。

廖長歌轉身對那些人說：「我有點事，你們先回去吧！」

有人打趣道：「廖大人，誰家姑娘來找你啊！」

「是啊、是啊，這是哪家姑娘啊？怎麼也不露面讓我們見一見！」

「還不閉嘴。」廖長歌揚起馬鞭，朝他們的馬兒揮了一下。

戰馬陸陸續續跑開了，只留下馬上的人們一連串的笑聲。

「榮華妹妹，不好意思，這些人成天沒個正經，讓妳見笑了，不過他們沒有惡意的。」

「沒關係。」榮華隨意地擺了擺手。

現在人都走了，榮華將帷帽垂下的紗撩起，搭在帽簷上，朝廖長歌甜甜一笑。「廖哥哥，我昨天來筠州城玩，今天下午回去。早上去你家送了信，聽說你不在，所以我就來這裡找你了。」

廖長歌看著榮華，輕輕搖頭。「妳昨天就應該來找我，我好帶著妳在筠州城好好玩一玩。」

「沒關係呀，我以後還會再來的。」

「妳今天就回去了？不如在這裡多玩幾天，住在我家裡。」

榮華連忙搖頭。「不用啦，這樣太麻煩了，而且我和我父母說好了，今天回去。」

「這有何難？我差人回去和榮村長說一聲便是。」

「哈哈，廖哥哥，你太熱情了。」

榮華還是拒絕了廖長歌的提議。

廖長歌也沒有說什麼，一笑置之。

三個人都下了馬，卻沒有將馬兒拴在樹上，而是讓牠們自己去吃草。

其實這次來見廖長歌沒什麼事，只是單純來看看他。穿雲和廖長歌也熟識，三個人沿著湖邊散散步、聊聊天，還是挺好的。

穿雲提起昨天在城內看到袁藺如的事情，廖長歌對於袁朝皇子出現在筠州城並不覺得奇怪。

穿雲追問後，廖長歌笑了下，搖了搖頭，語氣清淺。「城內的藺元錢莊，就是他的。」

「什麼？」

榮華和穿雲都驚呆了，有些不敢置信。

榮華想了一會兒，還是覺得驚訝。「廖哥哥，這是真的嗎？」

「我何苦騙妳們？這自然是真的，只是我沒有實質證據可以證明罷了。」

廖長歌看著雲間湖的湖水，聲音平淡道：「在六國混戰結束後不久，大家簽訂了和平條約，藺元錢莊就出現了。那時候大家都對戰亂充滿恐慌，所以將錢存進錢莊是第一選擇。藺元錢莊剛出現，按理說大家應該不怎麼信任才對，但是藺元錢莊給的利息高，又有筠州城內的高官們支持，所以城內富商們都信任了藺元錢莊。

「藺元錢莊的帳面很乾淨，表面上的持有人還是筠州本地人，我也是在後來一個偶然的機會，才知道藺元錢莊幕後另有其人。不過我並沒有證據，而且錢莊的持有人和高官富商們聯繫緊密，我不確定這些人是否知道錢莊有問題。

「但是大煜向來和袁朝不對盤，嚴令禁止和袁朝人接觸，也拒絕和袁朝有任何貿易往來。誰能想這邊禁令一道道頒布下去，那邊袁藺如的錢莊早就在大煜扎根萌芽，遍地開花。

「這個袁藺如也很有手段，我一直在想，他是怎麼買通筠州城內所有高官支持藺元錢莊，後來我又想，他這麼做的目的是什麼，最後發現，他目前看來似乎只想賺錢。但是深究起來，他幾乎知道城內所有高官富商的訊息，這是很可怕的一件事。我暗中也派人查過，但是苦無證據，沒辦法讓別人相信，這個錢莊和袁朝七皇子有什麼聯繫。」

廖長歌說完後，看著榮華和穿雲笑了一下。

「所以啊，我對於他出現在筠州城一點都不感到驚訝。當時我知道藺元錢莊的掌櫃，稱呼他為主子的時候，我也和妳們現在的表情一樣，大白天活見鬼似的。」

榮華給出了自己的評價。「他這個人，確實智多近妖，一般人摸不準他在想什麼。」

穿雲問道：「你是什麼時候知道錢莊掌櫃和袁藺如有關係的？」

廖長歌想了一下。「前年，前年我閒得沒事，偷偷跑去袁朝，然後無意間撞見他們在一起。」

聽到廖長歌偷渡過境的事情，大家一時都沒有說話，榮華也沒想到竟然聊出這麼深沈的話題。

沈默了一會兒，穿雲說：「昨晚上我去他們白天住的那個小院看過，他們人已經不在了，那裡乾乾淨淨，什麼東西都沒留下。」

榮華看了穿雲一眼，沒說什麼，突然想到楚行之。

楚行之算是因為袁藺如，才出現在榮華面前。榮華本來就想不明白，袁藺如為什麼不自己帶走楚行之，此時便一五一十告知廖長歌。

廖長歌聽完後，皺了皺眉。「那個讓你照顧楚行之的人，你信得過嗎？」

榮華點頭。「我信得過，而且他跟我說的時候，他也不知道楚行之究竟是什麼人，只告訴我可以從楚行之身上得到很多商業資源，讓我記得去大街上撿他。」

廖長歌擰眉想著問題，最後臉上的笑意有些苦澀。

「華兒，妳可知道楚是楚國國姓？」

榮華錯愕地搖了搖頭，然後又點了點頭，最後又搖了搖頭，苦惱地說：「我有懷疑過，但昨天沒想得那麼透澈，怎麼可能呢？如果楚行之真的是楚國皇室，袁藺如為什麼要這麼欺負他？而且，為什麼要把楚行之丟掉啊？」

廖長歌想了一會兒，說：「像妳說的，袁藺如這個人，一般人摸不透他，誰知道他究竟在想什麼。不過妳也不要太悲觀，我們去問問那孩子，不就都知道了？」

榮華感覺頭大如斗。「我的天哪！太可怕了，我一個小小村民，可不想扯進這些亂七八糟的事情中。什麼皇子啥的，我都不想和他們有任何關係。我昨天決定來筠州城，是一個非常錯誤的決定，如果昨天不來，就不用碰到袁藺如，也不會撿到楚行之，好希望可以回到昨天啊！那我肯定不會來！」

回想起昨天見到的袁藺如的樣子，越想越覺得他像一隻狐狸，憋著滿肚子壞水。

「淡定，事情也沒妳想的那麼糟。」廖長歌安慰了榮華幾句。「好了，我們去客棧看看那孩子吧！」

第二十四章　楚行之

三個人策馬來到客棧，楚行之已經起床了，看到榮華她們回來，高興地飛撲過來。「姊姊，妳們回來啦！」

榮華本想躲開卻沒躲過去，被楚行之抱了個嚴嚴實實。她立馬把黏在自己身上的小夥子揪下來，先提醒他男女授受不親，不能這麼抱人，又問道：「小孩，你說實話，你究竟是什麼人？」

楚行之臉上露出疑惑的表情，低頭看看自己，抬頭時笑得羞澀。「姊姊，妳沒看到嗎？我是一個英俊帥氣的少年啊！」

榮華無奈，轉頭看了一眼廖長歌，對方沒說話，只是細細打量著楚行之。

榮華只好繼續問道：「小孩，不要騙姊姊，告訴姊姊，你到底是誰，還有那個袁藺如，你和他是什麼關係？」

楚行之一臉迷茫。「袁藺如是誰？」

「就是昨天你跟進院子的那個人啊！」

「袁藺如？他叫袁藺如？我只聽到別人叫他藺公子，原來他的真名叫袁藺如？他這個混蛋！我終於知道他的名字了，我要讓他付出代價！」楚行之臉上悲憤異常。「那個混蛋，美其名曰要讓我體驗生活，卻把我的所有東西都拿走了。他就是一個強盜，我要氣死了！啊，對了姊姊，妳怎麼會認識他？

「姊姊和他很熟嗎？

「姊姊我和他有不共戴天之仇！

「姊姊妳要站在哪一邊？

「姊姊我喜歡妳，妳不要站在袁藺如那邊好嗎？

「姊姊不會要丟下我吧？」

楚行之越說越委屈，差點眼淚要掉下來。

榮華立馬哄他。「姊姊不認識那個袁藺如，只是想知道你和他怎麼認識的，他為什麼要對你那麼做？」

「我不知道，姊姊我真的不知道！」楚行之感到委屈。「我在家裡待著不開心，所以離家出走。等我走到半路，就碰見那個袁藺如，那個混蛋竟然嘲笑我。我從沒見過他，可是一見面他就嘲笑我！等我到了筠州城後，我又遇到他，是可忍孰不可忍，我就偷偷跟蹤他，可是他竟然把我拎進去羞辱一頓！他還說什麼，離家出走就要有離家出走的樣子，那些金銀首飾他就幫我保管了。後來的事情，姊姊妳也知道了，我帶著金山進去，一窮二白地出來，最後竟然還碰到壞蛋，被穿雲姊姊救下，然後我就一直和妳們在一起了。」

榮華抓住了他話語中的重點，立馬問道：「等會兒、等會兒，你說你半路上遇到他，然後他莫名其妙羞辱你？」

「他這人好怪，一見面就問我在做什麼，然後開始羞辱我，說什麼他不喜歡不聽話的小孩，也不喜歡離家出走的小孩。我又沒要他喜歡！」

楚行之是真的感到委屈，一個從沒見過的人居然這樣對他，讓他幼小的心靈遭受到很大的創傷，感覺自己遇到了變態，嗚嗚嗚。

他求助似地看著榮華。「姊姊，妳不會和他是一夥的吧？」

「怎麼可能！」榮華霸氣地大手一揮。「相信姊姊，我和他是階級仇人、競爭對手，永遠也不可能是一夥！」

「他是個欺負小孩的變態！」楚行之咬著牙，悲憤地說。「從昨天想到今天，我剛剛靈光一閃，忽然想到他為什麼這麼對我了！」

榮華眼睛一亮。「為什麼？」

廖長歌和穿雲也看了過來。

楚行之哼了一聲，握著拳頭，傲嬌地道：「因為他沒見過像我這麼好看的少年！他嫉妒我的帥氣，所以想要擊垮我的心靈。哼！他的奸計不會得逞的！我一定不會被這件事打垮的！」

榮華扶額。

廖長歌和穿雲也別開了臉。

這小孩什麼都好，就是太自戀了，這點沒得治。

榮華看著楚行之那傲嬌的模樣，忍不住打擊他。「你知道袁藺如是誰嗎？」

楚行之默默搖頭。

榮華使勁揉著他的頭髮，恨鐵不成鋼地道：「你知道你得罪了誰嗎？你得罪了袁朝七皇子啊！」

「袁藺如是袁朝皇子？」楚行之睜大了眼睛。

他不知道想到了什麼，突然跳了起來，驚恐地喊道：「我完了、我完了，嗚嗚嗚……我完了！」

「沒事、沒事，別怕啊！他已經走了，不會再回來欺負你了。」

榮華柔聲安慰，楚行之漸漸安靜下來。

「也對，他已經教訓過我了，難道還會再回來教訓我一次嗎？他是皇子啊，應該沒這麼閒。」

楚行之又呵呵地笑起來了。

榮華無奈地搖頭。這孩子是真的少根筋。

廖長歌看著楚行之，想了想，問道：「小孩，你姓楚？」

「對啊，我是楚國人，我們大部分人都姓楚。」

楚行之扶著下巴，委屈地道：「我大概知道他為什麼這麼對我了。」

榮華笑，伸手逗他。「因為你的驚世美貌？」

「姊姊，我說認真的，妳別笑我！因為我是楚國人，所以他不喜歡我。我聽說袁朝想和楚國聯姻，七皇子一母同胞的親妹妹，要許給楚國的二公子。但是楚國二公子不同意這門婚事，他不願意娶，可能那個袁藺如因此不待見我。」

廖長歌道：「楚國皇室就兩個孩子，大公子足智多謀、能文能武，這個二公子倒是從來沒有聽說過。」

榮華有些無法想像，那個鼎鼎大名的藺公子，其實是個小肚雞腸的男人？這還挺難以理解的。

不過一切都說開了，楚行之大概剛好撞在袁藺如的槍口上，對方正因為自己妹妹的事心情不爽，就瞧見了一個楚國人——而且還是一個非常任性的小孩。

他一出手，就讓這個離家出走的小孩，第一次感受到來自社會的殘酷。

這樣一想，小孩是太無辜了。

楚行之嘆氣。「這樣的話，我的錢是拿不回來了，我真慘。」

「他沒辣手摧花，要了你小命，就算是幸運了。」榮華摸了摸他毛茸茸的頭髮。手感很好，髮質又軟又細，很是柔順，摸上去真的好像小銀狐的頭頂。

楚行之適時抬頭。「姊姊，幫我梳頭髮，我不會。」

明亮的大眼睛看著榮華，榮華沒辦法拒絕，只好點了點頭。「好，姊姊替你梳。」

梳頭髮的時候，榮華又問了好幾遍，要不要送他回家。

楚行之都堅定地拒絕了，甚至都不說自己家住哪裡。

榮華無奈，只好隨他去了。

楚行之一看就是出生於非富即貴的人家，榮華不想惹麻煩，想把他送回家。

但是小孩這麼排斥，一說送他回家就要哭。

榮華沒辦法，只好答應不再提這件事，把他帶回家好好養著，等他想回家了，立馬送他回去。

等到替小孩梳好頭之後，廖長歌才喚了榮華。「榮華妹妹，妳出來一下，我有話對妳說。」

榮華乖巧地走出去。

廖長歌站在門外走廊前，看到榮華將門關好後，才說：「榮華妹妹，無論怎樣，至少能確定他的身分肯定不一般，如今他執意要跟著妳，不願意回家，我們也不能逼他。小孩性子強，逼得狠了可能又會偷偷溜走，所以現在看來，最好的辦法就是妳帶著他。」

「嗯嗯。」榮華點了點頭，唇角輕輕上揚，笑得眼睛彎起，聲音溫軟。「廖哥哥，你放心吧！我本來就挺喜歡這個小孩，我會好好照顧他。」

廖長歌看著榮華，眼眸閃了一下，也不知道想到了什麼，露出一絲有些壞壞的笑意，道：「哦，原來是這樣。」

看來要是將軍再不回來，他的小媳婦就要被別的小屁孩拐走了。

思及此，廖長歌眼中的笑意更深，大有看熱鬧不嫌事大的嫌疑。

榮華本能感到疑惑，覺得廖長歌似乎誤會了什麼，本想追問，楚行之卻從房間裡走出來。

這小孩睡夠了又想出去玩，這一打岔，榮華就忘了這回事。

一行人在筠州城玩了一會兒，到了中午的飯點，廖長歌帶他們去妙香樓吃午飯。

妙香樓的幾道特色菜特別好吃，楚行之雖然吃慣山珍海味，但是妙香樓的菜清淡雅緻，和楚國風味不同，他也吃得很開心。

茶過三巡，飯也吃得差不多了，這時候大家都停了筷子，說著閒話。

榮華從臨街的窗戶看下去，街上人來人往的景象，還挺有活力的。

南城比北城有活力多了，連穿的衣服顏色也較為明亮一點。

北城基本上都是粗布麻衣，以灰白色為主，沒有其他鮮豔明亮的顏色。

榮華看得出神，畢竟來這裡這麼久，第一次來到這麼大的城市，這樣的古街、古城、古建築，對她來說就像是旅遊一樣，她很喜歡這些風土民情。

「廖哥哥，你也在這裡？」溫柔似水的聲音在身後輕輕響起。

榮華下意識回頭看了一眼，瞧見一個我見猶憐的女子。

她身如弱柳扶風，眉眼間自帶著一股楚楚可憐的感覺，身量嬌小，婀娜多姿。

她穿的衣服很漂亮，布料很好，看上去柔順又充滿光澤，在陽光下會反光似的，粉色的衣裙點綴著朵朵精緻的白色梨花，繡工極好，栩栩如生。

一看上去就是名貴的衣服，尋常人家絕對買不到也穿不起如此華麗的布料。

沒有女孩子會不喜歡好看的衣服，所以榮華就多看了幾眼。

收回視線後，榮華看向廖長歌，瞧見廖長歌慢悠悠地將視線從楚行之身上收回來，臉上帶著一絲疏離的笑。「原來是筠小姐啊，筠小姐好。」

「廖哥哥，我一直把你當作兄長看待，你不必喊我筠小姐，叫我憐兒就好。」

筠憐兒看著廖長歌這一桌子的人，最後視線鎖定在楚行之身上，盈盈一笑。「廖哥哥，這是你的哪位弟弟嗎？我竟是從未見過。」

她目光在桌子上轉了一圈，看楚行之的穿著像是富家子弟的樣子，且氣度不凡。至於其他兩個女子，一個像護衛一個像丫鬟，自是沒放在眼裡，只問了楚行之。

廖長歌也沒解釋，只冷淡地點頭，含糊說了句：「嗯，是遠房的親戚。」

筠憐兒垂眸淺笑，言笑晏晏。「看這位小公子的貴氣模樣，只怕是廖哥哥家在皇城的親戚吧？」

她又轉向楚行之，笑得甜如蜜。「我和廖哥哥親如兄妹，廖哥哥忙於公務，肯定沒空帶你玩，剛好我有空。你剛來筠州城，以後想去哪裡玩，可以來找我，我可以帶你去逛。」

廖長歌臉上飛快閃過一絲譏諷的表情。

榮華雖然和廖長歌接觸得不多，但平時感覺他還是很友善，很少會這麼明顯將不耐和疏離擺在臉上。

最有趣的是，筠憐兒就像是看不出來廖長歌不喜歡她似的，還表現出和廖長歌關係很好的樣子。

榮華覺得有些搞笑。

楚行之吃著糰子，回頭看了筠憐兒一眼，嘴裡嘟囔了一句什麼，大家都沒聽清楚，他又轉回頭，認真地吃著白嫩的糰子。

筠憐兒和廖長歌說了幾句話，轉身上了三樓雅間。

她走後，廖長歌伸手敲了敲桌面，微微搖頭。「果然應該坐雅間。」

看樣子他很不喜那個筠憐兒，語氣裡都是不耐煩。

榮華覺得有意思，聞到了一些八卦的氣息，就把腦袋悄悄湊過去問道：「廖哥哥，她是什麼人？好像和你很熟的樣子。」

「筠憐兒，筠州城城主家的二小姐。」提起筠憐兒，廖長歌一臉不耐。「一個很不知趣的人。」

「她模樣挺好的，看上去楚楚可憐，不挺招人心疼嗎？廖哥哥，你怎麼好像挺討厭她的樣子？」

「楚楚可憐？那是矯揉做作。」

廖長歌看了榮華一眼，突然臉上露出一絲笑。

「說起我見猶憐，我倒是想起了妳姊姊，那才是真正的我見猶憐。」

榮華長長「哦」了一聲，臉上露出聽到八卦的表情。

看來廖哥哥第一次見到淺姊姊很是驚豔，才會到現在仍舊念念不忘呀！

廖長歌臉上的不耐煩已全部褪去，笑著虛點了一下榮華的額頭，笑道：「小小年紀，想什麼呢？」

他的動作親暱，像是哥哥對妹妹那般，但是又遵守男女授受不親的禮數，手指並沒有碰到榮華的額頭，只是虛晃了一下。

榮華對他的好感度又升高了一些。

廖長歌道：「剛剛那女子，並不是個單純的小女孩，所以我沒介紹你們認識，這種女子，還是不認識好。」

榮華是真的好奇。「她怎麼得罪你了？廖哥哥你不像是那種會和女孩子計較的人。」

「她沒得罪我，是她爹得罪了我，她爹是我在官場為數不多、讓我覺得噁心的一個人。我不想和她爹接觸，但她爹是筠州城的父母官，我又不好直接撕破臉，只能每日虛與委蛇，而這筠憐兒一直故意親近我，讓人煩不勝煩。」

「筠州城父母官？」

榮華忽然想到了什麼，之前廖長歌說過，他很厭惡那一位故意縱容貪污腐敗、在百姓眼中是「好官」的人，不就是筠州城的父母官嗎？

難道這個人，就是筠憐兒的父親，筠州城的城主？

看廖長歌提起這位城主時，臉上無法掩蓋的譏諷和厭惡，榮華心裡覺得八九不離十。

怪不得廖長歌會這麼討厭筠憐兒呢！

「這筠憐兒，日日與我兄妹相稱，她若如妳這般乖巧可愛，心思單純，我多一個妹妹也沒什麼不好，但她小小年紀，竟學得趨炎附勢、心機深沈。就比如方才，她眼裡只能看到穿著富貴的楚行之，全然沒看到妳和穿雲，她以為這小孩是我家在皇城的親戚，話語間便都是拉攏討好之意，然而我們四個人坐在一起，她只和我們兩個說話，這是哪家的教養？更何況我家的親戚，由她帶著在筠州城遊玩，是當我廖府無人、連親友都無法招待嗎？她來招待，真不把自己當外人，傳出去也不怕別人笑話。」廖長歌搖了搖頭。「她年歲小，那點小心機能瞞過誰呢？所以我看著她明明稚嫩的臉、眉眼間卻都是心計的時候，就覺得厭煩。我不喜歡工心計的女子。」

榮華點了點頭。「原來是這樣，我也不喜歡！」

她真的覺得廖長歌挺不錯的，沒有被筠憐兒楚楚可憐的外表欺騙，擁有很強大的識人能力。

於是，她問出一直困擾自己許久的問題：關於那個「好官」是不是筠州城城主？

聽她問起這個，廖長歌臉上露出一絲無奈。「當時就不該讓妳聽見這個，這不是妳該管的事情，知道的話對妳沒好處，所以也不要亂猜，知道了嗎？」
榮華乖巧地點頭，再也沒有提這個話題。
廖長歌的回答讓她一時也有些摸不準，雖然她心裡已經有答案了，但也不敢妄下定論。
吃過午飯，一行人離開了妙香樓。
走出大門的時候，榮華似有所感，抬頭去看，便瞧見筠憐兒正從三樓的窗戶看下來，目光說不上和善。
瞧見榮華在看著自己，筠憐兒關上了窗戶。
榮華忽然有一種很奇怪的感覺，總覺得以後她和筠憐兒之間可能還會發生一些事情。
眾人又逛了一會兒，時間不早了，廖長歌送榮華他們回家。
來的時候兩手空空，回去的時候大包小包，還多了一個人，真是計劃趕不上變化。
楚行之對外面的新鮮事物感到很新奇，一路上嘰嘰喳喳，很有活力。
這是一個沒見過小山村是什麼樣子的孩子。
到了桃源村，已是晚飯的時候，桃源村的村民都在穀場，自然瞧見廖長歌打馬而過的瀟灑身姿。
廖長歌騎馬將榮華他們送到家門口。
榮耀祖今天在家，聽到動靜跑出來一看，看到廖長歌就夠驚奇了，再看到那個黏著自己女兒的半大少年，登時有些驚愕。

那少年看上去和華兒站得也太近了一些……

廖長歌和榮耀祖打過招呼。他看著榮華和楚行之，對榮耀祖道：「榮村長，還請借一步說話。」

兩個人到了院子裡嘀嘀咕咕，榮耀祖臉色幾變，時不時狐疑地看向楚行之，臉色時而凝重時而舒緩。

榮華知道廖長歌在讓爹爹留下楚行之。

她回來的路上還在考慮要怎麼和爹娘講，現在廖長歌出面開口了，那就不用她想辦法了。

過了一會兒，榮華看到爹爹點了頭，榮華知道這事就算成了。

事情搞定，廖長歌也不逗留，和眾人打了招呼就準備離開。

榮華送他到門外，一打開院門，門外竟然圍了一群村民。

大家都一副看熱鬧的樣子，肆無忌憚地打量著廖長歌，那目光真的是丈母娘看女婿，越看越滿意。

榮華無奈地朝廖長歌笑了下，後者微微搖頭，表示不在意。

廖長歌在一眾目光下騎馬走了。

他一走，榮華立馬被各路大嬸們圍住。「華兒，這個人經常來妳家，是不是想提親啊？」

「不是，我上次就和你們說過啦，真的不是！」

「哎，這麼好的後生，真是可惜了。」

大家紛紛搖頭嘆息，看上去比榮華的爹娘還著急她的婚事。

榮華忍不住笑起來，就瞧見二嬸、三嬸來了。她臉上笑容一淡，眼神就涼了下來。

自從分家後，她們沒有上門，榮華樂得清靜自在，現在她們來，榮華用腳趾頭想，也知道她們是為了什麼。

二嬸和三嬸言笑晏晏地走過來，看見榮華時，臉上的笑意更濃了，上來就道：「華兒啊，三嬸好多天都沒見過妳了，真是快想死了。」

榮華淡笑。「咱們就隔了一條路，妳要是真想我，還能來不了啊？」

三嬸臉上訕訕地看了二嬸一眼，雙方互相交換了一個眼神，似乎提前商量了什麼事情。

榮華是真的震驚，這兩個人以前還打得死去活來，恨不得弄死對方，現在怎麼又好得跟親姊妹似的，還手挽手一起走？

她果然是太年輕了，當時還真以為這兩個人要老死不相往來了呢！

二嬸、三嬸說了幾句話，就開始往榮華家的院子走。

榮華擋在門前，問道：「兩位今天來到底是有何貴幹？」

二嬸擺手。「妳這孩子，我們來看看妳，還能來幹什麼啊？」

她看榮華沒有要讓路的意思，訕笑了兩聲，湊近榮華，低聲問道：「華兒，我們是來找大哥的。對了，剛剛從妳家出去的那個公子，我聽說他來自筠州城的書香世家？

「華兒，不是二嬸說妳，妳現在還太小了，議親早著呢，以後還有好的，妳不用著急。妳看看我們家榮絨，她年歲大了，該議親了，知道那公子是哪戶人家嗎？告訴二嬸，二嬸虧待不了妳。」

三嬸擠了過來。「還有我們家榮淺，年紀也到了，該說個婆家了，那公子我看著很好。我們家榮淺那麼美，配他綽綽有餘！」

現在知道淺姊姊是塊寶了？以前往死裡打她的時候，可不是這麼說的，下手比誰都狠。得知了她們的來意之後，榮華忍不住扶額。

算了，還是讓爹爹來處理吧！

榮華扭頭，朝院裡喊道：「爹，有人來找你。」

榮耀祖出來後，兩個人一說明自己來意，他立馬沈下了臉。

「妳們兩個還真敢想！不看看自己是什麼人家，那廖家是什麼人家，妳們還敢想著去攀親！眾目睽睽之下就開始作夢了，是不是？當著這麼多人的面來說，榮家的臉啊，都讓妳們丟盡了！這件事以後不許再提，我丟不起這個人，如果妳們還不死心，我就當沒妳們這兩個弟媳！」

榮耀祖氣得不輕，吼完後一甩手，轉身就回了院子。似是想起什麼，又對榮華說：「華兒，回來，關上門！」

「好的，爹爹。」

榮華乖巧地應了一句，然後笑盈盈地看著她們。「妳們也看到了，兩位請回吧！我也沒辦法。」

三嬸哼了一聲，臉上一臉不忿。「還說是什麼大哥，還不是想把好婆家留給自己女兒，也不看看自己女兒的德行，人家看得上嗎？十三、四歲小小年紀，就開始和野男人勾搭，真是不知廉恥！」

三嬸當著榮華的臉罵了起來。

榮華抿了抿唇。還以為這兩位改了性子，結果發現是她想多了。

今天她看這兩個人帶著笑臉來，本想伸手不打笑臉人，結果發現這人還是狗改不了吃屎，她就不該給她們好臉色！

榮華臉色沈了下來，真想將她們罵個狗血淋頭，但她和榮絨、榮淺關係都不錯，此時顧忌著姊妹之間的感情，不能說什麼狠話。

看她臉色不對，二嬸急忙打哈哈，扯著三嬸離開了。

榮華「砰」的一聲關上門，打算眼不見為淨。

下次還敢來她面前丟人現眼的話，就別怪她無情。

榮華回到院裡，看見榮耀祖沈著臉坐在那裡，臉色很難看。

看來爹爹被自己這兩個弟媳氣得不輕啊！

榮耀祖看到榮華，便把榮華喊到身邊，嘆了口氣說：「華兒，妳別聽村裡那些婦人們亂說，就動了什麼歪心思，她們哪裡知道廖家門第有多高。妳那兩個嬸嬸，眼高手低，想和廖家攀親，這可真是個天大的笑話！單說廖家乃書香世家，世代為官，在筠州城就有無數的官家小姐盼著和他們家議親，人家怎麼看得上普通的農女？

「而且廖家的底蘊可不一般，廖家祖上世代都在皇都為官，那是真的皇親國戚。廖長歌的父母當初不知為何，從皇都來了筠州城，但無論為何，廖家本家還是在皇都，是咱們不能妄想的富貴人家。」

聽了榮耀祖這樣說，榮華才知道原來廖家的背景竟然如此大。

瞧著爹爹生怕自己對廖長歌動了歪心思的樣子，榮華不由得笑道：「爹爹放心吧！我對廖哥哥，單純就是把他當作兄長，是一點想法都沒有，而廖哥哥對我也是如此。」

「妳能這麼想最好，我知道廖長歌風流倜儻，姑娘家都喜歡他那樣的，但是華兒，我們還是找一個老實本分、知根知底的，以後也不怕妳受欺負。」

榮華笑了起來。

自己這個爹爹啊！有時候真的是話癆。

不過為了避免爹爹擔心這件事，榮華湊近榮耀祖，低聲道：「爹爹，我不怕告訴你實話，廖哥哥貌似喜歡淺姊姊那樣的，他今天還和我提到淺姊姊呢，說姊姊長得好看，我見猶憐。」

「啊？」榮耀祖驚了一下，表情將信將疑，有些狐疑地看著榮華。「妳說的是真的？」

「自然是真的，不過爹爹也無須擔心，門第擺在這裡，廖哥哥也只是喜歡像淺姊姊這樣的，所以你放心吧！他也不是我喜歡的那種，我們倆互看不上，真的只是當兄妹而已。」

「這樣就好。」榮耀祖放下心來，又伸手戳了一下榮華的額頭。「妳還看不上人家，我看妳是想嫁給天王老子。」

榮華無奈，忍不住跺腳。「這樣也不行，那樣也不行，爹爹你說，你讓我怎麼辦啊！」

說完，她自己先笑了出來。

榮耀祖也樂了，又叮囑了榮華一番，兩個人笑開懷了。

且說楚行之這小孩，嘴巴甜，撒起嬌來簡直要人命。

榮華都受不了，更別提王氏了。

楚行之也不怕生，剛來榮家沒一會兒，已經和兩個小夥伴打成一片。

榮嘉和榮欣跟在他身邊，親暱地稱呼他哥哥。

榮華覺得這場面還挺溫馨的。

王氏收拾好床鋪，和榮耀祖一起去做飯，經過這幾個月的調養，她的身體已經好得差不多了。

吃過晚飯，榮華拿出自己買的東西，一起分給大家。

榮華替王氏買的是湖綠、水藍、水煙色的衣衫，很襯她溫婉的氣質；替榮耀祖買的是藏青、靛青、天藍色的長袍，適合他學究的身分；給弟弟榮嘉這個小正太，買的是明亮又貴氣的小衣服；替妹妹榮欣這個小團子，買了粉白色的小裙子。

因為大家都有，所以皆大歡喜。

分完衣服，榮華拿著自己的，催促道：「今天大家都有新衣服，我們都去試一下吧！」

榮耀祖拿著自己的衣服，明明心裡喜歡，臉上卻還是板著臉。「有什麼好試的？你們去試吧，我就不用了。」

王氏在一旁無奈地看著他，伸手拖著他回房間。

口嫌體正直的爹爹，被娘親拖走了，哈哈哈。

榮華沒急著試衣服，她幫弟弟、妹妹換好新衣服。

這一看不得了，穿了漂亮的衣服，兩個小傢伙也太好看了，簡直像是年畫上的娃娃。

榮耀祖一邊說不試，試完之後卻在鏡子前看了好幾遍，惹得榮華捧腹大笑。

榮耀祖和王氏站在一起，真的就是天生一對。

爹爹渾身都是學究的氣質，娘親則是溫婉動人，兩個人對視的時候，榮華感覺自己眼睛快被閃瞎了。

小院裡歡聲笑語不斷，很是溫馨。

大家樂呵呵地鬧到晚上，最後小孩們都累了，先去睡了。

等到家人都入睡之後，榮華把替榮絨和榮淺買的衣服疊好包好，準備明天送過去。

由於還不睏，她坐在小院裡看星星，穿雲在一旁陪著。

天氣早已炎熱起來，此時夜風倒還涼爽，所以榮華不想進房間。

今夜月朗星璨，夜色格外溫柔迷人，她兩隻手墊在後腦勺上，躺在搖椅裡面，感覺前所未有的幸福。

一家人吵吵鬧鬧的，好開心，好溫馨。

她真的很喜歡。

榮華心裡清楚，自己已經離不開這兒了，因為這裡有她愛的一切。

家人、朋友，所有她想要的，這裡都有。

日子安安穩穩地過著，榮華也不張揚，先把自己眼前的產業做好。

現在她年歲還小，也沒有背景、靠山，所以暫時沒有擴大產業的想法。

她準備九月分自己種的那批甘蔗成熟之後，做一批蔗糖。

這個世界雖然也有糖，但是做得很粗糙，按榮華的口味來說，並不覺得美味。剛好她知道蔗糖的製作技術，這時候就派上用場了。

村裡每個人都有地，榮華家也有，她把自己家裡的地都種上甘蔗，因為沒空澆水，所以她請村裡人幫忙照看，按天給工錢。

到了六月底，榮絨和李文人把編織品作坊當月的三千兩銀子交給榮華。

七月是下一個季度，榮華心裡罵罵咧咧，又該給那個李狗官交錢了。

單她一個小生意人，一年都被坑了四千兩銀子，那個李狗官，怪不得能富得流油！

雖然心裡罵得要死，但她還是要乖乖交錢。

榮華拿了一千兩給榮耀祖，託他交給李縣令。

榮華想到在平安鎮遇到的那個老闆，那個老闆手藝十分巧，將各種動物編織得唯妙唯肖，她曾經在他那裡直接買了二十幾個小擺件。

現在作坊的帳上有二千兩，榮華喚了榮絨和李文人一起去平安鎮，在老地方找到那個老闆。

老闆是一對姓沈的中年夫婦，帶著一兒一女，在平安鎮討生活。

再次見到榮華，沈老闆對她還是印象深刻。

榮華和他打過招呼，和沈老闆談了合作的事。

沈老闆的生意慘澹，遇到榮華這樣的大主顧，哪有往外推的道理，當下就答應了。

沈老闆每個月做的所有擺件，榮華都願意收購下來，並且給的是市場價，沒有因為買得多而壓價。唯一的要求是，榮華每個月會送兩個學徒過來，沈老闆需要盡心盡力教他們。

榮華也提前保證，哪怕學徒學成歸來，她還是會繼續收購沈老闆的擺件。

其實像沈老闆這樣的手藝人，自然知道就算教會了學徒，也不會餓死師傅。因為新教出來的學徒，沒有一段時間的打磨，是不可能趕上老師傅，而且老師傅的審美見識，是新學徒無法企及的，所以他很樂意帶徒弟。

而且他在平安鎮的生意並不好，現在有一個大主顧願意把他的貨都收下來，這對他來說是一大筆錢，能夠讓婆娘和孩子過上好日子了。他和自家婆娘討論之後，他的婆娘也是一百個願意。

榮華也是這樣想，像沈老闆這種從小就學、做了二十幾年的老師傅，能接到大訂單是福氣。

合作談成，交了訂金，她又請沈老闆一家三口吃過飯，才帶著榮絨和李文人離開平安鎮。

回去的路上，榮華對這兩個人說：「今天帶你們過來，就是帶你們認路，下次來採購，就是由你們負責。這個貨呢，是個細緻活，我們自己做不來，所以你們回去後，好生挑幾個聰明、機靈、沒什麼花花腸子的人，帶到這裡做學徒。你們兩個安排好學徒的吃飯和住宿，記得不要太引人注意，安生地學手藝就行了，不要過於招搖來往。」

「好！」榮絨和李文人一起點頭。

現在榮華越來越信任他們，很多事情都全權交給他們去做，所以他們對榮華十分感激。榮華覺得老闆就是要放權，什麼都自己做了，那當老闆還有什麼意思，累都要累死了。而且人都是有潛力的，當初榮絨和李文人，誰會相信他們真的能把這麼多人管得井井有條？但是榮華就是相信他們能做到，他們兩個也沒讓她失望，做得很不錯。

這些擺件，不能在最快時間內大量生產，所以榮華決定先把貨囤手裡，囤一批後一次給林峰，現在不著急。

回到桃源村後，榮絨和李文人回作坊安排，最後各自挑了一個人，帶來給榮華看。榮華覺得很不錯，榮絨和李文人便帶著他們去沈老闆那裡，將衣食住行安排好。

到了七月後，農作物第一批該成熟的都成熟了，村民們忙著收成，大家都喜氣洋洋的。看著村裡上上下下、一派紅火的樣子，榮華準備啟程去楚國一趟。

聽說榮華要去楚國，正和榮嘉、榮欣一起背書的楚行之，眼睛滴溜一轉，放下書就跑到榮華身邊，睜大眼睛，驚恐道：「姊姊，妳去楚國幹麼？該不會是想把我送回家吧？我不要回家，我現在已經和你們是一家人了，誰也不能讓我和家人分開。」

榮華被他吵得有點頭疼，揉了揉太陽穴道：「好啦，我不是要把你送走，我去楚國是去做生意，你要是不放心，我不帶你去就是了。」

楚行之鼓著臉，堅決地搖頭。「不行，妳不帶我去，那我怎麼知道妳是不是帶了我家裡人回來。」

榮華退了一步。「那行，你和我一起去。」

「不行，我絕對不會踏入楚國國境一步！」楚行之依舊氣得要死。

榮華睜大眼睛，一臉莫名其妙。「去與不去都不可以，你說怎麼辦才好？」

「我不去，姊姊也不去，這樣最好！」

「不可能！」榮華非常堅決地拒絕了他的要求。

楚行之噘起嘴，委屈地看著榮華，然後轉身飛撲進榮耀祖懷裡，乾嚎道：「乾爹，你看姊姊，她欺負我！」

因著楚行之是廖長歌送來的人，也不知道廖長歌對榮耀祖說了什麼，反正榮耀祖對這小孩有求必應。

此時正在納涼的榮耀祖，先把黏在自己身上的人扯下來，然後說：「先別急，我和你姊姊談談。」

榮華直接站起來，先發制人。「爹爹來勸也沒用，我必須去楚國！」

「妳看看妳，怎麼做姊姊的，去就去嘛！妳這麼凶幹麼，嚇到行之了！」

榮耀祖吹鬍子瞪眼睛，榮華一臉莫名地看著他。

「爹，究竟誰是你的親生女兒？」

榮耀祖把楚行之往自己面前一推，答案不言而喻。

榮華一臉問號地看著自家老爹，就聽榮耀祖說：「怪誰，人是妳自己帶回來的，妳自己好好解決，總之，不能欺負這孩子。」

榮華和楚行之大眼瞪小眼，你看著我，我看著你，誰也沒有開口說話。

因為他們一家人都喜歡這孩子，平時家裡人都十分嬌慣他，但做人還是要講道理，不能他說什麼就是什麼。

於是榮華這一次不打算由著他。

楚行之知道怎麼讓榮華心軟，大眼睛眨啊眨，委屈地看著她。

榮華不為所動，其實是看了這麼一個多月，有一點免疫了。

這場無聲的戰役，以榮絨的到來結束。

榮絨推開院門走進來就是一愣，明顯察覺到院子裡的氣氛不太對，便站在門口。

榮華扭頭看她，臉上帶著笑。「絨姊姊，妳怎麼來了？找我有事嗎？」

榮絨看了眼生著悶氣的楚行之，走到榮華身邊，輕聲說：「華兒，林峰大哥說想見妳。」

「什麼時候？」

「他說越快越好。」

聽到榮絨這樣說，榮華點了點頭。

「他現在想見我，那我現在去一趟吧！」說完，她扭頭看向委屈的楚行之，眼底染上一絲笑意。「好了，小屁孩，別氣了。姊姊出門一趟，回來給你帶好吃的。」

榮華回房裡拿了兩個擺件，這是她畫了設計圖後送到沈老闆那裡訂製的，也是提前準備好送給八娘的禮物，這次剛好帶上，待會兒尋個機會送出去。

楚行之滿臉寫著不放心，榮華只好再三保證不是去楚國。

目送榮華和穿雲一起騎馬離開，楚行之苦惱地坐在門檻上，兩手拄著下巴，臉上滿是無奈。

不是他任性，阻止榮華姊姊賺錢，實在是他不敢讓榮華去楚國啊！

他知道自己哥哥是什麼樣子，肯定早就把他的尋人啟事貼得整個楚國都是。如果榮華去了楚國，那麼立馬就會看到尋人啟事，知道他的身分，那樣他一定會被送回家。

楚行之不想回去，他知道自己家是什麼樣子，待在家裡一點都不快樂，還不如待在桃源村快樂呢！

雖然吃的、住的比不了家裡，但是最起碼在這裡輕鬆自在啊！

他才不想回去，如果可以，一輩子都不回去才好呢！

楚行之很苦惱，坐在那裡不停唉聲嘆氣。榮嘉瞧見了，領著榮欣來安慰他。

看著兩個小傢伙，楚行之覺得身上又有勁了。

車到山前必有路，總會有辦法的！

榮嘉和榮欣坐在楚行之身邊，三個人排排坐，一個比一個矮，看著好玩極了。

王氏和榮耀祖看到這畫面，都覺得十分溫馨。兩個人相視一笑，互相擁著坐在樹下的木凳。

王氏拿了榮華之前買的布料出來，開始縫製衣裳。

榮耀祖拿書出來，坐在王氏身邊看，看到覺得好的句子，還會唸給王氏聽，兩個人甚是恩愛。

坐在門口的榮嘉，扳著手指頭算算日子，回頭朝爹娘喊道：「爹，娘，今天是七月初七嗎？」

王氏溫柔地應道：「是啊，今天是乞巧節。」

「那姊姊的生辰也快到了！」

楚行之瞬間抓住了一個重點。「你說榮華姊姊要過生辰了？具體是什麼時候？」

榮欣奶聲奶氣地回答他。「姊姊的生辰是八月十五，我記得很清楚。」

「還有一個多月，我現在身上一窮二白，怎麼送姊姊賀禮啊！」楚行之捧著自己的臉，思考究竟怎樣才能賺點錢來花。「一定要想辦法賺錢啊，最起碼可以送一個禮物給姊姊。」

榮耀祖聽到他們的談話，小聲說：「今年生辰要給華兒好好慶祝，以前家裡不寬裕，都沒給她好好過生辰，今年就是她滿十四歲的生辰，華兒是個大姑娘了，不能大意。」

正在想賺錢辦法的楚行之，此時身體一僵，回首大喊：「乾爹、乾娘，你們說什麼？姊姊下個月才過十四歲生辰？那她天天讓我喊她姊姊，這是在佔我便宜呢！」

榮耀祖和王氏都笑了起來。

楚行之本來還很氣，此時看著這一幕，也不氣了，埋頭想著賺錢的方法。

第二十五章 乞巧節

榮華和穿雲到了千武鎮後，輕車熟路地到老地方找林峰。

見到林峰後，她真的沒想到，林峰給了她這麼一個大禮——引介採購農作物的楚國商人。

這已經不是瞌睡來了有人送枕頭，而是不僅送枕頭，還哄睡啊！

榮華對此很是感激。

因是林峰牽線，所以這商人很賣榮華面子，給的採購價格相當實惠，榮華並沒有吃虧，她換算了一下價格，知道自己這次能大賺一筆！

和楚國商人談好之後，林峰作為見證人，雙方簽了書面文件，商人交了訂金，一切皆大歡喜。

商人走後，榮華感動到眼睛有些發紅。「林峰大哥，太謝謝你了，我們村的農作物，正是收成的時候呢！你替我牽線，不知道省了我多少麻煩，我真的是太感謝你了！」

林峰不甚在意。「咱們認識這麼久了，還說謝謝做什麼。」

「一碼歸一碼，自從我開始做生意以來，遇見了你和八娘姊姊，你們真的幫了我好多，我特別感謝你們。」

榮華提到八娘，林峰臉上不受控制地扯出笑意。

「八娘喜歡妳，她說看到妳，就像看到了我們那時候。不過我們那時候保不住村子，但是妳保住了自己的村子，所以她讓我能幫的都幫一下。今天我把這個人介紹給妳，也是因為想到妳現在正需要一個楚國商人。我比妳做生意早了幾年，人脈還是有的，把人脈介紹給妳，我又沒有什麼損失，互利共贏吧！所以妳無須放在心上。以後妳有什麼需要，儘管來問我好了。」

「你們也太好了！我能遇到你們，真的是我的福氣！」榮華快感動死了。

林峰雖然這麼說，但是榮華哪能不記著他們的情，想著下次榮絨送貨的時候，讓她帶上兩百個擺件，送給林峰和八娘。

這擺件在袁朝屬於比較稀罕的小玩意兒，一想到林峰上次看到擺件的驚喜樣，這禮物，也算是送得合宜。

不過如果直接送給林峰，他肯定不會收，所以她打算讓榮絨放在貨裡一起帶去就行了。

和林峰談完之後，八娘剛好來了。

榮華和她熱絡地聊了一會兒，正想回家的時候，八娘說：「華兒，今天是乞巧節，城裡有好玩的，妳要不要和我們一起去看看？」

七夕啊！

榮華有點心動，歪頭看了眼穿雲，以眼神詢問穿雲的意見。

穿雲隨意點頭。「都行，妳想去就去，我都可以。」

八娘又在一旁勸，榮華便答應了。

八娘和林峰今天本來就要去城裡玩，帶上榮華和穿雲正好。

現在是下午，榮華今夜鐵定回不了家，得有人送信回去才行。

林峰找來信得過的手下，替榮華捎信給她的父母。

看著小廝騎馬走了之後，榮華才心滿意足地隨八娘一起上了馬車。

穿雲要騎馬，林峰也騎馬。榮華和八娘坐在馬車裡，她拿出帶在身上的兩個小擺件，遞給了八娘。

「八娘姊姊，這是給妳和林峰大哥的乞巧節禮物，妳看看喜不喜歡？」

八娘摸了摸榮華的頭髮，眼中有著寵溺。「妳說說妳，和我們客氣什麼，還帶禮物。」

「不過是一些小玩意兒而已，不值錢，希望姊姊不嫌棄才好。」

榮華笑得乖巧，八娘眼含笑意，接過了禮物。

兩個小擺件裝在精緻的木盒裡，八娘打開木盒，裡面露出一對精緻可愛的小人。

榮華是按著林峰和八娘的樣子畫出Q版人物，和沈老闆琢磨了兩天才決定怎麼做，所以擺件特別可愛，活靈活現、唯妙唯肖。以榮華的目光來看，這麼精緻的編織小人，哪怕在現代的情人節，都是一件很棒的禮物。

八娘捧著兩個可愛的擺件，喜歡得愛不釋手。她看著榮華，眼神炙熱。「真的太可愛了，我好喜歡，謝謝妳，華兒。」

「姊姊喜歡就好。」

別人喜歡自己送出去的禮物，榮華也很開心。

八娘捧著兩個小人看了很久，最後寶貝地放回木盒裡，妥貼地收了起來。

一行人來到四海城後，八娘向榮華介紹了一下，四海城是袁藺如的地盤，乞巧節當天會安排詩詞盛會，每年都會準備很多彩頭，今年也不例外。

榮華在四海城玩了一會兒，就覺得沒有多大意思，後來去參加詩詞盛會，她憑藉著自己的詩詞儲備量，毫無懸念地囊括一甲、二甲的名次。

榮華得到了前兩名的獎勵，她最喜歡的是那對玉釵和那枚玉珮。

榮華聽到身邊有人說：「這玉釵叫雙魚釵，玉珮叫魚鴦珮，玉釵和玉珮是一套，名叫雙魚環鴦。雙魚環鴦非常名貴，因為當時製作這玉釵和玉珮的材料，只夠做這一套，所以世間僅此一套。因為雙魚環鴦的獨一無二，後人將它比作夫妻感情堅貞不渝，非你不可，只此唯一。」

「咱們藺公子竟然把這套珍貴無比的雙魚環鴦拿出來做彩頭，我還有點可惜，以為雙魚環鴦今夜要被拆開了，沒想到被姑娘雙雙囊括，姑娘以後可以把玉珮送給自己的情郎。」

「大公子可別說笑了，這小姑娘看著年歲還小呢！」

「哈哈哈。」

大家爽朗地笑開了。

榮華只當作聽不懂。

她沒想到，這玉珮和玉釵竟然如此名貴，便在燭光下細細打量。

玉釵質感溫潤，線條溫和流暢，像是渾然天成一般，釵首上是一尾魚兒的抽象形狀，非常靈動好看；玉珮觸手溫潤，上面雕刻了魚和鴛鴦，很是傳神。

反正就是越看越好看，越看越喜歡。

榮華本想拿給穿雲和八娘看一看，卻發現她們兩個沒跟過來。她抬頭努力在人群中尋找，但是人太多了，她一時也沒找到。

榮華猛地反應過來，應該是剛剛答題的時候，把她們兩個留在後面了。她當下把東西包好揣懷裡，準備返回去找她們。

卻不想剛準備走，卻被人拉住，說是藺公子追加了彩頭：前三名每人追加五百兩銀子，參與飛花令的每人獎勵一百兩，前五十名進入詩詞區的每人五十兩，所有參與者每人十兩。

基本上所有人都拿到好彩頭，一時間可以說是普天同慶。

榮華驚得目瞪口呆，這種天上掉銀子的好事，沒想到還讓她碰上了！

她樂呵呵地站在原地，心底在算袁藺如這一次要拿出多少銀子。

算出來的數字讓她心驚，大概比她的總資產還要多。

大老就是大老，榮華心底有種過年買彩券，被大獎砸中的感覺。

好爽！

榮華很快就拿到屬於自己的那一份銀子，商會的人給的是袁朝錢票，榮華數了數，竟然有一千多兩！

因為第一名、第二名都是她，所以榮華拿到兩份錢。

榮華朝對方道謝後，便離開現場，努力在人群中找穿雲和八娘。好一會兒，她才看到在橋上瘋狂朝自己招手的兩個人。

因為榮華當時答題快，她們兩個沒法跟著一起過去，眼看著榮華越走越遠，最後索性回頭另找路過去。結果剛回到橋上，人流爆發，她們被堵在八方橋上，怎麼擠都擠不過去。

此時，看到穿雲她們，榮華一心想跟她們會合，但是人太多了，走得很慢。

她瞧著旁邊的建築，想著可以抄小路過去，當下朝穿雲她們揮了揮手，示意她們稍等片刻，然後就轉身進了兩個建築之間的小巷子，身影消失不見。

一直盯著榮華的穿雲，此時看到榮華在自己視線裡消失，急得大喊。「站在原地別動，不要走小路啊！」

穿雲擰著眉頭，直接翻身跳下河，朝著岸邊游去。

八娘拉住身邊的小廝，喊道：「你也跳下去，快！這四海城內什麼魑魅魍魎都有，華兒妹妹身上揣著錢和寶貝，身邊又沒有小廝跟著，遇到危險怎麼辦？」

且說榮華在小巷子裡走得很快，只是走著走著，感覺周圍的燈光暗了很多，等從小巷子裡出來後，她竟走到一條十分荒涼的街道上。
榮華疑惑地打量一下周圍的環境。
八娘帶著她走的時候，明明不是這條街。
街道上空無一人，燭燈也燃得不多，在燈光下十分好看的建築，此時隱身在黑暗中，竟讓她沒來由地心慌。
她膽子一向很大，要不然也不敢一個人趕夜路送貨。
只是現在，榮華還是覺得自己太冒失了，剛剛應該找商會的人護送自己一程。
榮華皺著眉，看著暗無一人的街道，大腦飛速運轉，考慮是轉頭原路返回，還是繼續往前走。
她很快就沒有機會考慮了。
陰惻惻的笑聲在身後響起。
榮華立馬回頭，瞧見兩個男人正陰沈地盯著她，臉上還露出怪嚇人的笑。
榮華深吸一口氣，迫使自己冷靜下來。這兩個人是從她身後出現，說明是她在百米長廊那裡被盯上的，說不定只是為財。
榮華快速地把銀子和玉釵、玉珮都拿出來，放在地上，舉起手說：「所有錢都在這裡了，求你們饒我一命。」
其中一個男人把東西拿走，聲音瘮人。「姑娘應該是第一次來四海城吧？所以妳不知道藺公子的規矩，在他的地界上，藺公子不允許出現搶劫、偷竊的事情，如果被發現，我們會死得很慘的。」

榮華心底一沈，知道他們選擇露臉動手，已經不打算讓自己活著離開。

她一隻手摸向自己懷裡藏著的剪刀，一邊拖延時間，說：「既然如此，那你們還敢這麼做？」

「妳孤身一人來此，穿得也很一般，我們就算殺了妳又如何？今天妳已經看到我們兄弟二人的臉，妳這條命，算是栽在我們手裡了。」

「大虎哥，跟她廢話這麼多做什麼？殺了她，我們拿銀子走人！」

瘦小一點的男子拿出一把刀，慢慢朝榮華逼近。

榮華手裡握著剪刀，眼睛漸漸瞇起。她是個女孩，身量又小，看上去瘦弱得沒有威脅，所以這兩兄弟沒將她放在眼裡。

她只有一次機會，趁著他們疏忽大意逼近的時候，就用剪刀狠狠地扎進他們的血肉！

榮華沈著臉，心跳逐漸加速，內心卻很平靜，看著猥瑣的男人們逐漸走近。

再近一點，再走兩步，她就可以動手了！

榮華跟著穿雲也學了幾手功夫，打是肯定打不過，但是出其不意偷襲一波，她相信自己可以。

「二虎，你等一下！」

名叫大虎的人喊住了二虎，走上前來看著榮華，自己淫笑了起來。「這小姑娘年紀不大，身姿倒是挺動人，死都要死了，何不讓我們哥兒倆爽一把？我們兄弟二人讓妳嘗嘗男人的滋味，妳也算死得不冤。」

「哈哈哈，大虎哥說得對！小姑娘也有小姑娘的滋味啊！咱們上次玩的那個小女孩，她哭得多慘啊，都快哭斷氣了，太美妙了！」

「這回咱們就和上次一樣，先把人捆回家，玩死了就扔河裡！」

大虎、二虎兩人看著榮華笑得猥瑣至極，口水都快流出來了。

榮華氣憤得七竅生煙，感覺自己離怒髮衝冠就差一把劉海。

這兩個人的意思，不就是說他們以前強迫過別的小女生嗎？

榮華最恨這種人，簡直快被氣到吐血，雙眼幾乎噴火。她看著這兩個人，就像是在看屍體。

等兩個男的逼近，榮華當下拿出剪刀，狠狠地朝大虎的脖子扎去，怒罵道：「欺負小姑娘，你們兩個變態，去死吧！」

她下了狠手，扎得又狠又準，扎進去後剪刀一絞，大虎慘叫一聲，血就冒了出來。

她又去扎二虎，二虎嚇了一跳，一刀就捅了過來，榮華也不躲，就想著哪怕被捅，也要殺了這兩個變態。

一傷換一命，她不虧！

看著榮華躲也不躲，硬生生將剪刀刺向他的脖子，二虎慌了。

眼看刀子就要捅到榮華，榮華只覺得一隻手攬上自己的腰，那手一用力，榮華身子不穩，被帶著往後退了幾步，硬生生躲開刀子的攻擊。

這變態難道還有幫手？

榮華下意識回頭去看，只瞧見一把閃著寒光的長劍朝著變態兄弟二人刺去。

她還想細看，一隻手捂上她的眼睛，擋住了視線。

只聽大虎、二虎跪地求饒。「好漢饒命，好漢饒命！」

隨後是「噗哧」兩聲，刀劍入肉的聲音，隨後求饒聲便消失了，只餘重物倒地聲。

榮華下意識地握住那隻捂著自己眼睛的手，睫毛眨啊眨，後知後覺地發現，這個人的氣息好熟悉。

頭頂傳來那人的聲音。「把他們的屍體拖過去，拖給袁蘭如，讓他瞧瞧，這就是他所謂四海城滴水不漏的防護，真是個笑話！」

有人恭敬應是。

這人的聲音沙啞，像是裹著北地的風沙。

他的手上有厚繭，他的氣息冷冽，他是大煜的戰神。

榮華眼圈有點發紅，吸了吸鼻子說：「將軍。」

穆良錚聽出她的聲音有些哽咽，以為這小丫頭害怕了，聲音儘量溫和些。「別怕，馬上就好。」

「我、我不怕！」

穆良錚唇角勾了下。小丫頭聲音都有些顫抖了，還說自己不怕呢。

等左衛將屍體拖走，穆良錚拉著榮華往旁邊走去，遠離地上的三灘血，才鬆開手。

小姑娘的睫毛剛剛一直眨個不停，長而翹的睫毛時不時撓他掌心，他的手常年握著兵器，何曾被如此柔軟的睫毛撓過，他覺得癢得不行。懷中的榮華像是一個瓷娃娃，柔軟又易碎，他生怕自己用勁太大把她弄疼了。

現在終於到了乾淨的地方，他可以把手拿開了，心底竟又有些不捨。

好像被睫毛撓掌心還挺舒服的……

穆良錚暗罵自己一聲。

榮華顫巍巍地睜開眼睛，看到高大的穆良錚站在眼前，當下喜極而泣。「將軍，真的是你！」

「嗯，是我。」

穆良錚常年不苟言笑，臉上沒有什麼表情，此時看著榮華，他儘量讓自己的表情溫和一點，別嚇到她。

榮華欣喜得不知道說什麼好。當初聽聞將軍的噩耗，雖然後來知道是假的，但是一直沒見到他這個大活人，其實她心底一直有點擔心他。現在看到活生生的穆良錚站在這裡，萬千思緒湧上心頭。

看到穆良錚正望著自己，榮華感到不好意思，擦了眼淚後，問道：「將軍，你怎麼在這裡？」

她真的沒想到會在袁朝看到穆良錚！

穆良錚把榮華的東西遞還給她。「聽說四海城的詩詞盛會很是出名，我受邀前來瞧瞧。」

穆良錚的回答讓榮華驚訝。

她疑惑地說：「詩詞盛會是袁藺如舉辦的，誰敢邀請你？」

「就是他。」

「啊？」榮華驚訝地張開嘴，錯愕地看著穆良錚。

這兩個人應該勢如水火吧？結果這兩個人不僅認識，袁藺如還邀請穆良錚來參加乞巧節？

榮華一時不知道該作何感想。

穆良錚瞧她表情可愛，眼睛裡有些笑意，他伸手點了下榮華的下巴，將她紅潤的唇合上，問道：「妳想什麼呢？」

榮華輕聲回答道：「我在想你和袁藺如的關係，你們一起相約乞巧節，好像關係很不一般，乞巧節可不是一般的節日。」

來。

穆良錚倒是沒想到榮華在想這個，一時間有些愣住，站在不遠處的右衛「噗哧」笑了出

穆良錚涼涼的眼神飄過去，右衛立馬止住笑，又一副嚴肅的模樣。

穆良錚瞧了眼榮華，覺得右衛站在這裡甚是礙眼，遂伸手指了他一下，嫌棄道：「你也去吧！華兒在四海城遇到危險，是袁蘭如防護不嚴所致，去找他賠錢。」

右衛恭敬道：「是！」

榮華啞然，敢找袁蘭如賠錢的，也就眼前這位了。

右衛離開後，街道上只剩榮華和穆良錚。

穆良錚好笑地看著榮華。「妳想到哪裡去了，不許想那些，我來這裡只是想看一下袁蘭如的虛實。」

「嗯嗯。」

榮華小雞啄米似地點頭，很是可愛。

穆良錚看著榮華手裡緊緊攥著的剪刀，有些嗔怪。「知不知道剛剛妳有多危險？」

「我知道，但是我太生氣了！」一提起這個，榮華就開罵。「那兩個人簡直不是人，說他們是畜生，都是對畜生的人身攻擊！」

「妳不怕自己受傷？」

「我不怕，我有剪刀！」

榮華揚起帶血的剪刀給穆良錚看了看，氣憤地瞪著眼睛，又說：「不過這樣的人，就算我受傷，我也不會放過他們！」

穆良錚拿走剪刀，看了眼剪刀上的血，然後將剪刀背在身後。「以後這樣的事，讓我來做。」

「將軍，你真好。」榮華笑了下，又有些傷感。「我運氣好，遇到危險有將軍出手，可是其他女孩就沒有這個好運氣了，她們沒有將軍。」

穆良錚看著她傷心的模樣，皺了下眉，他伸手溫柔地撫摸了下榮華柔順的頭髮，聲音也輕了起來。「妳很善良。一切都會好起來的，總有一日，世間所有女孩，都不必害怕壞人，會有人保護他們。」

「保護我們的人，就是像將軍你這樣的人，是嗎？」榮華抬起頭，琉璃似的眼睛，清澈的眼神像是一汪清泉，語氣真誠且天真。「將軍要保護天下人，也太累了，所以我要學著自保，讓將軍不必那麼辛苦，而且有朝一日，將軍若是累了，我還可以保護將軍，讓將軍歇一歇。」

穆良錚微微一頓，早就被戰場屍山血海磨練出的冷硬心性，此時一下子便柔軟了起來。他很感動。

「真乖。」穆良錚搓了搓榮華的小髮包。「小時候沒白抱妳。」

提起這個年齡差，榮華有些尷尬，便笑了笑沒說話。

穆良錚收回手，忽然臉色一變。

榮華看他臉色不對，問道：「怎麼了？」

她抬手朝上摸了下，才知道是自己的頭髮絲勾到他掌心的繭了。

穆良錚僵硬著手，不知道該怎麼辦才好，他粗手粗腳怕把榮華弄疼了。

榮華自己把頭髮解開，然後甜甜地笑道：「將軍，好啦！」

她雖然在笑，心底卻有些心疼。

穆良錚從自己腰間拿出一把彎月形狀的刀，遞給榮華。「這個給妳。」

榮華拔出刀，刀刃在燭光下發出一陣冷光，她伸手想要摸一摸刀刃，卻被穆良錚阻止了。

「手指還要不要了？」

榮華看著他。「這匕首看上去很鋒利的樣子。」

「這不是匕首，是一把彎刀，刀名叫斬月。」

穆良錚拿起斬月，朝著一旁的柱子上劃了兩刀，柱子竟然就這麼斷了！

榮華震驚到說不出話來。

穆良錚把刀歸鞘，遞給榮華。「這把彎刀是很有名的武器，可削鐵如泥，今日就送給妳了。」

「不行的，將軍！」榮華立馬搖頭。「我用剪刀就好了，這麼好的兵器自然應該像你這樣會用的人用才好。你給了我，我這不是殺雞用牛刀嗎？」

穆良錚取笑她。「剛剛還說要保護我，沒有好的兵器，怎麼保護我？」

「哦，也對！」榮華接過彎刀，笑容乖巧。「謝謝將軍！」

穆良錚道：「這刀只是給妳遇到危險卻又無人救妳時防身所用，平時還是乖乖躲在穿雲後面，懂了嗎？」

「懂啦！」

穆良錚送了她這麼名貴的刀，榮華想著自己能送他什麼禮物。她急忙翻找自己的東西，翻找了半天，還是選擇了玉珮。

榮華身上沒什麼好東西，唯一的好東西就是這剛剛得到的雙魚環鶱了。

她拿出玉珮，遞給穆良錚，舔了舔嘴角道：「將軍，這個送給你，算是我送你的乞巧節禮物。」

沒來由的，榮華心臟不受控住地亂跳起來，她甚至不敢看穆良錚。

是因為知道這玉珮所代表的涵義嗎？

榮華在心底拚命告訴自己：別亂想！別亂想！送玉珮，只是因為妳沒有其他好東西，總不能送將軍玉釵吧？

穆良錚接過玉珮，榮華看了他一眼，看到他好像笑了。

他笑起來很好看，完全不像平時冷硬的樣子，笑起來很溫暖。

他拿著玉珮，鄭重地道：「我很喜歡。」

「你喜歡就好。」

榮華看著別處，覺得有些羞澀，臉上似乎燒了起來。

或許是因為今天是乞巧節，或許是因為暖黃燈光下氣氛太好，或許是因為雙魚環鴦的涵義，或許是因為每次遇到危險穆良錚都會及時出現，或許是因為很多很多原因……她才會在今時今刻羞澀、臉紅、心跳加速。

只是因為節日和氛圍吧！一定是這樣的！

穆良錚看著榮華，忽然想到了什麼，神色有些鄭重。「華兒送了我禮物，但是我並沒有為妳準備禮物。」

榮華看著他，舉起手中的斬月說：「你送了我這個呀！」

穆良錚忍不住搖頭。「哪有送彎刀做禮物的？」

榮華垂眸，臉上憋不住笑，認認真真地道：「你今天能好好站在我面前，這就是送我最好的禮物了。」

榮華說完，發現穆良錚沒有說話，便好奇地抬頭，瞧見眼前這個身材高大、氣場強硬的男人，竟然有點臉紅？

天可憐見，穆良錚臉紅了！

這真的是太讓人驚訝了！

榮華有些不敢置信，但是對方真的臉紅了。

她不由得開始回想剛剛自己的那一句話，究竟哪裡撩人了？

榮華一時間也有點不知所措，臉上的紅暈本來就還沒消退。

此時兩個人面對面站著，你也臉紅，我也臉紅，兩個人對著臉紅，場面很是滑稽可愛。

良久，還是穆良錚先開口說話。「從來沒有人對我說過這樣的話。」

榮華想了想，覺得可以理解，畢竟將軍身在軍營，見到的都是血氣方剛的男人，自然沒有女子對他說過這樣的話。而且那句話如果細究起來，確實是有一點曖昧。

榮華只好紅著臉道：「不好意思。」

說完她又覺得莫名其妙，自己為什麼要道歉？

穆良錚搖頭，臉上恢復了嚴肅。「無須道歉。」末了，又加了一句：「這樣的話，不許對別的男子說。」

榮華乖巧地應下。「好。」

兩個人你看看我，我看看你，還是榮華先開口。「將軍你忙嗎？如果忙的話就不用管我了。」

穆良錚看著榮華，他們數月未見，今日一別，大概有很久都不會見到，他暫時還不想這麼快和榮華分開。

「我不忙，妳睏了嗎？不睏的話，我們可以一起走走。」

「好啊！」榮華自然願意。
今晚月明星燦，這條街上沒什麼人。
榮華覺得挺愜意，就只有她和將軍在街上散步。
他們慢悠悠地走著，聊著一些話題，氣氛很是輕鬆。
榮華詢問了穆良錚的生活，但是他對於軍營的事不願多說，榮華也就沒問，反而主動說起桃源村如今的改變。
穆良錚聽著，覺得甚是自豪。
榮華顧慮著他的身分，一直沒往人多的地方走，生怕他被人認出來。
後來榮華走累了，兩個人在橋上坐下。
她看著滿天星星，對穆良錚說：「你看，那顆星星就是織女星，另一邊那個是牽牛星。還有那顆，是北極星。北極星就是無論何時何地，只要它出現的方位，都是正北方。」
穆良錚對這個代表正北方的北極星很感興趣，順著榮華手指的方向看去，並沒有找到北極星。
榮華湊近他，手指著夜空中的北斗七星，認真地說：「看到了嗎？有七顆星星，連成了一根大勺子。從大勺子頂端的那顆星星，延伸出去看，能看到一顆比其他星星更大、更亮的，那就是北極星。」
穆良錚瞇著眼睛，順著榮華手指的方向，在璀璨星河中，找到了那顆北極星。

「北極星就像是我們每個人的指引星一樣，因為它無論何時何地，都會為我們指引方向，我曾經一度迷茫過，但是我每次抬頭看到北極星掛在天幕上，我就覺得它是為我閃爍一樣，所以我很喜歡北極星，因為在我曾經無數個覺得難熬的夜裡，它給了我很多力量。」

榮華說得輕輕鬆鬆，穆良錚扭頭看她，榮華朝著他笑了下，他看到榮華的眸光，說起曾經的傷痛時，都比漫天星河還要溫柔。

穆良錚心口突兀地疼了一下，榮華笑得越溫柔乖巧，他就越心疼。

大煜的朝廷是什麼樣子，他最清楚；筠州城的官員什麼德行，他也了解。

榮華方才巧笑倩兮地說起桃源村目前的變化，能做到這一切，很不容易吧！

在她無數個難熬的日子裡，他都不在。

穆良錚皺起眉，忽然不想再和朝廷玩貓捉老鼠的遊戲，想盡快回到她身邊。

最起碼回去後沒人敢再欺負榮華了。

「將軍，你找到了嗎？」榮華嗓音甜軟。

穆良錚回過神來，發現她一雙眼睛格外好看，如清泉般靈動，睫毛眨啊眨，好看極了。

他微點頭，嗓音沙啞。「找到了。」

「好棒。」榮華兩隻手捧在一起，感覺十分開心，臉上一直掛著笑。

穆良錚看著她的笑，只覺得自己的心情也和她一樣好。

夜已深了，哪怕心裡再不捨，穆良錚還是說：「回吧，妳該睡了。」

榮華點頭應了聲。

穆良錚朝遠處招了招手，方才的左衛和右衛過來了。

右衛手裡拿著一疊銀票，看到榮華後，便恭敬地遞了過來。「這是藺公子賠給夫……啊不是，賠給姑娘的銀票。」

穆良錚冷眼瞧著說錯話的右衛。

右衛瑟瑟發抖，笑容比哭還難看。

榮華疑惑地回頭，穆良錚正溫和地看著她，那個右衛為什麼露出這麼害怕的表情？

瑟瑟發抖的右衛：主子變臉變得挺突然的！

一旁看戲的左衛：自家主子真是戲精！

榮華不知這個銀票該不該拿，但穆良錚示意她收下。

「袁藺如最不缺的就是錢，無須替他心疼。」

得，那她就收下了。

將銀票揣進懷裡後，榮華朝穆良錚揮手。「將軍，那我走了。」

「嗯，讓左衛送妳回去。」

榮華一驚。「不是有穿雲嗎？」

「穿雲保護妳不周，我有話對她說。」

聽得這話，榮華一下子急了，聲音有些慌。「今日之事是我不小心，穿雲平日裡與我形影不離，她很細心。你可不可以不要訓誡她？」

穆良錚生怕榮華急哭了，他神色溫和，走近一步細聲安慰。「放心，我很溫柔的，從不罵人。」

聽到他說從不罵人的左衛和右衛，在心裡默默地抖了一下。

是的，將軍你從不罵人，但你還不如罵人呢！

榮華這才放下心來，轉身欲走，又想起什麼了，問道：「將軍，你明天還在四海城嗎？」

「我今夜就走，不在四海城過夜。」

「喔。」榮華垂下頭，心情有些失落，聲音也悶悶的。「那你這次回村嗎？」

「不回。」

沙啞的聲音，聽上去沒什麼情緒。

他的聲音本來就如此，但此時聽來，還挺讓人傷心的。

榮華在心底嘆了口氣，抬頭時臉上又是笑呵呵的，說：「大丈夫志在四方，將軍為國為民、四海為家真是辛苦了，但是希望將軍不論身在何方，所做何事，都要注意自身安全。還有，如果想家了，就抬頭看看。」

榮華指著頭頂的北極星，笑容溫柔。

「將軍如果思念家鄉，就抬頭看看北極星，那是家的方向，它永遠在。」

穆良錚站在那裡，認真地點頭。「好，我記住了。」

榮華忍不住碎碎唸道：「一定要注意安全啊！」

聽著她擔心的唸叨，穆良錚心底柔軟，聲音裡都染上了笑意。「我知曉了，我記性很好，妳交代的事情，我都不會忘，不似妳總是忘記。」

榮華聽到這話又停下了腳步，很是疑惑。「我哪裡記性不好？」

「我記得自己當日說過，讓妳以後叫我穆哥哥。」

「噗！」

聽著自家戰神主子深情款款地說出「穆哥哥」三字，一旁的左衛、右衛直接笑了出來。

哪怕在穆良錚想殺人般的目光中，他們也沒能好好控制住臉上的表情，渾身上下雞皮疙瘩掉了一地。

他們沒想到自家主子在面對小姑娘的時候是這樣子。

還讓人家叫他穆哥哥！

在軍營裡，大家可都叫他鐵面閻羅、索命將軍。

穆戰神的稱呼，可是能止小兒啼哭的。

可是現在，他看見小姑娘，讓小姑娘叫穆哥哥！

越想越受不了，好想笑啊，怎麼辦？

可是旁邊將軍的目光像是要吃人，左衛和右衛覺得心裡很苦。

穆哥哥這個稱呼，本來很正常，但是此時被那兩個人這麼一鬧，榮華也覺得這個稱呼是不是哪裡不對了，像是喊情郎一樣，當下害羞地跺腳。

「將軍你！」看著穆良錚有些無辜的眼神，她輕輕擺手。「算了，我走啦，將軍注意安全！」

說罷，她飛快地跑走了。

沒聽到穆哥哥的大將軍，心情很不好。他看著那抹嬌小玲瓏的身影跑到不遠處停下，才轉頭瞪向那兩個人，眼神很是不悅。

左衛瑟瑟發抖。「將軍，我去送榮姑娘了。」

「不必了，沒看到她在等穿雲嗎？」

穆良錚深吸一口氣，聲音冷淡。「穿雲呢？讓她過來。」

榮華就站在不遠處，靜靜地等穿雲。她看到穿雲走到穆良錚身邊，雙方場面很是淡定，但是突然間穿雲跪下了。

榮華扯著自己的衣袖，強忍著沒有過去求情。

穆良錚看著跪地的穿雲，知道了她的選擇，語氣冷淡。「我給了妳選擇的機會，妳選擇留下來，而不是回到軍營，我信任我的將士，所以我給妳這次機會，讓妳留下，但是我希望今天發生的事，是最後一次。穿雲，不要辜負我的信任。」

穿雲鄭重發誓。

穆良錚看著遠處翹首以盼的小姑娘，臉上有了絲笑意。「去吧，她都等急了。」

榮華一直看著那邊的情況，過沒多久，看到穿雲走過來了，她立馬迎上去。

穆良錚沒和她說多久的話。

榮華立馬拉住穿雲的手，問道：「穿雲，將軍沒有罵妳吧？」

穿雲搖頭。「沒有。」

但是榮華看她眼睛紅紅的，像是哭過，不免有些難過，穿雲跟了她這麼久，什麼時候流過淚？

「妳怎麼哭了？妳和我說實話，是不是他罵妳了？」

「沒有，將軍沒有罵我，他只是問我，如果我覺得自己保護不了妳，就告訴他，他找人來替換我。」

穿雲說著，眼睛就又紅了，眼淚在眼眶裡打轉。

「我寧可將軍罵我一頓，可能我還沒有這麼難過。可他沒有罵我，就是很認真地告訴我，他考慮換人來妳身邊保護妳，我真的一下子沒忍住，特別難過。

「我當時就跪下來求他，保證自己一定可以保護妳，請他再給我一次機會。華兒，對不起，這次的事是我的錯，我不應該離妳那麼遠，就算我當時過不去，我也應該另想辦法，今天如果不是將軍剛好在這裡，妳要是出了什麼事，我真的會後悔死。

「我家中所有親人都在戰亂中死去，除了我丈夫外，再也沒有其他親人了，所以我不捨得離開妳，離開你們。」

榮華伸手抱住她，安慰道：「不要怕，沒事的，我就是妳的家人，我的家人也是妳的家人，我們不會分開的。」

榮華安慰了穿雲好一會兒，不由得感嘆，穆良錚這樣子還挺狠的。

他沒罵人，也沒懲罰人，就足以讓穿雲哭得撕心裂肺。

穿雲擦乾眼淚，看著榮華。「華兒放心，我剛剛已經向將軍保證了，我絕對不會再讓這樣的事情發生。」

「嗯嗯，我以後也會乖乖的，不亂跑了，不會離開妳的視線範圍。」

「榮姑娘，穿雲，將軍讓我來送妳們回去。」

是左衛的聲音。

榮華放開穿雲，看著左衛輕輕點頭。

穿雲有些不放心，朝左衛問道：「將軍真的不會找人代替我嗎？」

「不會，最起碼這次不會。這次就算將軍沒來救榮姑娘，榮姑娘也不會出事，因為那個叫林峰的人和商會的人，其實都跟過來了。如果今天只有將軍一人來救榮姑娘，可能他真的會很生氣，因為他會擔心下次他不在，榮姑娘會遇到怎樣的事情。無論如何，穿雲，將軍給了妳一次機會，妳要好好珍惜。

「而且將軍那麼說，也沒有否定妳能力的意思，妳知道將軍的性子，他清楚地知道每個人適合做什麼，他剛剛那樣問，只是覺得妳在戰場上比在這裡表現的能力更優秀，妳不要誤會將軍。」

穿雲點頭。「我知道了。」

榮華看著站在不遠處的穆良錚，心底突然明白，他大概是看到剛剛穿雲和她相擁像是抱頭痛哭的樣子，所以才讓左衛來解釋清楚吧。

是一個很溫柔的人啊！

榮華看著穆良錚的身影，覺得他看上去有些孤獨。

榮華對穿雲說：「等我一下。」

秋季的夜風吹起她的裙襬和髮梢，她臉上帶著笑，在暖黃燈光下，朝著穆良錚跑過去。

這個畫面太美了，穆良錚覺得自己此生難忘。

榮華跑到穆良錚面前停住腳步，微微有點喘，鼻尖上有一層細細的汗，臉頰紅彤彤，眼睛裡像是有星光一樣相當好看。

穆良錚扶了她一下。「怎麼又回來了？」

「因為我想起來，我忘了一件重要的事情！」

榮華伸手握住穆良錚扶著自己的胳膊，踮起腳尖湊近他耳邊。她還是有些喘，所以氣息一股腦兒噴到穆良錚的耳邊。

穆良錚感覺到自己寒毛一下子立了起來。

他聽到榮華甜甜的聲音。「穆哥哥，我等你回家。」

穆良錚沒忍住笑，聲音柔軟且溫和。「好，我會盡快回去，不會讓妳久等的。」

「嗯，穆哥哥，這次我是真的走啦，下次再見。」

「快回吧，很晚了。」

榮華依依不捨地離開了。

今天晚上對她來說，真的是很值得銘記的一天，因為見到穆良錚，她真的很開心。

稍晚，榮華回到客棧後，見到林峰和八娘。

八娘拉住榮華上下打量了一圈，確定她沒受傷後才放下心來。「嚇死我了，我生怕妳遇到了危險，幸好沒出事。」

林峰倒了一杯熱茶過來，遞給榮華。

榮華捧著茶喝了兩口。

八娘扶著她坐下，語氣裡還是有些自責。「是我拉妳來四海城玩的，如果妳出了什麼事，那我真的要自責死了。」

「八娘姊姊，我這不是沒事嘛！真是不好意思，讓你們擔心了。」

林峰也跟在榮華後面安慰了八娘幾句。

八娘坐下後，對榮華問：「妹妹餓不餓？我去找人給妳弄點吃的？」

榮華揉了揉肚子，經過這一晚上的折騰，她還真的有點餓了，遂點頭。

林峰吩咐人下去安排之後，才道：「我在樓上一直關注著妳們，我看到榮華妹子一個人離開後，就吩咐人跟上去了，沒想到真的有人膽子這麼大，敢在四海城動手傷人。」

他們幾人說了一會兒話，吃的東西就送上來了。

榮華拉著穿雲坐下，四個人都吃了一些，才回房睡下。

第二十六章　戒指

隔天一早，榮華在城裡逛了一圈，買了一些有趣的小玩意兒。因為昨日是乞巧節，她打算買些禮物給父母。

後來榮華想起來，昨天右衛去找袁藺如要了一筆賠償，右衛把這筆錢給了她，她拿出來把錢一數，竟足足有五千兩！

這差不多快要她兩個月的純利潤了。

雖然知道袁藺如是給將軍面子，但誰能想到，他給了五千兩呢！

榮華拿著袁朝的錢票，覺得放在身上不太安全，遂打算存進錢莊。

四海城的錢莊都是袁藺如的，榮華把五千兩和昨天的彩頭一千兩都存了進去。錢存好之後，時間也不早了，正準備離開。

忽地，林峰來告訴她，藺公子想見她。

榮華並不想見袁藺如。

因為袁藺如這人難以捉摸，再加上昨日將軍又現身在此，她自認不是袁藺如的對手，唯恐惹上什麼麻煩，所以果斷拒絕。

林峰並未說什麼，只點了點頭。

吃過午飯，榮華一行人離開四海城。

到了傍晚，榮華和穿雲一起回到桃源村。

榮華回到家，將買來當作贈禮的詩集和首飾分別送給爹娘，這時才瞧見楚行之拖著疲憊的身體從外頭回來。

楚行之無精打采地垂頭走進來，一邊揉胳膊，一邊揉手腕，像是被人揍了一般。

榮華迎上去，抬起楚行之的臉，看他臉上無明顯的傷痕，才問道：「小孩，怎麼了，可是誰欺負你了？」

「姊姊，妳回來了？」

原本沒有精神的楚行之，一看到榮華，眼睛瞬間就亮了起來。他拉著榮華的胳膊，晃著道：「姊姊今天晚上才回來，知不知道乾爹和乾娘很擔心妳啊？他們昨晚到深夜才入睡！」

榮華有些自責。「我真的讓爹娘這麼擔心？」

「嘿嘿，其實也沒有非常擔心。昨天乞巧節，乾爹和乾娘晚上看星星、看月亮，談論詩詞歌賦，也不算純粹是擔心妳。」

楚行之說完，榮華就作勢要打他。「好啊，小孩，敢來捉弄姊姊了！」

「姊姊別、別，我胳膊疼！」

楚行之齜牙咧嘴，舉著胳膊，一副疼得受不了的樣子。

榮華很心疼，忙問他是怎麼回事。

楚行之一改平日撒嬌的模樣，正經地開口道：「姊姊，是這樣的，我在姊姊家住了一陣子，我現在覺得如此白吃白住也不太好，所以今天出去找了份事做，今天做了一天，可累壞我了，手腕也瘦、肩膀也瘦。」

「你傻了，在姊姊家住著還客氣什麼，姊姊能賺錢啊，再來十個你也能養得起，你專心課業才是真的。」

榮華心疼地替他揉肩膀，繼續說：「你這金尊玉貴的小身板，能去做什麼啊？別去了，想要錢，姊姊給你呀！」

「我不要姊姊的！而且我也不傻，我沒去做苦力，我是去縣裡賣字畫了。我字寫得好、畫也不錯，生意很好呢！今天賺到了五兩銀子。」

楚行之得意地把一錠銀子拿出來給榮華看，榮華瞧著他的樣子，笑了一下。

雖然大煜崇尚文人，但也沒有說文人就這麼好賺錢。

榮華伸手捏了捏他的臉，笑道：「買你字畫的人，都是閨閣小姐比較多吧？」

「才不是！」楚行之紅了臉，將銀子在懷裡揣好。「明明也有男子。」

榮華心思一轉，忽然想到昨天和楚行之爭辯。

難道這孩子是擔心被送回楚國，所以才開始想要賺錢？

榮華不由得有點心疼，向楚行之鄭重保證。「小孩，姊姊答應你，我不去楚國了。」

「真的嗎？」

楚行之相當興奮，期待地瞧著榮華，生怕她在逗自己。

「真的，放心吧！」

反正她已有楚國商人的人脈，無須再去楚國。

楚行之興奮地蹦跳起來，但是扯到肩膀又喊疼了一聲。

榮華扶著他的肩，又摸了摸他蓬鬆如小銀狐似的頭頂，溫柔道：「小孩都知道賺錢了，孺子可教也。去，讓乾娘替你揉揉肩膀，我去做好吃的犒勞你。」

楚行之開心地點頭。「好！我要吃姊姊做的糖醋小排和東坡肉！姊姊的手藝，可比我家廚子都做得好！」

「好，快去吧！」

榮華心情不錯，自己去灶房下廚。

此時，榮耀祖手裡捧著榮華買回來的詩集，在樹下看得津津有味。

四海城是商人的城池，裡面能抓到商機的人太多了。就說這詩集吧，因為昨晚的詩詞盛會很是精采，有商人連夜找人寫了數百份，今天上午榮華起床後，外頭街道上便有人叫賣了。

榮華替榮耀祖買來好幾本詩集，除了昨晚上的詩詞盛會，還有袁朝的本土詩集。袁朝的詩詞文化盛行，詩集自然不俗，榮耀祖看得入迷，吃飯的時候都不願意放下，被王氏唸了兩句，才肯好好吃飯。

榮耀祖看書入迷，有其父必有其子，他做了很好的示範。小孩子都會模仿大人，所以榮嘉和榮欣也是愛學習的孩子。對於這一點，榮華還是感到很欣慰。

日子照樣過，農作物開始一批一批熟成，大家忙著大豐收，很是熱鬧。所有收成的農作物，除了各家各戶留夠自己吃的，榮華都按照約定全部買了下來。大家有了自己的餘糧和榮華收購農作物給的錢，一時間就像是翻身農奴把歌唱一樣，開心得不得了，整個桃源村一派喜氣洋洋。

榮華透過林峰聯繫到那個楚國商人，賣掉了一批農作物。由於農作物的熟成時間不統一，榮華算了算，自己還能賣兩次，打算農作物全部賣完之後，再統計收入盈利。

榮華忙碌的時候，榮絨和李文人也不得閒。

榮絨送完一批貨給林峰後，就來找榮華。

「華兒，妳上次讓我偷偷夾在貨物裡送林峰大哥的兩百個擺件，我送去了，他讓我謝謝妳，並且希望妳以後無須這麼客氣。八娘還給妳帶了禮物，這個給妳。」榮絨遞給榮華一個大木盒，沒有多停留的意思。

「現在農作物秤重、統計、算帳、記帳都是李哥在弄，他忙得很。我不跟妳多說了，去前面幫忙了。」

榮華看她急匆匆離去的背影，搖頭笑了下。

打開木盒一看，裡面是一尊漂亮的玉雕，看上去還挺別致，她就抱回堂屋擺上。

時間轉眼來到八月分，馬上就到中秋節了。

榮華尋思自己種的甘蔗已經成熟了，就去地裡挖了一根來吃，結果剛嚐一口就吐了出來。

這甘蔗一股尿騷味，一點都不甜。

榮華看著一大片甘蔗園很是無奈，接連嚐了幾根都是這樣，這畝甘蔗算是廢了。

她也想不明白是怎麼回事，明明已經非常精心養護了，結果種出來還是這個死樣子。

種甘蔗的方法宣告失敗。

她看著自己的甘蔗地有些頭疼，打算砍了、曬乾，留著當柴火。

村裡的孩子們聽說甘蔗能吃，徵詢過榮華的意見後拔了一根來吃，明明味道很差，他們卻像是吃到什麼美味的零食一樣，吃得津津有味。

榮華覺得不好吃是按照自己的標準，但對這些剛剛在饑荒中活下來的孩子們來說，這甘蔗的味道好極了。

她對於自己想把甘蔗當柴燒的想法感到羞愧。

這甘蔗是沒法做蔗糖了，榮華索性把這一畝地的甘蔗都送給村人，大家想吃的就來拿，不過兩天而已，一畝甘蔗就光得差不多了。

對桃源村的人們來說，這是他們第一次吃甘蔗，因為甘蔗也是袁朝特產，所以他們吃得十分開心。

就連榮華的弟弟、妹妹和爹娘，都覺得甘蔗的味道不錯。他們以為甘蔗的味道就是這樣，吃得很是開心。

只有楚行之，吃了一口便放下，臉上十分嫌棄。

一想到家人從來沒吃過甘甜的甘蔗，榮華心裡就難過，當下找林峰買了一捆甘蔗過來。袁朝種的甘蔗，榮華吃著只覺得甘甜爽口，多汁且甜美。她拿去給家裡人品嚐，大家嚐過之後，都有些愣住了。

榮耀祖最先表達自己的疑惑。「華兒，為何同樣是甘蔗，咱們這裡種的與袁朝的差別如此大？」

這個問題榮華也想過，道：「可能是水土的問題吧！一方水土養一方人，對於植物來說也是同理。咱們這裡種甘蔗就不行，看來只有袁朝的水土才可以。」

楚行之坐在一旁吃甘蔗啃得嘎嘣脆，此時聽到榮華這麼說，出言提醒。「不會，澤國的甘蔗更好吃，比袁朝的還甜。」

榮華點頭。「有機會那倒是要嚐嚐。」

澤國在大煜南邊，是臨海的國家，氣候溫暖，水產豐富。榮華喜歡吃海鮮，所以一直心神嚮往。

從袁朝買的甘蔗甜，家裡兩個小的特別愛吃，吃東西沒有節制，結果把牙啃痛了又對著她哭，榮華真的是哭笑不得。

榮華打算拿這捆甘蔗來做蔗糖，因此家裡人一人分了兩根，其餘的全收了起來。

榮嘉和榮欣看著自己僅剩的兩根寶貝甘蔗，不敢肆無忌憚地吃了，逗得榮華哈哈大笑。

做蔗糖的方法很簡單，傳統古法就是將甘蔗榨汁，濃縮冷卻結晶就成。

但是榮華想做的是水果風味的硬糖，這其中就牽扯出各種配方了。

榮華知道配方比例，但是怕這裡工具稀少，自己做不出來。

不過，不管做不做得出來，她都要試試，就先從紅糖下手。

甘蔗榨汁後用布過濾出渣子，倒入小鍋裡大火熬煮至沸騰後，轉中火繼續熬煮。中間要不停濾去浮沫，至水蒸氣蒸發後，液體越來越濃稠，顏色變深，轉小火繼續熬煮。

這時候要用勺子不停攪拌，避免糊底，過程中可關火再開火，不停地熬煮，直至汁液不停泛起泡沫，看不見液體為止。關火後，立刻倒入碗裡，晾涼後取用即可。

第一天熬出紅糖後，榮華喊來家裡三個小孩。

榮欣、榮嘉、楚行之三個人排排站，榮華給他們一人捏了一塊紅糖。

「張嘴，來嚐嚐味道怎麼樣？」

「唔，姊姊這個好甜。」

榮欣咯咯笑起來。「好甜，我喜歡吃。」

榮嘉也說好吃。

她又給三個人倒了一碗水，在水裡把糖化開弄了一碗糖水，榮嘉和榮欣還是說好喝。

榮華無奈地摸摸他們腦袋，又看向楚行之。

楚行之細細品味一番後，誠實地道：「味道不錯，和市面上的紅糖、白糖都差不多。」

榮華點頭，確實如此。

楚行之的家世非富即貴，在楚國自然什麼都吃過。

大煜現在市面上並沒有蔗糖，即使袁朝有，那也是屬於貴族們享用的。袁朝現在市面上的紅糖、白糖也算是名貴的東西，普通人家吃得到，但也做不到天天吃。

榮華做蔗糖，銷路依舊放在袁朝。因為袁朝經濟強大，更喜歡美味的東西。

她一開始就沒打算做白糖、紅糖的生意，因為這兩種袁朝都有，製作工藝也都差不多，她做不出什麼花樣來，打入不了袁朝的既有市場。

而且大煜沒有甘蔗，從袁朝進甘蔗也是一筆開銷，既然要做，自然就要做市面上沒有的水果硬糖。

水果硬糖可以當點心、可以送人，小小一顆剛好一口的量，一定會很受貴族們歡迎。

榮華試做了一遍，雖然失敗了，但她不氣餒，一遍又一遍地嘗試。

熬糖是個細膩的功夫，八月天氣還熱著呢！

榮華待在灶房裡一待就是一天，往往清爽地進去，渾身汗津津地出來。

紅糖和白砂糖都好熬，唯一難弄的是水果硬糖，要特別注意糖漿的比例，也不易成形凝固，但她不認輸，埋頭各種嘗試，一定要做出硬糖來不可。

榮華就這麼一連做了十幾天，本來還很愛吃糖的榮嘉和榮欣，都嚐到不想再吃了。榮華又喊其他孩子們來品嚐，然而不斷嘗試，不斷失敗。

在八月十四這一天深夜，她終於成功了一次！

嗚嗚嗚……天可憐見，看著在月光下晶瑩剔透的各色小圓糖，榮華都快感動哭了。

為了做這玩意兒，可真是太不容易了。

做出水果硬糖後，榮華把配方、比例都記下，心滿意足地去睡覺了。

這一覺，她睡得格外香甜，不像前幾天，睡覺作夢的時候，都夢到自己在熬糖，而且還熬失敗了。

不是濃了就是淡了，不是稀了就是稠了，不是糊了就是乾了……

榮華覺得自己都變成了一塊水果硬糖！

一覺睡到上午，榮華起床後，發現家裡氣氛好像不太對勁。

其實她早就覺得怪怪的，這些天忙著做糖，她雖然察覺到了，但也沒空理會。

此時看著家中諸人，榮華總覺得他們背著自己商量了什麼事。

瞧著楚行之在家，她疑惑道：「小孩，你這麼多天不是每天都風雨無阻地去縣裡賣字畫嗎？今天怎麼沒去？」

楚行之朝她笑，露出一口白牙。「今天中秋節，乾娘讓我在家過節。」
「哦，也是。」榮華看他的臉都曬黑了，就一口牙還白著，不由得搖頭。「小正太變小煤球了，不過還是很可愛就是了。」
本來以為這小孩想賺錢只是說說而已，他還真的堅持了許多天，榮華倒是沒想到。之前看他的樣子，不像是能吃苦的孩子，畢竟他剛到榮家的時候，連洗腳都不會，等著別人來伺候他呢！
當然現在各項生活技能，楚行之已經都掌握了。
看他現在變化這麼大，榮華真的好驚訝。
想著今天是中秋節，榮華先是去灶房看了看尚在模具裡的糖，然後把模具放到陰涼的地方晾著，等著它自然凝固。
吃過早飯，榮華準備蒸點包子。
她之前有種些紅豆，於是煮了一大鍋紅豆，壓成豆沙，放入紅糖，攪拌均勻後，紅豆香甜的味道飄出去好遠。
她用勺子挖了一口嚐嚐，豆沙軟糯香甜，甚是好吃，她又吃了好幾勺子。
三個小孩循著香味過來，榮華餵了他們幾口，三小孩吃得一臉滿足，又出去玩了。
豆沙包、青菜包、純肉包三種，榮華各蒸了二十個。
別看包子蒸得多，家裡有四個大人、三個小孩，所以吃得也多，有時候還留榮絨在家吃飯，幾天就吃完了。

午飯就是包子，紅豆包很香甜，小孩最愛吃；大肉包用的都是好肉，一口咬下去還有肉汁溢出來，讓人吃得滿嘴都是油；青菜包味道也不錯，但是沒有紅豆包和大肉包那麼吃香。

榮華看著一家人坐在院子裡啃包子的景象，覺得真是和和美美，當初剛來的時候吃不飽、穿不暖的狀態，似乎已經是很久之前的事情了。

吃過午飯，榮華準備再做一點月餅，被王氏趕出灶房。

「華兒，妳上午做了那麼多包子，都不知道累嗎？月餅讓我來做，娘也會做啊！妳出去玩，別把自己弄得太累了，都不像個小孩子，天天做家務也太勤快了。」

王氏喊來穿雲。

「穿雲啊，妳和華兒出去玩，華兒不是想學騎馬嗎？妳們去騎馬吧！」

「娘，我……」

榮華還想說什麼，被穿雲拖走了。

今天是個大晴天，現在剛下午還熱著。

榮華可不想大太陽去學騎馬，她戴著草帽對穿雲道：「我們在村裡蹓躂吧！」

穿雲自然說好。

她在村裡走了一圈，每個村民見到她都會打招呼，看她的眼神充滿了尊敬。

是榮華讓差點被餓死的他們，現在能夠有吃的、有喝的，榮華簡直就是他們的再生父母！

每個人都對榮華充滿了感恩。

其實榮華自己反而不這麼想，她確實幫了大家一把，但最終幫了他們自己的，還是他們的勤勞和努力。

榮華走到穀場時，穀場有不少乘涼的人，她也往大樹根下一坐，靠著大樹坐了一會兒，就睡著了。

一覺睡醒，已是半下午，熱浪漸漸褪去。

這個時候學騎馬才好，比較舒服，沒那麼熱了。

穿雲帶她出村，手把手地教她騎馬。

一直學到傍晚，天幕被璀璨晚霞染透，榮華依舊意猶未盡。

她躺在草地上，叼著一根狗尾巴草，看著頭頂的晚霞，感受到自由自在的氣息。

金黃色、深粉色、深紫色等五顏六色的晚霞，在天幕組成一幅溫柔的畫卷，將整個大地都染得溫柔迷人。

身邊的馬兒忽然嘶鳴起來，榮華正感到有些奇怪，就聽到似乎有馬蹄聲靠近。

她坐起身，瞧見被西沈的夕陽染紅的天幕下，有人策馬奔來。

那個人的身影，榮華格外熟悉。

天啊！為什麼將軍總會在她意想不到的時候出現？

榮華簡直不敢置信。

看著那個人策馬而來，坐在馬上的人影越發清晰，榮華臉上流露出開心的神色。

她朝穆良錚揮手。「穆哥哥，你回來啦？」

穆良錚打馬而來，在榮華面前停下，翻身下馬，表情有些訝異。「華兒，妳怎麼在這裡？」

「我在這裡學騎馬，沒想到看到將軍你了！」榮華眼角眉梢都是笑意。「穆哥哥，你怎麼回來了？是回來過中秋節嗎？」

穆良錚搖了搖頭，又點了下頭。

他先把穿雲支開到遠一點的地方，復看向榮華，聲音沙啞。「在這裡遇到妳正好，不用我派人去找妳了，這個給妳。」

他從懷裡拿出一個錦盒，錦盒做工很精良，一看就知道裡面裝的東西不是凡品。

榮華接過錦盒，表情有些疑惑。「穆哥哥，這是什麼？」

「上次乞巧節，我沒送禮物給妳，當時就想著等妳生辰的時候，送妳一個好的，所以今日特地為妳送來。華兒，這是送妳的生辰賀禮，妳過了今天就十四歲了，已然是一個大姑娘了。」

「什、什麼？」

榮華驚訝地退後了兩步，她忘了今天是自己的生辰。低頭細細回想，過去的歲月裡，家裡太窮，她又是家中長女，懂事乖巧，所以從未慶祝過生日。

她沒想到穆良錚會記得她的生辰，並且特意趕回來送上禮物。

榮華心底有些感動，抿了抿唇，將淚意忍住，後又聳了聳肩，深吸了一口氣道：「穆哥哥，謝謝你。」

看著榮華，他的眼神就不由得溫和了下來。

穆良錚搖了搖頭。「打開看看，喜不喜歡？」

榮華打開錦盒，看到盒內的一抹翠綠，那是她看到就會怦然心動的顏色。

她發自內心地露出了笑，眉眼溫柔，聲音柔軟。「我好喜歡。」

榮華拿出靜靜躺在錦盒內的翡翠玉鐲。玉鐲溫潤，顏色極正，翠得純正不邪，翠綠動人的玉鐲像是一汪純淨的水，沒有任何灰色的感覺。

顏色正便罷了，又翠得極為均勻柔和，與翡翠的質地、透明度相協調。

榮華舉著玉鐲在太陽底下細細觀看，翡翠的水頭極好，玉體透明清澈，毫無雜質，這是極其名貴的祖母綠翡翠所做的玉鐲，沒有任何瑕疵，堪稱完美，令人越看越喜歡。

榮華上一世就很喜歡翡翠和玉，但是她那時候才剛畢業，也要先還助學貸款等等。她給自己訂的人生目標，就是三十歲前買一個水汪汪、綠幽幽的翡翠鐲子，孰料竟遇上了空難事故。

前世她查了很多關於翡翠的資料，而現在這個鐲子，比她看過的所有翡翠都要好上百倍不止。

這個人怎地這麼會送禮物，送得那麼好，剛好送了她喜歡的翡翠呢！

這顏色完美、水頭完美、純淨度完美的翡翠，見都沒見過，她好喜歡啊！

「妳喜歡就好。」

穆良錚不知道小姑娘都喜歡什麼，那日見榮華喜歡玉釵，想著她應該不喜歡金銀之物，喜歡翡翠玉石，便託人買了翡翠玉鐲。

楚國出產翡翠玉石，這麼好的翡翠，只有當地才買得到。

現在看到榮華喜歡，他便放心了。

榮華將鐲子捧在手心，朝穆良錚道：「穆哥哥，我喜歡是喜歡，但你送我這翡翠也太名貴了……」

穆良錚打斷了她接下來的話。「妳送我的魚鴦珮也很名貴，妳忘了嗎？更何況名不名貴，不是用金錢衡量的，這鐲子在我看來，不過是塊好看的石頭，它能讓妳開心，才是它最大的價值。」

榮華臉一紅，不由低下頭。

這麼會說話，他究竟是跟誰學的？

軍營裡那些大老爺們能教將軍說這個嗎？

由於榮華垂著頭，穆良錚看過去，只能看到她頭頂柔順的髮包。此時，她頭髮有點亂，上面還有幾根雜草，他伸手幫她把雜草拿掉。

穆良錚十分小心翼翼，生怕和上次一樣，不小心勾住她的髮絲又弄疼了她。

撿掉雜草後，他順手在她髮包上一敲。「想什麼呢？」

榮華怎麼敢告訴他，自己在想將軍這情話跟誰學的。

「沒、沒什麼！」榮華有些慌亂。

穆良錚以為她還不願收下鐲子，遂拿過鐲子，牽起榮華的右手，為她小心戴上。

榮華手腕纖細白皙，戴上翠綠的鐲子後，更顯得手腕白皙。

他誠實地稱讚道：「很好看。」

榮華小心翼翼地舉起手臂，暗自心花怒放。

何止是好看，簡直好看死了！

可惜她手腕有點細，要再養點肉戴著才合適。不過這樣也好，哪怕她之後長身子了，鐲子的尺寸會更適中。

榮華扶住鐲子，有些苦惱。「看來不能現在戴。」

現在每天要忙於生計，她也沒法戴，這麼好的翡翠，要是磕了、碰了，恐怕她會心疼死了。

穆良錚道：「我想到妳現在戴不住鐲子，所以命工匠製作一枚翡翠戒指，妳看看，喜不喜歡？」

他遞了一枚戒指過來。
榮華真的驚呆了。
這個大男人為什麼這麼細心，什麼都想到了啊！
穆良錚遞來的戒指，是用真銀打造的戒圈，戒面上包裹著一塊鮮翠欲滴的翡翠，這翡翠極嫩，嫩裡透著一點黃，像是荳蔻年華的少女般，嬌豔欲滴。
「我和工匠說要送給一個小姑娘，他選了這種透著黃的翡翠，說是俏皮可愛。」
穆良錚怕榮華拒絕，便直接拉過她的手，就要幫她戴上。
榮華立馬縮回手。「這就不用了吧，我自己來就好！」
穆良錚以為她又要推辭，遂看著她，聲音清淡。「別鬧。」
就這兩個字，榮華沒敢再掙扎了。
啊啊啊——她完了！
榮華哪怕活了兩輩子，這也是第一次有男人為她戴上戒指！
她抬頭看到的是在天幕上肆意舒展的晚霞，低頭看到的是穆良錚認真的臉，往後看到的是連綿起伏的屋舍被染上霞光，炊煙裊裊升起。
無論往哪個方向看，她都覺得這情景真美好啊！
無論看向哪裡，她都覺得好心動啊！
榮華根本無法控制瘋狂跳動的心臟，就像她無數個晚上無法控制地夢到穆良錚。

究竟是從什麼時候開始的呢？

大概是在那場遮天蔽日的大雪中，他如天兵神降般出現，將她抱在馬上。

那情景太浪漫了，所以她無法忘懷，經常在夜晚夢到同樣的畫面。

或許是他在雪中策馬離開的背影太孤單了，所以她忍不住難過，替他擔心。

明明見過的次數不算多，可每一次都那樣充滿了戲劇性。

每次她遇到危險，他竟然都在，還有比這更神奇的緣分嗎？

榮華左顧右盼的視線終於穩定下來，看著眼前的穆良錚。

穆良錚微微低頭，表情十分認真，他眉眼堅毅，臉上有著被風沙肆虐的痕跡，但這都無法掩蓋這位年輕將軍的俊偉。

他是那麼的神勇不凡，那樣的意氣風發，可此時又是那麼小心翼翼，似乎生怕弄疼了她。

穆良錚拉著她的手，小心地將戒指戴到榮華的右手中指上，大小正合適。

榮華看著他替她將戒指戴上的那一刻，感覺自己的心臟有一秒停止跳動。

心臟有些發麻，下一秒甜蜜的感覺從內心深處蔓延開來，纏纏繞繞啊，包裹住了整個心房，又往四肢百骸蔓延。

此時此刻，連秋日燥熱的餘溫都溫柔了起來。

她覺得好幸福啊！

那種被巨大幸福感包裹住的感覺，原來是這樣子。
榮華有些想哭，一時間竟不知道自己的情緒究竟是怎麼了。
被求婚的女人在那一刻，都是這樣的感覺嗎？感覺自己好像是全世界最幸福的女人。
呸，妳又沒被求婚，內心戲太多了！
榮華在心裡狠狠地啐了自己一口。
但是沒辦法，這場面太浪漫了，她忍不住想多了。
穆良錚倒是不知道榮華腦補了一齣大戲。他只是看著榮華的手，甚是滿意，覺得自己挑的禮物還不錯，適合她的手。
她的手指纖長又細嫩，翡翠戒指戴在她手上，又顯白又合適。
手鐲還沒取下來，和戒指倒是相得益彰，很是好看。
穆良錚鬆開手，滿意地點頭。「不錯，很合適。」
「穆哥哥，謝謝你！」榮華真誠地道謝。
不遠處隱約傳來呼喊聲，榮華回頭看去，好像是楚行之騎著馬跑出來喚她回家吃飯了。
穆良錚握緊馬轠，聲音沙啞。「好了，回去吧！」
榮華再次朝他道謝，摸著自己手上的戒指，看著穆良錚道：「將軍，你不回家嗎？」
「我等入夜了再回去一趟。」
榮華忽然想起什麼，擔心道：「將軍，之前有朝廷的人來村裡尋你，你現在回來，會不會有危險？」

穆良錚看到這小丫頭如此擔心自己，心底有些開心，面上卻不動聲色，但是為了防止榮華胡思亂想，還是細心解釋道：「不必擔心，朝廷現在以為我死了，不再對我心存戒備。我心裡有數，早就安排妥當。」

「那就好。」

眼看著楚行之的身影漸漸走近，為了避免對將軍造成不必要的麻煩，榮華必須離開，沒有理由繼續逗留下去。

她對穆良錚招手道：「將軍，我走了。」

穆良錚頷首。

穿雲和榮華會合後，兩人翻身上馬。

榮華坐在馬上，轉頭看他。「穆哥哥，能不能對我說一句生日快樂？」

穆良錚愣了下，之後真誠地道：「華兒，生日快樂，願妳一生平安喜樂，幸福安康。」

榮華露出一個大大的笑臉。

這是她來到這個世界收到的第一個生日祝福，也是她收到的第一份生日禮物。

榮華和他揮手再見。

穆良錚看著榮華的背影消失在視線裡，才後知後覺地發現，他對榮華說的話，幾乎有一種本能的信任。比如北極星那次，比如剛剛的生日快樂，她說了之後，他幾乎不需要思考便照做了。

穆良錚從未遇過這種情況，一時間也不知道是怎麼回事。

他翻身上馬，策馬離開，身影消失在絢麗晚霞之下。

——未完，待續，請看文創風877《農華似錦》3（完）

2020年8月出版

厲害了，娘子

文創風 870～871

扶不起的紈袴，比扶不起的阿斗還難對付，
怎知這頑劣的男人，最終會是她銅牆鐵壁般的後盾……

愛情的樣子是認輸、賣乖加賴皮／熹薇

牧斐，擁有令人咋舌超強背景的男人——
太后是他姑祖母，樞密院使是他舅爺，威武大將軍是他父親……
可惜，雖生在將門之家，卻是個紈袴子，功夫不會、讀書不行，
整日賭錢、聽曲兒、混酒樓，哪裡敗家哪裡去。
一朝馴馬摔破頭，整日神志混亂、滿口胡話、驚怖異常，
家人無計可施下，選了個八字最硬的女子入門為他沖喜，
怎料榮登最驚嚇開箱——來者竟是之前被他整得夠嗆的秦無雙！
原以為她是懷著報復之心，前來牧家搶錢搶權搶人的，
誰知劇情一路脫稿演出，秦無雙不但自立自強超會賺，
還對他這副好皮相以及花式賣乖表示極其無感。
心高氣傲的他，怎堪忍此折辱，這愛情的坑，她不跳，他來跳！
殊不知，秦無雙竟是重生歸來，不但要還他曾救她的人情，
還要阻止前世秦、牧兩家含冤莫白、家破人亡的一連串災難……

2020年7月出版

好運綿綿

文創風 867～869

年前，有個瞎眼老道上門算命，
指著還是個嬰兒的她說：在家旺家，出嫁旺夫！
她若真有福氣，上輩子怎會落了個不得善終的下場？

口甜如蜜沁心脾，體貼入微送暖意／采采

綿綿，家裡做生意成嗎？妳爹能中秀才嗎？這位當妳四嬸好嗎？
面對奶奶各種問題，小名「綿綿」的姜錦魚很是無奈，
她從不認為自己有好運，爹能考上秀才，是爹平常的努力。
有了重生的奇遇，她也只是比上輩子懂得珍惜，
偏偏奶奶莫名信了這套，她只能認真的回應。
身為女子，無法考科舉，又還只是個孩子，
乖巧、利用年齡優勢逗樂大人，這是她如今唯一能做的。
時光飛逝，很快就要過年，在鎮上讀書的哥哥也該回家了，
她扳指頭算時間，緊盯著門口預備準時迎接對方，
未料這次歸家的除了哥哥，還有一位來作客的冷漠少年。
少年名為顧衍，親娘早逝，爹在京裡是高官，
分明身分高貴，卻到這偏遠的小鎮念書，
這大過年的，竟然有家歸不得，得在他們這農家作客，
雖不知箇中原因，可她忽然覺得這個俊秀的少年可憐極了……

文創風 876

農華似錦 2

國家圖書館出版品預行編目資料

農華似錦 / 琥珀糖著. --
初版. -- 臺北市 : 狗屋, 2020.08
冊 ; 公分. --（文創風）
ISBN 978-986-509-133-0（第2冊 : 平裝）. --

857.7　　109009846

著作者　琥珀糖
編輯　黃鈺菁
校對　黃薇霓
發行所　狗屋出版社有限公司
地址　台北市104中山區龍江路71巷15號1樓
電話　02-2776-5889～0
發行字號　局版台業字845號
法律顧問　蕭雄淋律師
總經銷　知遠文化事業有限公司
電話　02-2664-8800
初版　2020年08月
國際書碼　ISBN-13　978-986-509-133-0

本著作物由廣州阿里巴巴文學信息技術有限公司授權出版

定價250元
狗屋劃撥帳號：19001626
網址：love.doghouse.com.tw　E-mail：love@doghouse.com.tw